Droomvader

Matthew Sharpe

Droomvader

Vertaling
Paul van der Lecq

Cossee
Amsterdam

De vertaler ontving voor deze vertaling een werkbeurs van de
Stichting Fonds voor de Letteren.

Oorspronkelijke titel *The Sleeping Father*
©2003 Matthew Sharpe
Nederlandse vertaling © 2005 Paul van der Lecq
en Uitgeverij Cossee bv, Amsterdam
Omslagillustratie Gottfried Helnwein, *Himmelfahrt*, 1995
Boekverzorging Marry van Baar
Foto auteur Peter Rad
Druk Hooiberg, Epe

ISBN 90 5936 062 1 | NUR 302

Voor mijn moeder, Jacqueline Steiner,
en voor mijn vader, Myron Sharpe

DEEL EEN

I

De vader van Chris Schwartz moest een verkeerde dosis prozac hebben genomen, want toen hij op een ochtend wakker werd, merkte hij dat de rechterkant van zijn gezicht gevoelloos was geworden. Dat was de tweede ontdekking op een reis waarvan Chris' vader vermoedde dat hij voerde tot ver buiten de tijdelijke haven van een goede gezondheid. De eerste ontdekking was natuurlijk de depressie geweest die de prozac had moeten verhelpen, een ontdekking die Bernard Schwartz niet zelf gedaan had maar zijn zoon. Chris was de eerste die het in de gaten had, want zo werkte dat in hun gezin. De ziel van de vader en de ziel van de zoon waren door hun gelijkenis met elkaar verbonden. Geen tic of stemmingswisseling miste zijn uitwerking op het gemoed van de ander.

Bernie Schwartz boog zich naar de spiegel in zijn slaapkamer en prikte met de scherpe onderkant van het kleine zilveren crucifix dat hij van zijn dochter Cathy had gekregen in zijn rechterwang. De zeventienjarige Chris zat op zijn kamer en typte de volgende zin in een e-mail die bestemd was voor zijn vriend Frank Dial: 'Je weet dat je dood bent als... je vrienden modder naar je gooien.' Het was de jongste bijdrage aan een verzameling aforismen die Chris en Frank bedachten voor een screensaver die ze binnenkort voor heel veel geld hoopten te verkopen, of anders voor een klein beetje geld.

Chris verstuurde de zin, liep naar het raam, opende het en keek naar buiten. Het was zeven uur 's ochtends op een mooie herfstdag in Bellwether, Connecticut. Chris keek naar de bomen en het gras, hij keek naar de oprit van het huis waar hij woonde, het houten hek, de straat erachter, de huizen binnen oogbereik, terug naar het hek, de rozen voor het hek, de auto's, een verkreukeld colablikje, een onduidelijk hoopje viezigheid, een buurt-eekhoorn, een vlieg, een hond. Hij keek weer naar de straat en de auto's die op elke oprit stonden, en hij verbaasde zich erover dat elke auto een eigen oprit had en dat je waar ook ter wereld aan de ene kant van de oprit een straat had en aan de andere kant een huis. Als ze Chris hadden gevraagd iets te bedenken waarmee je een auto van een straat naar een huis kon krijgen, was hij waarschijnlijk gaan stuntelen, had hij de mensheid teleurgesteld.

Chris dacht aan zijn moeder in Californië. Als hij aan zijn moeder in Californië dacht, zag hij haar vaak in een lang wit gewaad aan zee staan, groot en sterk, met haar armen omhoog, haar handen tot vuisten gebald, haar blik gericht op een tien meter hoge golf die op haar afkomt. De golf breekt recht boven haar hoofd, en als die is weggeëbd, staat zij daar nog steeds in dezelfde houding, de vuisten omhoog, een nat gezicht, de ogen open en nat haar dat van achteren over haar witte gewaad omlaag valt. Chris had hetzelfde haar als zijn moeder, hoewel niet letterlijk natuurlijk.

Chris dacht aan zijn vader in de kamer naast hem en werd overvallen door de verbazingwekkende vlaag van genegenheid en verdriet waarmee de gedachten aan zijn vader het afgelopen jaar gepaard waren gegaan. Chris dacht aan zijn nerveuze, geobsedeerde zusje, voelde een onbehagen waarvan hij niets wilde weten en dacht snel aan iets anders, aan mensen overal in Bellwether, Connecticut, die wakker werden met klassieke muziek of een kater, die gingen joggen met de hond, een overhemd streken, aftershave of eyeliner gebruikten, de krant kochten, de trein naar de stad namen: al het beklagenswaardige gedoe dat de mensheid tot Gods uitverkorenen maakte.

Chris ging even voor de spiegel staan om die miniatuurversie van de mensheid te bestuderen, zijn eigen gezicht, waarop zich een puberaal onbehagen manifesteerde in de vorm van jeugdpuistjes. Chris ging terug naar zijn computer en las de reactie van Frank Dial: 'Je weet dat je een rotdag hebt als... je naakt en met je gezicht op de stoep wakker wordt in een onbekende stad, terwijl een politieagent met een gummiknuppel achter op je benen slaat.' Toen hij Franks nieuwste aforisme gelezen had, was Chris zo blij met een vriend als Frank dat hij er bijna van moest huilen. Hij hield zijn tranen tegen met het uitspreken van de woorden: 'Niet huilen, klootzak.'

2

Toen Chris de keuken binnenkwam, hoorde hij zijn zus net zeggen: 'Heer, zegen ons en deze gaven, die wij van Uw mildheid zullen ontvangen door Christus, onze Heer. Amen.'

'Je neemt me in de maling met dat gezeik,' zei Chris.

Cathy werd rood. 'Wil je dat geen gezeik noemen, alsjeblieft?' Ze zat keurig met een rechte rug aan tafel, haar handen gevouwen, niet in gebed maar in een poging met haar linkerhand te voorkomen dat ze met haar rechterhand de rozenkrans naar haar broer gooide.

'Hebben mama en papa vergeten je te vertellen dat we joods zijn?'

'Nee, dat hebben ze niet vergeten.'

'Wat ben je daar dan aan het doen?'

'Ik doe hier niks.'

'Wat je daar aan het doen bent, is dat je als jood een christelijk gebed opzegt.'

'Ik heb Jezus in mijn hart gesloten,' zei Cathy, die voor

even geloofde dat een eenvoudige verklaring van de waarheid op begrip kon rekenen bij haar broer of bij wie dan ook.

'Voor mijn part steek je die Jezus van je in je...'

'Chris, als ik joods ben, dan ben jij dat toch zeker ook?'

'Klopt. Jij, ik. Papa, mama. Het is een familietrekje.'

'En hoe breng jij dat joods zijn in praktijk?'

'Hoe ik dat in praktijk breng? Ik breng het niet in praktijk. Dat is het mooie van het joodszijn in ons gezin, en in andere gezinnen in heel Amerika. We zijn niet het soort joden dat er iets voor hoeft te doen. We zijn het soort dat het gewoon ís. Joods zijn is niet alleen een religie. Het is een groter eh... iets.'

'"Iets"?'

Sinds wanneer kon die troela zo goed van zich afbijten? 'Godsdienst is onzin, trouwens,' zei Chris. 'Het is de crack van het volk.'

Cathy maakte een gebaar naar haar broer dat zeker geen kruisteken was.

Bernie Schwartz kwam de keuken binnen en keek naar zijn kinderen alsof het hem verbijsterde ze bij hem thuis te zien. Hij ging met een kop koffie aan de keukentafel zitten en tikte wezenloos met de bolle kant van zijn lepeltje op zijn rechterwang, zonder te beseffen dat er lichtbruine druppeltjes koffie achterbleven.

In de stille keuken bracht het getik van het lepeltje op de natte huid een vochtige plof voort, alsof dikke druppels water vanaf grote hoogte op een stapel natte handdoeken vielen. 'Pap, doe normaal,' zei Chris.

Cathy pakte voorzichtig het lepeltje van haar vader af en omvatte met haar beide handen die van hem. Ze wilde met de blik in haar ogen het medeleven overbrengen dat ze in haar hart voor hem voelde. Ze deed haar best in alles wat ze deed. Ze had aandacht voor al haar gebaren, want ze wilde dat Jezus van haar hield. Ze zei: 'Vader, wat is er?'

'"Vader?"' vroeg Chris. 'Sinds wanneer noem je hem "Vader"? Pap, wat heb je?'

'Ik heb geen gevoel meer in de rechterkant van mijn gezicht.'

'Geen gevoel meer? Alsof er niks zit, bedoel je?'

'O, er zit wel iets, maar ik voel het niet.'

'Als je er maar niet met een lepeltje tegenaan tikt. Je werkt op mijn zenuwen, man.'

Cathy liet de handen van haar vader los en veegde met haar servetje de koffie van zijn wang. Haar trillende handen waren niet het zichtbare teken van een heilige passie, maar van de angst van een zestienjarig meisje voor de aftakeling van haar vader.

Bernie zei: 'Ik denk dat ik een verkeerde dosis prozac heb geslikt.'

'Dan moet je dokter Moreau bellen,' zei Cathy.

Bernie liep gehoorzaam naar de telefoon die naast de vaatwasser aan de muur hing en toetste het nummer van zijn psychiater in, dr. Jacques Moreau. 'U spreekt met het antwoordapparaat van dokter Moreau...' zei het bandje van dokter Moreau met een licht Frans accent.

Toen het de beurt aan Bernie was om iets in te spreken, zei hij: 'Ten eerste vraag ik me af welke gek niet weet dat hij met een antwoordapparaat spreekt. Ten tweede, u heeft me prozac voorgeschreven, maar daardoor raak ik nu het gevoel in mijn gezicht kwijt. Ten derde, van die prozac krijg ik onderbewust moordneigingen, en zonder dat een van ons iets in de gaten heeft, ben ik al op weg naar uw praktijk om u te vermoorden. Goed, laat maar snel iets van u horen.'

Chris zei: 'Kijk, zus. Vader heeft zijn gevoel voor humor terug.'

Chris Schwartz en Frank Dial troffen elkaar op straat. Voor Chris was Frank Dial de verpersoonlijking geworden van de vreugde, een wrange vreugde, want Frank was scherp, cynisch en spits. Hij had altijd zijn woordje klaar, en dat was vaak onvriendelijk; terecht, vond Chris, want de wereld was vaak een onvriendelijk oord. Maar het was fijn voor Chris om een goede vriend te hebben die zich zorgvuldig uitdrukte. Chris zelf was vaak minder zorgvuldig en sprak ook niet altijd de waarheid. Hij nam anderen nogal eens in de maling, zonder daar trouwens speciaal op uit te zijn, en hij kon ook wel eens liegen. Hij liet zich erop voorstaan dat hij zijn strikte opvattingen over zorgvuldig en eerlijk spreken niet naleefde. Die hoefde hij trouwens ook niet na te leven, want Frank Dial leefde ze al voor hem na.

In een halfverborgen hoekje van zíjn hart wenste Frank dat Chris niet blank was. Voor een zwarte jongeman als Frank was het gênant een blanke jongen als beste vriend te hebben, maar hij had weinig keus in Bellwether, Connecticut, waar Frank als een van de vijf zwarten was toegelaten tot de Bellwether High School voor Gegoede Blanke Burgers. Toch was Chris een uitstekend voorbeeld van wat blanken konden bereiken als ze hun best maar deden. Chris kon goed luisteren en begreep de meeste zinspelingen. Chris kon goed meekomen met het geklets en gezemel.

De jongens liepen over Southridge Road naar school. Ze zagen veel wonderbaarlijke dingen. Ze zagen kleine kinderen met jasjes aan, ze zagen schoolbussen en vogels, ze zagen huizen, ze zagen het schilderwerk van huizen. Hoog in de lucht zagen ze een wolk in de vorm van hun wiskundeleraar. Ze hoorden in de verte een sirene en dachten aan de dood. Ze spraken over van alles en nog wat.

Ze kwamen door het winkelcentrum van het stadje, dat hen met tegenzin opnam. Ze liepen een eettentje binnen en kwamen naar buiten met twee felgroene sportdrankjes, die niet door God waren geschapen en die Hij ook niet had willen scheppen. Ze liepen langs de tijdschriftenwinkel, waar ze op de omslag van een bekend muziekblad een foto zagen van twee middelbare rocksterren die dezelfde beroemde pose aannamen als vijfentwintig jaar eerder voor hetzelfde blad. Frank en Chris vonden dat zowel die rocksterren als het tijdschrift ooit iets betekend hadden, maar nu alleen nog maar verwezen naar wat ze vroeger betekend hadden zonder dat ze het nog langer betekenden.

Frank dook met zijn arm in de wildernis van zijn rugzak en diepte een gekreukeld notitieboekje op. Op de kaft ervan stond met blokletters 'Alles op de wereld', geschreven in Franks keurige, bijna typografische handschrift. Terwijl de jongens door het prothetische hart van Bellwether liepen, bladerde Frank door naar het onderdeel 'Dingen die lijken op dingen waarvan je al weet hoe ze eruitzien,' waarna hij bleef staan en kort de omslag van het tijdschrift beschreef. Dit deel was heel lang aan het worden. Het nam meer dan de helft van het notitieboekje in beslag. Volgens Frank en Chris kwam dat doordat de wereld genoeg had van zichzelf, maar verder en verder en verder sukkelde, en alleen nog maar slappe imitaties afleverde van de producten waar ze vroeger zo trots op was geweest. Bomen, struiken, katten, mensen, wolken en sterren waren nu 'bomen', 'struiken', 'katten', 'mensen', 'wolken', 'sterren'. De wereld zat haar tijd uit en wachtte op haar pensioen om zich van haar wereldse karakter te ontdoen en terug te keren tot haar lege, vormloze staat.

'Nikker!' riep een jongen uit een voorbijrijdende auto.

Frank zei: 'Het doet me deugd dat die mijnheer me eraan herinnert dat ik een nikker ben. Ik was het even kwijt.'

Chris zei: 'Ik wil je daar de volgende keer wel aan herinneren, als je dat fijn vindt.'

Frank keek zijn vriend met grote ogen aan, geschokt. Chris wist dat hij iets verkeerd had gezegd. Terwijl beide jongens even daarvoor nog elk de helft van een vriendschap uitmaakten, vertegenwoordigde een van hen nu een groep die zich altijd tactloos zou gedragen tegenover de groep die vertegenwoordigd werd door de ander. Op de parkeerplaats van hun school bleven ze elkaar staan aankijken, met stomheid geslagen door de macht van de taal.

'Het spijt me,' zei Chris.

'Lul,' zei Frank en hij liep de school binnen.

Chris bleef verbijsterd achter. Hij had Engelse les, maar die liet hij schieten. Hij had *De vanger in het koren* moeten lezen, of een boek van hetzelfde type waarmee tieners overal werden lastiggevallen. Ja, het was *De vanger in het koren*. Dat moest wel. Al lang geleden hadden ze hem *De vanger in het koren* door de strot geduwd, tot hij ervan moest kotsen. Daarna hadden ze hem *De vanger in het koren* met de kots erbij door de strot geduwd, en toen hij die had uitgekotst, hadden ze *De vanger in het koren* met zijn uitgekotste kots erdoor geduwd, zodat hij besloten had om het dan maar gewoon te slikken. Het lag niet aan *De vanger in het koren*. Tot op zekere hoogte kon dat best een aardig boek zijn, als je bijvoorbeeld ergens uit Bulgarije kwam en er nog nooit van gehoord had; aardig voor een boek, dan nog altijd, wat weinig zei. Er was geen boek dat goed was. Er was geen school die goed was. Er was geen vriend die goed was. Er was geen leven dat goed was.

4

Chris Schwartz kwam om acht voor half tien in de ochtend het lokaal Amerikaanse geschiedenis binnen en ging achter in de hoek zitten, waar hij hoopte dat niemand hem zou zien.

Hij zat nog steeds in de halfbewuste fase van zijn jeugd. Soms begreep hij meer dan hij in staat was te voelen, soms voelde hij meer dan hij in staat was te begrijpen, en soms geen van beide. In de loop van een paar minuten kon hij iets belangrijks bedenken, het daarna vergeten, er opnieuw aan denken en het dan weer vergeten; zijn geheugen was als een trage stroboscooplamp in de donkere disco van zijn bewustzijn. Dus toen zijn geschiedenisleraar zei: 'We beginnen de les vandaag met de heer Schwartz en zijn spreekbeurt over, eh... Paul Robeson', was Chris daar wel en niet op voorbereid. Robeson was min of meer een hobby van hem, Amerikaanse geschiedenis of niet. Hij had Robesons autobiografie *Here I Stand* wel en niet willen lezen, hij had *The Emperor Jones* en nog wat van zijn films gehuurd en bekeken, en op een middag had hij zich geworpen op de *Paul Robeson Anthology*, een cd van Smithsonian Records, die nu stomtoevallig in zijn rugzak zat. Chris begon te mijmeren over zijn Robeson-cd. Intussen zat iedereen in de klas te wachten tot hij iets zei of overeind kwam, en zijn mijmeringen werden verstoord door een zekere Richard Stone, die riep: 'Schwartz!' Chris schoot uit zijn stoel.

Stone was een psychopaat die de pik had op Chris. Hij was hier vorig jaar komen wonen. Het gerucht ging dat hij liefdeloos werd grootgebracht door stinkend rijke ouders en dat hij voor zijn verhuizing naar Bellwether ergens in de staat New York had gewoond, waar hij een jongen had gedood door onophoudelijk op zijn gezicht in te beuken, waarna zijn gevangenisstraf was afgekocht door zijn ouwelui, wat maar weer eens bewees hoe slecht het er voor stond met het recht in de zogenaamde Amerikaanse democratie, en bij Chris een vurig geloof wekte in het leven en de goede werken van Paul Robeson.

Lang, mager, met hangende schouders en licht trillend stond Chris voor in de klas en keek naar zijn klasgenoten. Woede mengde zich met angst, met als gevolg dat zijn hoofd volkomen blanco bleef, leeg als de systeemkaarten waarop hij aantekeningen voor zijn spreekbeurt had willen maken. Frank Dial kwam het klaslokaal binnen, sloeg een blik op Chris en ging achterin zitten. Chris zei: 'Om te beginnen wil ik een stukje laten horen van de *Paul Robeson Anthology*, een cd die te bestellen is bij Smithsonian Records voor $11.99 exclusief administratie- en verzendkosten.' Chris nam de cd uit zijn rugzak en tilde de draagbare cd-speler van de metalen archiefkast die achter het bureau van de leraar stond. Hij stond eindeloos te prutsen met het elektriciteitssnoer van de cd-speler. 'Sorry, mensen. Ik heb nog nooit een cd-speler gebruikt.'

Richard Stone vloekte binnensmonds.

Chris zei: 'Contact, contact, contact met de kosmische energie.' Het gold niet voor de meesten, maar een paar van zijn klasgenoten – met gescheiden ouders, een inwonende seniele grootouder of een jongere broer met leukemie – bewonderden de zelfspot van Chris.

Chris stopte zijn cd in de speler en koos het vierde nummer, 'No More Auction Block For Me'. Hij had bedacht dat hij tijdens het draaien van dat liedje in gedachten wat dingetjes over Robeson op een rij kon zetten. Wat hij niet had bedacht, was dat hij de vorige dag per ongeluk *In Utero* van Nirvana in het cd-doosje van de *Paul Robeson Anthology* had gestoken en toen hij op 'play' drukte, klonk in plaats van Robesons monumentale bas-bariton de smekende, hitsige tenor van Kurt Cobain:

Rape me.
Rape me again.
Rape me.
Rape me my friend.
I'm not the only one.
Aaaaaahm not the only one.
Aaaaaahm not the only one.
Aaaaaahm not the only one.

'Oeps, verkeerde cd. Wat ons meteen op een interessant thema brengt. We zijn allemaal mensen, nietwaar?' vroeg Chris, terwijl hij onbedoeld in de kleine poorten van de haat keek die gevormd werden door de ogen van Richard Stone. 'Dat was het thema van Paul Robesons afscheidsrede voor de afstudeerklas van Rutgers University in 1919, wat betekende dat hij het hoogste puntengemiddelde had van iedereen die dat jaar op Rutgers afstudeerde: 97.5.

Paul Robeson was een vooraanstaande zwarte footballspeler, acteur, zanger, redenaar en politieke activist, die zijn leven lang seksuele contacten had met talloze vrouwen, onder wie veel blanke vrouwen. Die activiteit had hij gemeen met die andere belangrijke afro-Amerikaanse politicus, Martin Luther King jr., hoewel ik het niet eerlijk vind alleen afro-Amerikaanse politici te noemen die buiten de pot eh... urineerden, om het netjes te houden, want een heleboel blanken deden dat ook, zoals Thomas Jefferson en John F. Kennedy jr. Daar komt nog bij dat Robeson heel ontwikkeld was en een atletisch lichaam had waar vrouwen zeker op vallen, maar dat is niet meer dan mijn persoonlijke mening.

Een ander punt dat ik graag wil aanroeren is het communisme van Paul Robeson. Robeson was een bewonderaar en vriend van de grote Russische revolutionair Leon Trotski. Na een ruzie met Vladimir Lenin vluchtte Trotski uit de Sovjet-Unie en vestigde zich in Princeton, New Jersey, de woonplaats van Paul Robeson. Toen Trotski op een zomerdag een bad nam in zijn boomrijke achtertuin in Princeton, New Jersey, dook plotseling Richard Nixon achter hem op, het toenmalige hoofd van de Commissie voor on-Amerikaanse activiteiten van het Huis van Afgevaardigden, en net toen Trotski eens lekker zijn haren inzeepte, stak Nixon met kracht een ijspriem in zijn achterhoofd.'

Chris Schwartz zweeg even. De gewelddadige dood van Trotski greep hem aan en hij moest zijn innerlijke beroering onderdrukken om verder te kunnen met zijn spreekbeurt.

'Toen Robeson hoorde over Trotski's dood, bekeerde hij zich ter plekke tot het jodendom, uit solidariteit met zijn held die de marteldood was gestorven. In die periode van de

Amerikaanse geschiedenis beschouwde het Congres alle joden als communisten. Ze vergisten zich. Niet alle joden waren communisten, alleen de slimmeriken. Net als Paul Robeson, die zich inzette voor vrijheid, fatsoen en respect voor de medemens, en voor de waardigheid en het fatsoen van de gewone man.'

Chris Schwarz was in de ban van een diep doorvoelde waarheid die de eenvoudige feiten oversteeg. Frank Dial grijnsde. Richard Stone werd er alleen door de regels van het maatschappelijk verkeer van weerhouden Chris Schwartz met hand en tand te verscheuren.

'Hoewel Paul Robeson na zijn bekering nooit meer toestemming heeft gekregen om voet op Amerikaanse bodem te zetten, reisde hij de wereld af om concerten te geven. Of hij nu een negrospiritual, het lied van een Europese boer, een opera of een kinderliedje zong, altijd veranderde hij de tekst om er scherpe kritiek op Amerika alsook biografische feiten over Leon Trotski in te verwerken.

Kort geleden eerde het tijdschrift *Ebony* Paul Robeson door hem een van de tien meest vooraanstaande Afro-Amerikanen aller tijden te noemen. Niet lang daarna werd Robeson door de *Jewish Daily Forward* op de top tien aller tijden van Amerikaanse joden geplaatst. Leon Trotski bleef op beide lijsten helaas ongenoemd.

Kortom, Paul Robeson is de grootste man die ooit geleefd heeft. We zouden allemaal moeten proberen meer op hem te lijken. Ik draai nu 'Serve the Servants' van Nirvana, een lied dat Paul Robeson zou hebben gezongen over Leon Trotski als hij nu geleefd had. Bedankt voor jullie aandacht.'

Aan het eind van 'Serve the Servants' brachten een paar klasgenoten een zwak applausje voort. Frank Dial maakte een wiebelend gebaar met zijn rechterhand dat zoiets betekende als *comme çi, comme ça*. Gewelddadige gedachten dromden samen en zwermden uit in het hoofd van Richard Stone, een plek buiten het bereik van communisme of God.

5

In de lunchpauze liepen Chris Schwartz en Frank Dial over het parkeerterrein van de school. 'Ziet er geinig uit als je in paniek raakt,' zei Frank.

'Heb je nog meer spreuken voor onze screensaver?' vroeg Chris.

'Wat dacht je van deze: Blanken blunderen.'

'En de rest?'

'De rest schenk ik je.'

'Is dat alles? "Blanken blunderen"? Ik begrijp het niet eens.'

'Dat is het hele punt.'

'Het punt is, dacht ik, dat jij en ik samen een business opzetten, en niet dat jij die business gebruikt om vage dingen te zeggen die waarschijnlijk beledigend voor me waren als ik ze kon begrijpen.'

'Twee vliegen in een klap.'

'Over ongedierte gesproken, wat vind je van die Stone? Is dat een griezel of niet?'

Ze verlieten het geasfalteerde parkeerterrein over het onverharde pad dat naar het bosje leidde. Het bosje was als een verwilderde snor tussen de ijzige neus van de middelbare school en de hete muil van de volwassen wereld. Chris en Frank volgden het pad, lieten Robeson rusten en bespraken hun kapitalistische plannetje. Een jongen die opgroeide in Bellwether, Connecticut, kon zijn drugsmisbruik al op zijn zeventiende grotendeels achter zich gelaten hebben. Dat gold ook voor Chris en Frank, die vanaf hun twaalfde een strikt programma hadden gevolgd van bier, whisky, codeïne, lachgas uit slagroomspuitbussen, hasj, speed, valium, coke, crack en tenslotte acid. Na een diepgaand empirisch onderzoek naar elk van die middelen, en een kortstondige flirt met heroïne, hadden ze hun belangstelling verloren. Daarna volgde een vage en ondefinieerbare periode van angst die samenviel met hun zestiende jaar en tenslotte uitmondde in deze kapitalistische aandrang.

Ze vonden een vlak, zacht, mosachtig stukje bosgrond om op te zitten. Ze leunden achterover en verdeden hun tijd, lagen op hun rug en bekeken een herfstbruine grashalm. Ze keken naar het patroon in de lucht dat werd uitgespaard door de kalende takken van bomen die hun bladeren verloren. Ze lieten zich bedwelmen door de drug der natuur.

Chris zei: 'Sorry voor wat ik zei toen die gast je door z'n autoraampje uitschold.'

Frank zei: 'Met die idiote spreekbeurt over Robeson ben je weer een paar graadjes gestegen op de negermeter. Hou er maar over op.'

'Nee, echt, het was een stomme...'

'Hou op, zei ik. Ophouden. Doe normaal.'

Chris nam het voortreffelijke advies van Frank ter harte en deed een neurotische, kleinburgerlijke en joodse poging om normaal te doen, wat er voor een toevallige voorbijganger uitzag alsof hij helemaal niet normaal deed. Chris werd overmand door een gevoel van broederliefde voor Frank. Frank voelde iets dergelijks en ze rolden naar elkaar toe door het mos. Hun gezichten lagen ineens vlak bij elkaar. Moeilijk te zeggen wat er toen gebeurde. Het kan zijn dat hun lippen elkaar even raakten, misschien een paar tellen, misschien een beetje expres, maar geen van beiden wist het zeker omdat het zo idioot was. Ze gingen zitten en keken elkaar aan.

Chris zei: 'Nou, dat was weird.'

'Eigenlijk helemaal niet zo weird.'

'Een beetje alsof je een meisje kust.'

'Tenminste, zoals we ons dat voorstellen.'

Chris vroeg: 'We hoeven het toch niet over te doen?'

Frank zei: 'Ik denk van niet, maar ik weet het niet zeker.'

'Het zou alles nog veel moeilijker maken dan het al is. Van nu af zitten we alleen nog achter de meiden aan, goed?'

'Achter de meiden aan zitten is gemakkelijk, bedoel je?'
Frank voelde zich afgewezen door Chris. Chris was verdrietig en wist niet waarom. Ze zaten zij aan zij en keken elk een andere kant op zonder iets te zeggen en zonder zich een houding te kunnen geven.

'Wauw,' zei Richard Stone, de vleesgeworden haat die hun klasgenoot was. 'Ik jog door de bosjes, bemoei me alleen met m'n eigen, en voor ik het weet struikel ik bijna over een jood, een rooie rakker, een nikker, een nikkervriendje en twee flikkers, en het gekke is, jullie zijn maar met z'n tweeën.'

Richard Stone zat in het footballteam van Bellwether High School en een paar ploeggenoten kwamen achter hem aan gejogd. Chris en Frank stonden op. Stone zag eruit als een hydrant van een meter tachtig hoog: breed en cilindrisch en robuust, met harde geometrische uitsteeksels.

'Wat heb je daar voor boek?' vroeg Stone over *Alles op de wereld*, het notitieboekje van Frank. 'Is dat *Het Communistisch Manifest* of *Hoe word ik homo?*'

Frank zei: 'Het heet *Stompzinnige blanke footballspelers*. Ik las net hardop voor uit het eerste hoofdstuk, "Richard Stone".'

Chris probeerde Franks blik te vangen en een gezicht te trekken in de trant van waar-ben-je-in-godsnaam-mee-bezig. Voor Chris waren de bosjes achter de school een niemandsland, een onbewoond stukje aarde dat door niemand zo bedoeld was en buiten het bereik lag van de arm der wet. Iedereen kon hier van alles met iedereen uithalen, zo vaak en zo lang en zo hard als hij wilde.

'Krijgen we praatjes?' vroeg Stone aan Frank.

'"Krijgen we praatjes?" Hoor ik dat goed? Je bent een vat vol clichés, wist je dat?'

'Eén ding moet ik jullie negers nageven. Jullie hebben lef. Bij die jood is dat wel anders. Te bang om z'n bek open te trekken.'

'Je bedoelt dat hij zich niet tot jouw niveau wenst te verlagen.'

Stone zei: 'Horen jullie dat, jongens? Hij neemt het op voor zijn vriendje.'

Frank zei: 'Moet je horen, jongens, wij doen tenminste niet moeilijk over onze homoseksualiteit. Footballspelers als jullie moeten het verborgen houden. Doodsbang om de anderen een zoen te geven, en daarom verkoop je ze maar een dreun.'

Frank Dial was klein en tenger. Richard Stone sloeg hem met zijn vuist in de maag. Toen beukte hij met zijn voorhoofd in op Franks neus. Frank viel op zijn rug en het bloed stroomde over zijn gezicht. Chris Schwartz stond aan de grond genageld. Stone bukte zich en pakte *Alles op de wereld*. 'Ik neem dit mee, en als je me probeert tegen te houden, ben je dood.'

Toen Stone en zijn maatjes met Franks notitieboekje om de bocht van het bospad waren verdwenen, zakte Chris op zijn knieën. 'Kun je me horen?' vroeg hij aan zijn gevallen vriend.

Frank Dial dacht dat hij doodging. Het enige wapen dat hij had tegen de harde klappen van het leven – zijn brein – was nu losgewrikt en zweefde vrij rond onder de broze behuizing van zijn schedeldak. De kopstoot kwam nog steeds aan. Met elke hartslag had hij het gevoel alsof een zoveelste hoofd van Stone op zijn gezicht inbeukte. Zijn nek, armen en handen zaten onder het bloed. De pijn verspreidde zich naar de achterkant van zijn hoofd en via zijn kaken naar omlaag, naar zijn nek, schouders en bovenrug. 'Wil je me naar huis brengen?' vroeg hij aan Chris.

Chris nam Frank mee naar het parkeerterrein en riep een taxi, die de jongens afzette bij een wooncomplex van meer dan twintig identieke lelijke huisjes waarin de meeste zwarte gezinnen van het stadje woonden: het getto van Bellwether.

Frank Dial lag in zijn bloederige t-shirt op de bank van de donkere woonkamer en drukte een zak ijs op zijn neus. 'Het is van het grootste belang dat ik deze gebeurtenis in mijn notitieboek beschrijf, en wel zo snel als menselijkerwijs mogelijk is,' zei hij in een poging het chaotische universum met schrijnende grootspraak te bestrijden. 'Ik geloof dat dit een nieuwe categorie inluidt. "Klappen op mijn hoofd" of misschien "Zinloos geweld, mij aangedaan".'

'Eh, je notitieboekje...'

'Dat heb je toch niet in de bosjes laten liggen?'

'Nee.'

'Geef hier dan.'

'Stone heeft het meegenomen.'

'Nee, hè.'

'Ik heb niets gedaan om hem tegen te houden,' zei Chris, die zijn eigen lafheid probeerde te compenseren met een korte en juiste beschrijving van het ongelukkige voorval.

'Ik heb die kopstoot voor je opgevangen...'

'O, ik wist niet dat je het voor mij deed. Ik dacht dat het kwam omdat je zo nodig de wijsneus moest uithangen tegen Stone, omdat je niet weet wanneer je je mond moet houden.'

'Jij bent een mooie,' zei Frank. 'Je laat mij de klappen incasseren. Je laat toe dat een of andere klootzak ervandoor gaat met mijn dierbaarste bezit, nee, meer dan dat, met het enige dat deze wereld draaglijk voor me maakt, en dan durf je nog te poneren dat ik niet weet wanneer ik mijn mond moet houden?'

Chris voelde zich beroerd, maar tegelijk was hij ervan onder de indruk dat Frank zo ongeveer op zijn sterfbed lag en dan nog kon zeggen dat iemand iets 'durfde te poneren'. 'Ik zeg het maar gewoon,' zei hij.

'Mijn huis uit. Ik wil je niet meer zien.'

'Wat?'

'Je hoorde wat ik zei.'

'Waarom?'

'Dat heb ik net gezegd en dat hoef ik niet eens te zeggen. Ik kan doen wat ik wil. Eruit.'

Chris liep mismoedig door de voordeur naar buiten. Op datzelfde moment stond Richard Stone in het deel van de jongenskleedkamer van Bellwether High School dat bestemd was voor het footballteam en hield een aansteker onder *Alles op de wereld*. Blauwe en oranje vlammetjes schroeiden en verteerden *Alles op de wereld*. Op de hoek van de straat waar Frank Dial woonde, drukte Chris Schwartz zijn voorhoofd tegen een stopbord. Terwijl de vlammetjes aan het notitieboekje knaagden en zich tot een grote vlam verenigden, ging *Alles op de wereld* op in rook en vuur, en Chris huilde.

6

Bernard Schwartz was bedrijfsjournalist en speechschrijver geweest, maar nu werkte hij thuis als auteur, redacteur en uitgever van de betere nieuwsbrief voor zowel professionele als niet-professionele organisaties. Hij had kort voor zijn scheiding besloten vanuit huis te gaan werken. Tegen het eind van hun huwelijk hadden de woorden 'lage overhead' een zere plek geraakt in het hart van de toenmalige Lisa Schwartz, een persoon die niet langer als zodanig bestond. 'Bernie's nieuwe baan betekende het einde van het huwelijk,' zo luidde de gebruikelijke verklaring van de twee mensen die het meest bij dat huwelijk betrokken waren geweest. 'Bernie's nieuwe baan betekende het einde van het huwelijk' klonk zo overtuigend dat het troost gaf. 'Bernie's nieuwe baan betekende het einde van het huwelijk' bood bescherming tegen een onontwarbare kluwen van pijnlijke herinneringen, onuitgewerkte gevoelens, de teleurstelling in het karakter en de liefde van een ander, de genadeloze afstomping en oppervlakkigheid van een diepgaande intimiteit, als een lage zee die zich naar alle kanten tot de horizon uitstrekte. 'Bernie's nieuwe baan betekende het einde van het huwelijk' was een gezapig aquarelletje van die zee voor boven het bankstel, en elke witte verfstip stond gelijk aan een eetlepel water, waarin zoals bekend een volwassene kan verdrinken.

Deze week zat Bernie tegen de deadline aan van *Gates of Horn* (nieuwsbrief van de Amerikaanse Associatie van Oculisten), *Indefinite Horizon* (nieuwsbrief voor reizende 65-plussers) en *Soft Shoe* (nieuwsbrief voor chiropodisten die zich specialiseerden in osteoporose). Werken vanuit huis is voor dwangneuroten en borderliners misschien prima, maar voor de chronisch depressieven is het de doodsteek. Bernie had de hele ochtend niets gedaan en gezichtsverlamming is voor de depressieve thuiswerker niet meer dan een onaanvaardbaar excuus.

Na een dubbele boterham die geen mens in beschaafd gezelschap zou eten, vertrok Bernie van huis om zijn prozac te halen, in de dosering die zijn psychiater die ochtend had aangepast. Tijdens de rit naar het stadje was hij warrig en gedesoriënteerd. Zijn warrigheid en desoriëntatie weken misschien nauwelijks af van vroeger, maar nu hij een antidepressivum slikte, vroeg hij zich af waar het middel eindigde en hijzelf begon. Bernie vond het een akelige gedachte dat al zijn gedachten samenhingen met de hoeveelheid serotonine die het middel in zijn bloedbaan toeliet. Hij had het gevoel dat de prozac zijn lichaam tiranniseerde door zijn geest aan causaal-wetenschappelijke banden te leggen, zodat hij begon te twijfelen aan het mysterie van zijn ziel.

Bernie begroette de apotheker en een man voor de toonbank door zijn hoofd te buigen en een hand op te steken. De apotheker beantwoordde de groet aarzelend en de man negeerde hem. Bernie's begroeting had iets eerbiedigs of zelfs onderdanigs waar niet iedereen zich aan stoorde, maar deze twee mannen wel. De apotheker, Bill Yardley, had Bernie vroeger altijd hartelijk begroet, maar sinds hij Paxil voorschreef aan zichzelf, was hij afstandelijker geworden. Bill Yardley slikte Paxil omdat hij bang was voor zijn klanten. Die angst was verschrikkelijk en op geen enkele wijze te beredeneren, en hij werd er depressief van. De Paxil genas hem van de angst en de depressiviteit, maar had wel een bijzondere bijwerking: nu hij niet meer bang was voor zijn klanten, merkte Yardley dat hij ook niet meer zo behulpzaam was. Door het verdwijnen van de angst kostte het hem minder moeite geneesmiddelen te prepareren en zijn administratie bij te houden, en zijn adviezen waren eenvoudiger en duidelijker. Maar met die uitstekende adviezen stelde hij zijn klanten teleur en ze konden er geen wijs uit. Vroeger, toen zijn adviezen onduidelijk en aarzelend waren geweest, uitgesproken met onzekere stem, leken zijn klanten zich getroost te voelen; ze straalden een zachte, kwetsbare dankbaarheid uit die hij nu niet meer voelde en ook niet meer hoefde te voelen. Dankzij de Paxil was Yardley dus minder depressief en werkte hij efficiënter, maar het werk was ook minder bevredigend en hij kon het niet meer zo goed; zijn eigen onuitstaanbare angst was zijn beste en gevoeligste instrument geweest in de sociale omgang.

Bernie gaf Yardley zijn nieuwe recept en begon door de apotheek te kuieren, terwijl hij nog steeds zijn gevoelloze gezicht betastte, tikjes gaf en masseerde. Yardley gaf zijn andere klant een flesje Nardil, een MAO-remmer die soms wordt voorgeschreven aan depressieve patiënten die geen baat hebben bij Prozac of Paxil. Yardley zei: 'Als dit niet helpt, kun je je maar beter van kant maken.' De klant vond die grap zo kwetsend dat hij zonder medicijn de zaak uit liep. Voordat Yardley zijn eigen depressie met Paxil had genezen, vonden zijn klanten het echt een grap voor insiders, en ze bulderden van het lachen. Nu voelden ze zich allemaal gekwetst. Maar Yardley bleef zijn grap herhalen, misschien uit wreedheid, hoewel hij bang was dat hij er nog eens voor zou boeten met een allesverlammende psychosomatische aandoening.

Terwijl Yardley de prozac in een potje stopte, belandde Bernard Schwartz achterin de apotheek bij een nieuw zelfbedieningsapparaat dat zijn hartslag en bloeddruk kon meten. Voor een dollar ontdekte hij dat zijn hartslag 75 was en zijn bloeddruk 120/80. Gehoorzaam schreef hij die getallen op een velletje papier en stak het in zijn portefeuille, hoewel hij geen flauw idee had wat ze betekenden. Hij liep terug naar voren. Yardley dook op uit de farmaceutische coulissen en zette Bernie's potje prozac op de toonbank, naast het potje Nardil van de vorige klant. Bernie betaalde zijn eigen bijdrage van tien dollar – de rest was voor rekening van zijn ziektekostenverzekering – en ze merkten geen van beiden dat hij het verkeerde flesje oppakte.

7

Het werd tijd om een pil te nemen. Bernie reed op Southridge Road, waar de avondspits net begon, boog zich naar voren en naar rechts, opende het dashboardkastje, pakte het bruine cilindervormige flesje, opende het, schudde er een pil uit, stopte die in zijn mond en slikte hem door. Op het moment dat de pil in zijn hand lag, voelden Bernie's vingers vagelijk dat die niet de gebruikelijke vorm van prozac had, maar op het moment dat hij de pil in zijn mond had, zag Bernie de onmiskenbare gestalte van zijn zoon Chris, die honderd meter verderop in de berm van Southridge Road liep, zodat zijn hersens de informatie over de afwijkende pilvorm niet verder verwerkten.

Bernie wist veel meer over de gestalte van zijn zoon dan over de vorm van zijn pil. Zelfs in een dichte menigte en op meer dan een kilometer afstand kon hij de figuur en het loopje van zijn zoon er zo uit pikken. De visuele prikkel van zijn zoon bracht bij Bernie een aantal stelselmatige reacties teweeg. Als het lichaam van een van zijn beide kinderen in beeld verscheen, reageerde zijn eigen lijf met piepkleine cardiovasculaire, autonome, gastro-intestinale, neurologische, respiratoire en endocriene aanpassingen die alles bij elkaar een gevoel vormden dat een leek 'liefde' zou noemen.

Hij remde af en zag zijn zoon in omvang en scherpte toenemen. Bernie vond dat Chris liep alsof hij diep in gedachten was verzonken. De pas van Schwartz junior kenmerkte zich gewoonlijk door een op- en neergaande beweging, maar nu waren de pieken en de dalen afgezwakt, ook al zwaaide hij nog steeds wild met zijn armen. Jawel, Chris dacht hard en diep na. Maar waarover? Of nee, hij dacht niet, hij droomde. Chris droomde van zijn eigen toekomst, imposanter dan het voorbeeld dat zijn beide ouders hem gegeven hadden, zeker zijn vader. Bernie dacht dat Chris zich een leven voorstelde zonder de belaagde jonkvrouwe Depressie en de eenzame cowboy Prozac. Waarschijnlijk droomde Chris van een toekomst als eigenzinnig scenarioschrijver of geliefd hoogleraar in de politicologie. Hoewel Chris vaak kwistig strooide met zijn innemende en vrolijke jongensachtige vitaliteit, hield hij die nu in bedwang en bewaarde haar voor iets bijzonders: een waardige volwassenheid, dacht Bernie. Chris verzamelde alle kennis, herinneringen en verlangens die hij had en richtte ze op de toekomst.

Chris dacht aan zelfmoord. Hij liep in westelijke richting langs Southridge Road aan het einde van een ellendige dag die nog niet half voorbij was, trok zich in zichzelf terug en gaf zich over aan elke denkbare zelfmoordfantasie, zolang die hem maar kon opvrolijken. Niet dat hij besloten had zelfmoord te plegen, maar de gedachte gaf troost. Zelfmoordgedachten als amusement. Chris maakte voor zichzelf een becommentarieerde lijst van beroemde zelfmoordenaars, te beginnen met de eregalerij van degenen die gekozen hadden voor een overdosis drugs. Helemaal bovenaan stond Jimi Hendrix, de man die stikken in eigen braaksel had verheven tot de status van beroemde laatste woorden. Chris had ook veel bewondering voor Sylvia Plath. Hij waardeerde zelfs het handjevol gedichten van haar die hij van zijn leraressen Engels had moeten lezen. 'O papa, papa, papa' was een dichtregel waar Chris zich veel bij kon voorstellen. Maar het beroemdste gedicht van haar, haar feitelijke zelfmoord, had

Chris eerst nogal op het verkeerde been gezet. Dat kwam doordat hij de technische details van de methode 'hoofd in de oven' niet goed begrepen had. Voor de waarheid tot hem doordrong, had Chris gedacht dat Plath en andere adepten van deze methode de oven eerst hadden aangezet – nou goed, voorverwarmd tot 275 graden – om pas daarna hun hoofd in het gloeiend hete gat te steken en te roosteren. De zelfdiscipline die daarbij kwam kijken, was in de ogen van Chris onmenselijk. Pas toen hij 'hoofd in de oven' niet langer zag als een recept uit *Het grote grillboek* leek het hem een haalbare methode om zelfmoord te plegen.

Het zelfmoordpact was een vorm van probleem oplossen waar Chris nog steeds geen vat op kon krijgen. Voor een zelfmoordpact moest je nogal wat vertrouwen hebben in de ander, en bij een zelfmoordenaar stond dat vertrouwen waarschijnlijk niet hoog op het lijstje van prioriteiten, eigenschappen en verworvenheden. Frank had hem verteld dat de beroemde abstract-expressionistische schilder Marc Rothko en zijn vrouw – Mary Rothko, vond Chris dat ze moest heten – samen zelfmoord hadden gepleegd. Volgens Frank hadden ze hun polsen doorgesneden. Chris zou nog liever zijn hoofd roosteren of het voor zijn part roerbakken dan dat hij zijn polsen doorsneed. Ze zouden het gedaan hebben in de badkamer, en Chris stelde zich voor dat de badkamervloer er zo ongeveer moest hebben uitgezien als de grote rode schilderijen van Marc Rothko.

Waar Chris met zijn verstand niet bij kon, was het hele idee dat je een pact sloot. Hoe ging dát nou in zijn werk? Op de manier van: 'Marc, lieverd, zullen we vanavond naar die nieuwe film over Picasso gaan kijken?' 'Als we in plaats daarvan nu eens samen onze polsen doorsneden?' 'Goed dan, schat.' Wat had mevrouw daar nu eigenlijk bij te winnen? Hield ze zoveel van Marc dat ze dood wilde als hij doodging? Was dat het ultieme bewijs van haar liefde? Chris hoopte van niet. Er waren heel veel dingen die voor liefde doorgingen waarvan hij hoopte dat ze er niets mee te maken hadden.

Chris werd in zijn zwartgallige gedachten gestoord door de claxon van zijn vaders Honda Civic. Bernie stuurde zijn auto naar de kant van de weg. Chris zag hem, opende het portier en stapte in. 'Het leek alsof je met je gedachten heel ergens anders was,' zei Bernie.

'Zoiets.'

'Waar dacht je aan?'

'Aan later, als ik ouder ben.'

'Ik wist het! En?'

'Dan ga ik dood.'

'Een opwekkende gedachte.'

'Hoe is het met je gezicht, pap?'

'Goed. Beter, hoop ik. Heb je al een idee wat je wilt zijn op het Halloweenfeestje van vanavond?'

'Een reusachtige penis.'

'Da's ook toevallig. Ik dacht erover als twee zaadballen te gaan.'

'Ach pap, wat is dat aparte jongensachtige gevoel voor humor van jou toch onwijs gaaf. Dat zal ook wel de reden zijn dat ik door jou ben verwekt en niet door iemand anders z'n vader. Denk je dat ons gezin naar de kloten gaat?'

'Hoe bedoel je?'

'Geen idee.'

'Omdat je moeder en ik gescheiden zijn, je zus het licht heeft gezien, en je vader depressief is en verlamd in zijn gezicht, bijvoorbeeld?'

'Zoiets.'

'Is er iets gebeurd vandaag? Ja, er is iets gebeurd vandaag. Wil je erover praten?'

'Nee.'

Chris wenste dat zijn vader een van die vaders was die goede raad gaf. Hij wenste dat die goede raad de vorm aannam van genummerde lijstjes en begon met woorden als 'altijd', 'nooit', 'onthoud' en 'zoon'. 'Zoon, nu je uit huis gaat, wil ik dat je drie belangrijke dingen onthoudt. Ten eerste, geef een vrouw altijd een boeketje lelies voor je met haar naar bed gaat. Ten tweede, kijk een man recht in zijn ogen als je hem de hand schudt. Ten derde, koop nooit een huis zonder kelder.'

'Kan ik iets voor je doen?' vroeg Bernie.

'Zou je niet wat meer vader kunnen zijn?'

'Hoe bedoel je?'

'Ik noem maar wat, mij een klap geven als ik het woord *kloten* gebruik?'

'Meer mijn gezag laten gelden, bedoel je?'

'Zoiets.'

'Ik zal mijn best doen.'

'Dat is niet goed genoeg.'

'Nu moet je niet zo'n toon tegen mij aanslaan, jongeman. Ik heb meer dan genoeg van die vuilspuiterij.'

'Ja, perfect. Op die manier.'

'Ik meen het. Hou je kop, of je krijgt er spijt van dat je ooit geboren bent.'

Chris drukte zijn hoofd tegen de schouder van zijn vader, sloeg zijn vingers om diens bovenarm en werd overmand door een zwaar, heftig, droevig gevoel van diepe genegenheid dat de rest van zijn leven zou aanhouden.

8

Het was de laatste vrijdagavond van oktober in Bellwether, Connecticut. De drie leden van het gebroken gezin Schwartz maakten zich op om van huis te gaan. Het was Halloween en Bernie dwong hen zich te verkleden voor het jaarlijkse gekostumeerde bal van Bellwether High School, hoewel ze daar geen van allen zin in hadden, Bernie inbegrepen. Bernard Schwartz mocht nog zo onconventioneel, oneerbiedig en onnadenkend zijn, hij verdomde het zijn waarachtige geloof en bovenmatige plezier in het gezin als hoeksteen van de samenleving ook maar een beetje te laten bederven door een scheiding of chronische depressie.

De moeite die Bernie en Chris deden voor hun kostuum ging niet veel verder dan de keuze van een hoofddeksel. Bernie had besloten zich voor het feest te vermommen als Iemands Vader en hij koos een bruine gleufhoed. Daarbij droeg hij een bruine blazer van tweed, een donkerblauw overhemd waarvan hij de bovenste knoopjes openliet, een grijze wollen sportpantalon en bruine instappers met dikke rubberzolen. Chris koos een rode kerstmuts met een donzig witte pompon en de bijbehorende garnering. Verder droeg hij wat hij meestal droeg: een spijkerbroek en een effen flanellen overhemd in bijna dezelfde kleur blauw als zijn spijkerbroek. Hij hield zijn kostuum doelbewust ambigu, voorzover je iets wat nauwelijks bestond ambigu kon noemen, in de hoop de vraag uit te lokken: 'Wat moet jij voorstellen?', waarop Chris dan kon antwoorden: 'Ik ben een schijnheiligman.' Chris wist dat 'ik ben een schijnheiligman' niet eens een middelmatige grap was, maar gewoon een grap van niks. Hij was stiekem blij dat zijn vader hen dwong naar het gekostumeerde bal te gaan en het minste wat hij kon doen was zich puberaal tegen hem afzetten met een waardeloos kostuum.

Maar Cathy had zich met enthousiasme op haar kostuumontwerp geworpen. Ze had er weken op gestudeerd. Ze ging naar het feest als Edith Stein, ook wel bekend als Teresia Benedicta van het Kruis, een twintigste-eeuwse Poolse jodin en briljante Husserliaanse fenomenologe die zich had bekeerd tot het katholicisme en in 1942 de marteldood stierf in Auschwitz. Paus Pius had haar zalig verklaard in 1987, toen Cathy nog klein was. Cathy werd gegrepen door het woord 'husserliaans'. Ze werd gegrepen door het woord 'fenomenoloog'. Hun betekenis kende ze niet. Ze had het gevoel dat beide woorden een mysterie waren dat zich elk moment aan haar kon openbaren, als het mysterie van God. Ze had naar een winkel met nonnenkleding kunnen gaan, maar dat vond ze van te weinig eerbied getuigen. Ze had alle onderdelen van haar habijt zelf genaaid – het superplie, de kap – terwijl ze al die tijd naar een kleurenreproductie van Edith Stein had gekeken, gevonden op het internet. Ze was helemaal in het wit en lichtblauw, de kleuren van de karmelietenorde waarbij Stein zich had aangesloten. De veewagon waarin Edith Stein en haar zus Rosa van Nederland naar Auschwitz werden getransporteerd, stopte in hun geboorteplaats Breslau in Polen. Stein dook op uit de menigte in de trein; ze droeg nog steeds haar habijt en zei: 'Dit is mijn geliefde geboorteplaats, die ik nooit zal weerzien. We rijden onze dood tegemoet.' Cathy staarde uren uit haar kamerraam en dacht na over de betekenis van de dood van Edith Stein. Deze lange perioden van bezinning kwelden haar en ze verzette zich ertegen, maar ze wist dat ze moest doorzetten. Het lot van Edith Stein was het belangrijkste vraagstuk van haar zeventiende jaar, of althans, zo zag ze dat in die tijd. Als ze het eenmaal had opgelost, of als het haar niet langer kwelde, was ze klaar voor het volgende vraagstuk. Ze haalde diep adem en dacht aan een leven dat voerde van het ene vraagstuk naar het andere, telkens een graadje moeilijker, of tenminste, dat hoopte ze. In gedachten zei ze deze versregels op, geschreven door Edith Stein:

Om te lijden en ondanks dat lijden gelukkig te zijn,
Om met beide voeten op aarde te staan,
Om op de bezoedelde en ruwe paden van deze wereld te lopen en toch
Bij Christus op de troon te zetelen, naast God de Vader...

Cathy verscheen aan haar vader en broer in de woonkamer. Zonder dat ze het doorhad, trok ze een gezicht als op het schilderij van Edith Stein; ze doorboorde hen met de stralende blik van de twintigste-eeuwse Midden-Europese joodse heilige.

'Leuk kostuum.'

'Dank je, Chris.'

'Zeg pap, misschien kunnen we onderweg naar het feest nog even stoppen om wat gevoel voor humor te kopen voor Cathy.'

Behalve door het mysterie van het leven en de dood van Edith Stein werd Cathy in haar spirituele groei belemmerd door de woede die haar broer steeds bij haar wekte. Ze herkende in hem de banaliteit en valsheid van een verloren ziel, en het stoorde haar dat die valsheid haar telkens weer in het hart wist te raken.

'Mag ik u voorstellen: mijn zus de zuster.' Chris keek naar Cathy, zag haar ineenkrimpen en had meteen spijt van zijn woorden. Ze was altijd al overgevoelig en veel te serieus geweest. Chris herinnerde zich een Halloween van zes jaar geleden, toen het gezin zogezegd nog compleet was. Cathy zat in haar ornithologische fase en zeulde rond met haar verrekijker en vogelgids zoals nu met haar rozenkrans en kruis. Ze bracht uren in haar kamer door met luisteren naar de cd *De roep der vogels in de Noordoostelijke Verenigde Staten*, zoals ze nu uren in haar kamer doorbracht met bidden en mediteren, of wat ze daar in godsnaam ook deed. Zes jaar geleden met Halloween had hun moeder de fout gemaakt om een Pino-kostuum voor haar te kopen. Pino was dat belachelijke beest uit het bekende kinderprogramma op televisie, een reusachtige pratende loopvogel. Het kostuum was een poging van Lila Schwartz om haar eenzame ornithologische dochter te verwelkomen in de gemeenschap van humoristische mensen. Ze had moeten weten dat Cathy niet iemand was met wie je vogelgrappen uithaalde. Cathy vond het kostuum vernederend en beledigend, een vreselijke bespotting van de waardigheid der vogels. Ze kreeg een woedeaanval, zoals wel vaker in de eerste twaalf jaar van haar leven: haar gezicht werd rood, ze stampte in het rond en sloeg met de vlakke handen op haar dijen.

Chris keek naar zijn zus en moest een andere kant op kijken; hij kon die blik van haar niet aan. Zoals wel vaker besefte Chris dat zijn zus geen karikatuur was, en daar schrok hij van. Niet alleen was ze geen karikatuur, maar ze ontwikkelde zich tot een fel, vastberaden, bijna eng persoontje, en dat was niet eerlijk. Hoe kwam het dat hij zich niet ontwikkelde? Waarom was hij gedoemd Chris te blijven tot de dood hem scheidde van zichzelf?

9

Het samengeraapte trio Schwartz liep de gymzaal van Bellwether High School binnen. Alledrie waren ze bang, zoals dat hoorde met Halloween of welk feest dan ook. Cathy wist dat haar weinige excentrieke vriendinnen moeite hadden met haar katholicisme, maar dat vergaf ze hen. Ze was niet bang voor het onbegrip van haar vriendinnen. Wat haar angstig maakte, was het besef dat mensen te lijden hadden onder feesten als deze. Of beter gezegd, ze was bang dat ze ondanks haar belangstelling voor het lijden niet in staat zou zijn een lijdende ziel echt te helpen. Om haar eigen lijdende ziel maakte ze zich geen zorgen, want dat zou aanmatigend zijn, maar op een gewone ongodsdienstige manier vroeg ze zich wel af of ze ooit gelukkig zou worden.

Chris Schwartz maakte zich zorgen om Frank Dial. Hij wist dat Frank niet naar het feest zou komen. Hij had graag de kleren willen zien waarin Frank was komen opdagen. Hij verlangde naar Franks ironische commentaar op het hele gebeuren. Hij was bang dat Frank iets ernstigs had, maar hij kon onmogelijk een kijkje gaan nemen. Hij zag Richard Stone aan de andere kant van de grote hoge zaal. Stone had geen overhemd aan. Zijn gezicht en bumperbrede torso waren groen geverfd. Chris werd onpasselijk van angst en woede; nee, niet van woede, want woede bracht hoop met zich mee. Haat.

Bernard Schwartz had het naar zijn zin, behalve dat hij zweette, zijn hart meer dan honderd slagen per minuut maakte en zijn armen en benen soms krampachtig schokten. Hij wilde naar bed. Om wakker te blijven ging hij op zoek naar een pilsje. Hij maakte een omtrekkende beweging door de zaal. Hij zag hoe zijn twee kinderen zich aarzelend in het feestgedruis mengden. Hij zag een weerwolf en een monster van Frankenstein, een paar hommels, drie eenzame cowboys die steun zochten bij elkaar, een levensgroot melkpak, figuren uit een sciencefictionfilm met zwarte kleren en halffuturistische plastic wapens, de president van de Verenigde Staten, Tonto, Elvis, Hitler, Jezus. Hij zag een wereldberoemde basketbalster, de verschrikkelijke Hulk, Superman, een aardvarken, een kabouter, een wolf, een beer, een reusachtige ijshoorn, Roodkapje, Nixon, de Dood. De muziek klonk hard. Mensen zwaaiden met hun armen op de maat en schreeuwden erbovenuit. Hij zag zijn karmelietes en zijn halve kerstman terug, die nergens aansluiting vonden en het niet naar hun zin hadden. Hij maakte zich zorgen om hen. Hij kreeg een pilsje te pakken, maar het lukte hem niet te drinken. Zijn hart maakte wel 110 slagen per minuut. Het leek of de verschrikkelijke Hulk iets onvriendelijks tegen zijn zoon zei, maar dat zou wel een grap wezen, want het was Halloween.

'Jij bent er goed vanaf gekomen vandaag,' zei de Hulk tegen de droevige magere halve kerstman. Zijn zware bolle armen hingen niet recht omlaag, maar een beetje naar opzij om ruimte te maken voor zijn kolossale torso. Zijn vier vingers hingen als een gedrongen vleesmassa aan zijn hand, en zijn duimen bogen af als om te bewijzen dat hun eigenaar tot de mensachtigen behoorde.

'Je hebt mijn vriend pijn gedaan,' zei Chris.

'Ach, wat lief. Je klinkt als een nicht.'

'Je bent een simpele ziel, Dickie Stone. De wereld is verdeeld in nichten en echte mannen. Meer weet je niet, en meer hoef je ook niet te weten.'

'Zo is dat.'

'Je zult nooit weten hoe boeiend en ingewikkeld het leven is, want je bent een sukkel met de hersens van een garnaal.' De woorden van Chris kwamen uit een verstandige en rustige plek in zijn hart die nieuw voor hem was. Richard Stone gaf Chris een por, waardoor hij achterover op de vloer van de gymzaal viel.

Stone trapte Chris hard in zijn zij. Bernie Schwartz legde een hand op zijn schouder. 'Laat dat.'

Stone keerde zich tot Bernie Schwartz. Chris kwam overeind. 'En wie mag jij dan wel wezen?'

'Ik ben zijn vader.'

'En wat dacht je eraan te doen als ik je zoon verrot sla?'

'Dan maak ik je af.' Bernie's hart sloeg tweemaal per seconde, zijn hoofd bonkte, zijn benen trilden, de huid onder zijn tweed blazer en overhemd was klam, en hij was zo verschrikkelijk kwaad dat hij de neus van het joch wel kon afbijten. 'Maar voordat je iets stoms doet, ga je nu eerst naar buiten om eventjes af te koelen.'

Stone keek Bernie een paar seconden aan. Hij wierp een zijdelingse blik op Chris. Toen draaide hij zich om en liep de gymzaal uit.

Chris zei: 'Wauw, pap, dat was ongelofelijk.'

Bernie zei: 'Dit bier valt niet goed bij mij. Ik ga naar huis. Jullie kunnen blijven, als je wilt. Ik haal nog even wat punch en dan kom ik jou en Cathy gedag zeggen.'

'Pap, je zweet als een otter.'

Bernie liep naar de punchbowl. De muziek klonk harder. Hij liep door een menigte dansende mensen. Iemand deed alle lichten uit behalve een stroboscooplamp die de verklede dansers in een snelle misselijkmakende reeks roerloze poses ving. In korte felle close-ups zag Bernie de slagtanden en de rode tong van een weerwolf, de slijmerige drab die hing aan het reptielengezicht van een buitenaards wezen, het bepoederde gezicht van een duiveltje, de koperkleurige kroon van het Vrijheidsbeeld, de met bier doorweekte snor van Hitler, het droevige en heilige gezicht van zijn dochter. Hij stak een arm uit naar de punchbowl en voelde dat zijn voeten onder hem weggleden. De vloer van de gymzaal kwam op hem af en hij probeerde naar de rand van de tafel te grijpen. De bowl sloeg om. Het glas spatte naast zijn voeten uit elkaar. Het rode vocht verspreidde zich en doordrenkte zijn vaderkostuum, en hij verloor zijn bewustzijn.

DEEL TWEE

10

Chris zat op een gewelfde harde metalen bank bij de Eerste
Hulp van Port Town General Hospital. Zijn zus zat naast
hem en zei: 'Heilige Maria, Moeder van God, bid voor ons
zondaars, nu en in het uur van onze dood...' Dat ergerde
Chris, die zich woord voor woord probeerde te herinneren
wat hij allemaal voor moois had gezegd tegen Richard Stone.
Hij dacht aan de trekkende benen en het verkrampte gezicht
van zijn vader in de gymzaal, en aan al het rode vocht dat op
de grond droop toen het ambulancepersoneel hem op de
brancard tilde.

Chris stond op en liep heen en weer over de harde groene
vloer. Port Town was een industriestadje en op deze avond
van Halloween was de medische nood onder zijn bewoners
bepaald niet misselijk. Er kwam een dronken man in het
fluorescerende licht naar binnen gezwalkt met doorschijnende glasscherven in zijn gezwollen wang. Een andere
nieuwkomer hield krampachtig zijn zij vast, terwijl het
bloed overal van zijn handen liep. Een zwangere vrouw met
geschminkte zwarte snorharen werd krijsend en vloekend in
een rolstoel naar binnen gereden. Elke keer als een patiënt
voorbijkwam, sloeg Cathy een kruisje.

Er verscheen een jammerende en kreunende graaf Dra-
cula van een jaar of twintig op de Eerste Hulp. Hij had zijn
elleboog gebroken. Een vrouw met een blauwe plek op haar

gezicht en wie weet wat voor verwondingen nog meer werd op een brancard naar binnen gedragen, omringd door verplegers die medische kreten slaakten. Er kwam een aangeschoten clown aangestrompeld, ondersteund door twee vrienden; de grote teen van zijn rechtervoet was in een kompres met ijsklontjes gewikkeld. Hij hield een grote rode nepanjer in zijn hand. 'Welk eiland beeld ik uit?' vroeg hij hardop. 'Krakatoa!'

Cathy probeerde een praatje te maken met de andere wachtende vrienden en familieleden van patiënten. Ze wimpelden haar zo snel mogelijk af. De clown gaf zijn bloem aan een zorgelijk kijkende vrouw van middelbare leeftijd, boog en pakte de bloem weer overdreven geërgerd van haar af. De vrouw lachte weldadig. De clown varieerde zijn act voor andere bezoekers van de Eerste Hulp, tot hun grote plezier. Cathy wenste dat zij net als die clown het lijden van een ander kon verlichten, al was het maar voor even. Ze probeerde haar jaloezie te onderdrukken. Ze ging door met mensen geruststellend toespreken, maar ze bleven haar afwijzen. Ze dachten dat deze tiener in nonnenhabijt hen voor de gek hield met haar overdreven medeleven, en ze wilden niet door een non voor de gek worden gehouden; ze wilden door een clown voor de gek worden gehouden.

Om drie uur in de ochtend, toen ze er al vijf uur hadden gezeten, kwam er een arts naar Chris en Cathy die ze nog niet eerder gezien of gesproken hadden. Ze was jong en had een weelderige, warrige bruine haardos en diepgroene ogen. In haar gekreukte katoenen dokterskloffie zag ze eruit alsof ze op een late zondagochtend door haar eigen rommelige woonkamer banjerde om een aerobicstape in haar videorecorder te stoppen. 'Jullie vader is nog steeds buiten bewustzijn,' zei ze zacht, bijna teder. 'Zijn hartslag is stabiel en we hebben een buisje ingebracht, zodat hij makkelijker kan ademhalen.'

'Kan hij dat dan niet uit zichzelf?' vroeg Cathy.

'Jawel, maar hij is buiten bewustzijn en we willen niet dat hij per ongeluk vloeistof inhaleert. Maar wat ik wilde vragen, is jullie moeder bereikbaar?'

Chris had het gevoel dat deze jonge vrouwelijke arts hen iets heel intiems verteld had, niet alleen over hun vader maar ook over haarzelf, en hij zei: 'Ze zijn gescheiden. U weet hoe die dingen gaan. Niemand valt iets te verwijten. Mensen groeien uit elkaar. Hun behoeftes veranderen.'

'Hebben jullie haar telefoonnummer?' vroeg de dokter. Haar naam was Lisa Danmeyer. Ze rook naar seringen en professioneel zweet.

Cathy zei: 'Ik heb het twintig minuten geleden nog geprobeerd. Ze was er niet. Ze woont in Californië.'

'Goed, dan vertel ik het jullie. Omdat jullie zo goed antwoord hebben gegeven op de vragen van de artsen weten we nu dat jullie vader is getroffen door het zogenaamde serotoninesyndroom. Dat kan gebeuren met een patiënt die een serotonine-heropnameremmer gebruikt, zoals prozac, maar het lijkt erop dat jullie vader ook nog een MAO-remmer heeft ingenomen, en de combinatie van die twee heeft vaak traumatische bijwerkingen. Vandaar het zweet en de stuiptrekkingen die jullie bij je vader gezien hebben. De combinatie van die twee kan in een enkel geval ook de hogere hersenfuncties verstoren, en de patiënt raakt dan in een coma. Dat is waarschijnlijk wat er met jullie vader gebeurd is. We hebben een CAT-scan gedaan en er zijn geen aanwijzingen voor een beroerte, maar we houden het in de gaten. Hebben jullie toevallig de nummers van zijn psychiater en apotheker bij de hand?'

Bij het woord 'coma' keken Chris en Cathy elkaar aan. In een fractie van een seconde kwamen ze niet zozeer tot een gezamenlijke conclusie, alswel tot een onuitgesproken wederzijds besef. 'Coma' was de wetenschappelijke uitkomst van het verdriet van hun vader. Ze waren de zoon en dochter geworden van een oude verzwakte man. Ze waren volwassen geworden. Ze waren er op geen enkele manier klaar voor, maar volwassen waren ze.

Cathy zei tegen de dokter dat ze de telefoonnummers van zijn psychiater en apotheker zou opzoeken zodra ze thuis was.

Chris vroeg: 'Heb ik het nou goed begrepen, dokter Danmeyer? Onze vader ligt in coma?'

'Zijn levensfuncties zijn stabiel. Het duurt vast niet lang voor hij wakker wordt. We houden hem goed in de gaten en hij wordt hier uitstekend verzorgd. Als jullie de nummers doorgeven, nemen we contact op met zijn psychiater en apotheker. Maar jullie moeten wel je moeder op de hoogte brengen.'

'U bedoelt dat hij dood kan gaan.'

'De meeste patiënten met een serotoninesyndroom komen er weer bovenop.'

'Maar sommigen gaan dood.'

'Een enkeling,' zei de dokter. Ze liep met de kinderen door de gang naar de intensive care. Ze tuurden door een ruitje naar hun bleke vadertje op een metalen bed, met een akelige slang door zijn neus en een iets minder akelige slang aan zijn arm. Cathy kuste het kruis dat om haar nek hing en drukte haar helende handpalmen tegen de ruit.

Dokter Lisa Danmeyer liep met hen mee naar de uitgang van het ziekenhuis. In de ogen van Chris Schwartz was ze ernstig, beheerst en toch ook wel een snoesje, en hij wilde haar het liefst omhelzen. Dat deed hij vurig, maar ook listig, want hij wist dat ze die omhelzing zou opvatten als het gedrag van een jongen die het moeilijk had. De dokter vond het ongepast, maar zoals Chris al gedacht had, stond ze toe dat hij haar vasthield. Waarschijnlijk kwam het door zijn erectie dat ze zich toch nog losmaakte. 'Ik...'

'Ik weet het,' zei Chris. 'U wilt dat we zo snel mogelijk onze moeder op de hoogte brengen. Onze vader ligt in een coma. Gesnopen.' Chris stak zijn duimen omhoog. Hij was losgeslagen, boos, op zijn hoede, uitgelaten en bang.

46

Ze stapten in de auto van zijn vader, waarmee Chris zonder rijbewijs naar het ziekenhuis was gereden. Cathy zat naast hem, masseerde haar nek-, rug- en armspieren, en begon te snikken. Chris verkeerde niet langer in een roes en hij kon ook niet meer helder denken. Wat overbleef, was de angst, een restje boosheid en een allesverlammende vermoeidheid.

Om vijf uur 's ochtends lag Chris op de bank in de woonkamer en droomde van het haar van zijn moeder. In de droom lag zijn moeder op dezelfde bank. Chris lag naast haar op de vloer, op de plek waar in werkelijkheid de glazen salontafel stond. Hij luisterde door een koptelefoon naar het strijkkwintet van Franz Schubert, en zijn moeder ook. Of nee, niet door een koptelefoon. Het strijkkwintet van Franz Schubert drong via het haar van zijn moeder tot zijn hoofd door. Het dikke haar van zijn moeder nam vijf kleuren aan: blond, donkerblond, kastanjebruin, lichtbruin en diepbruin. Het haar was niet het middel waardoor de muziek werd overgedragen, maar het wás de muziek, en andersom. En het haar van Chris was hetzelfde als dat van zijn moeder. Elke haar die onder de hoofdhuid van zijn moeder begon, eindigde onder zijn eigen hoofdhuid. Ze waren een Siamese moeder en zoon, door het haar met elkaar verbonden. De moeder van Chris gebruikte hun gezamenlijke haar om de muziek naar het hoofd van Chris over te brengen. Chris begreep die muziek perfect en elke frase leek afkomstig uit zijn eigen binnenste. Toen werd hij wakker en kon zelfs geen maat van het kwintet meer neuriën. Hij had het gevoel iets te hebben verloren dat onmisbaar was voor zijn geluk.

11

Lila Munroe – die Lila Schwartz heette in de grotendeels ongelukkige periode van haar leven waarin ze getrouwd was
geweest met Bernard – nam een nachtvlucht en toen ze de
volgende ochtend om zes uur in New York aankwam, ging
ze meteen door naar het ziekenhuis. Zes jaar eerder had ze
zich aangemeld bij de rechtenfaculteit van Berkeley University, kreeg meteen een voorkeursplaats toegewezen, bracht
Bernie en de kinderen op de hoogte en verhuisde een week
later naar Oakland. Ze had voor haar huwelijk al twee jaar
gestudeerd. Na haar huwelijk studeerde ze in anderhalf jaar
af en werd een succesvolle advocaat. Ze woonde op zichzelf
en deed belangrijk werk, wat haar het nodige zelfvertrouwen
gaf om te doen waar ze zin in had en te krijgen wat ze wilde.
Ze droeg een zacht donkergroen mantelpakje, kwam nog
voor het bezoekuur bij het ziekenhuis aan, schoof de bezwaren van de verpleegsters terzijde en stapte de kamer van haar
comateuze ex-man binnen.

'Hé Bernie,' zei ze. Zijn ogen gingen open. Hij keek hoe
ze naar de hoek van de kamer liep, een stoel pakte en die bij
zijn bed zette. Ze ging naast hem zitten en raakte zijn hand
aan. 'Ben je nu wakker?' vroeg ze. Hij keek haar nog even
aan, sloeg een blik op het plafond en deed zijn ogen weer
dicht. Zijn hartslag op het computerscherm was hetzelfde
gebleven. 'Nou goed, hoe gaat het nu met je? Het spijt me
dat ik je de laatste maanden niet gebeld heb. Ik was het wel
van plan. Of nee, ik was het helemaal niet van plan. Meestal
hoor ik wel van de kinderen hoe het met je gaat, al weet ik
dat ze eigenlijk geen zin hebben om erover te praten. Jij bent
hun idool. Ze zijn gek op je. Jij bent degene die ze vertrouwen. Ze willen jou tegen mij beschermen. Zelfs de gewoon-
ste dingen houden ze liever voor zich. Ze kunnen het niet
uitstaan als ik zelfs maar een beetje kritiek heb op wat dan
ook. Ach, waarom zeg ik dit? Waarom zeg ik dit nou?' Ze

huilde een beetje. 'Moet je horen, Bernie. Je wordt straks toch wel wakker? Laat me niet in de steek, maatje. Ik mag dit misschien niet zeggen, maar ik heb je nodig. Ik heb je nodig voor mijn leven in Californië. Ik bedoel niet alleen dat jij de kinderen opvoedt, hoewel je niet moet denken dat ik dat ooit vergeet, schat. Nee, ik bedoel dat ik blij ben dat jij er bent, hier in Connecticut. Elke dag denk ik eraan dat ergens op deze wereld jij rondloopt, liefje. Ik heb een kaart van de Amerikaanse oostkust in mijn hoofd met daarop jouw lievigheid en gekkigheid. Ik heb een kleine Bernie in mijn hoofd, als een lievelingspop van vroeger, gekregen van iemand die me dierbaar was. Ik heb dat nodig. Ik heb het nodig dat jij hier bent. Doe wat je wilt, maar ga niet dood, ik verbied het je. We zijn verdomme nog niet eens vijftig. Dan ben je op de helft. De moderne geneeskunst houdt ons tegenwoordig op de been tot we over de honderd zijn, heb je dat dan niet in de krant gelezen? Kom op, Bernie, ik smeek het je.'

'Doe me een lol en piep dokter Danmeyer op,' zei Chris nadrukkelijk tegen de onvermurwbare receptioniste van de hoofdbalic, die op het toilet had gezeten toen Lila voorbijkwam en Chris en Cathy geen toestemming gaf hun vader op de Intensive Care te bezoeken.

'Ik wel haar best oppiepen,' zei de vrouw, 'maar ik denk niet dat ze komt en ik weet wel zeker dat je je vader niet zult zien voordat de grote wijzer op de twaalf staat en de kleine op de tien.' En ze piepte dokter Danmeyer niet op.

'Mijn vader ligt daar in een coma en u volgt hier als een tweederangs nazi de bevelen op. U bent een kutwijf van de allervriendelijkste soort,' zei Chris.

De vrouw lachte en zei dat hij vijftien minuten eerder naar binnen mocht als hij ging zitten en verder zijn mond hield. Voor Chris was dat een hoogst onbevredigende uitkomst. De vrouw kon zelfs niet het respect opbrengen om zich door zijn onbeschofte opmerking beledigd te voelen.

Dat hij zo weinig gewicht in de schaal legde, was voor Chris een geweldige bron van frustratie. Zijn vader lag in een coma, en wat had dat in godsnaam voor zin als het zijn aanzien zelfs niet een klein beetje vergrootte? Chris probeerde dreigend boven de balie uit te torenen en vroeg zich af hoe hij die koppige bemoeizieke kankerhoer kon beledigen. Cathy pakte zijn hand en probeerde hem naar een stoel in de wachtruimte te loodsen. 'Laat me met rust. Wat heb je toch?'

'Ook goed, reageer je maar op mij af, zo horen we dat graag,' zei Cathy, waarna ze spijt kreeg van haar boosheid en eraan toevoegde: 'Wat ben je toch een voorbeeldig jong mens. Pap zou trots op je zijn.'

Cathy kwam als eerste de kamer binnen. Lila zat naast de plek waar het bed had gestaan voordat Bernie was meegenomen voor zijn dagelijkse uitje naar de CAT-scan. Ze had haar dochter sinds juni niet meer gezien en de eerste aanblik kwam als een schok. Lila was een grote lichtgetinte joodse vrouw. Cathy was donker en verfijnd, met het Russische voorkomen van haar vader. De ontmoeting van moeder en dochter was als die tussen wantrouwige afgevaardigden van twee vijandige stammen. Cathy trok een onverstoorbaar gezicht. Ze boog en kuste haar moeders voorhoofd. Ze legde de handen op haar moeders schouders en vroeg, alsof Lila een labiele vriendin was die iemand verloren had: 'Hoe gaat het nu met je?' Cathy had wallen onder haar ogen. Het was alsof ze haar vermoeidheid al lange tijd met zich meedroeg, alsof ze die aanvaard had en er sterker van geworden was, alsof ze haar vermoeidheid in het vuur van haar brandende ziel bereid had en nu in de vorm van wijsheid aan de mensheid teruggaf.

Chris kwam binnen. Hij keek naar zijn moeder, glimlachte en keek de andere kant op. Hij schaamde zich voor zijn droom. Hij wilde naar haar hoofd kijken, om te zien of het haar hetzelfde was als in zijn droom. Hij keek. Het zag er verzorgder en iets dunner uit dan in zijn droom. Een klemmetje zette het grootste deel ervan vast op haar achterhoofd. Ze had gel, mousse of lotion gebruikt, zodat ze een zakelijke indruk maakte en haar gezicht hard leek, ongevoelig voor kinderlijke genegenheid. Ze wenkte hem. Hij boog om een kus op zijn wang in ontvangst te nemen. 'Dag knul,' zei ze.

Een verpleger reed Bernie op zijn metalen ziekbed naar binnen en liep de kamer uit. De drie wakkere gezinsleden voelden zich overvallen en wisten niet wat ze moesten zeggen. Ze verwachtten allemaal min of meer dat Bernie overeind zou komen om een grapje te maken. Om niet in paniek te raken, moest Lila zichzelf inprenten dat ze geen vijfendertigjarige huisvrouw was, dat ze niet op een goedkope hotelkamer zaten, dat dit niet het begin van een ellendige vakantie was in een overvolle badplaats aan de kust van New Jersey, dat ze niet drie keer per dag met deze mensen de maaltijd hoefde te delen, dat ze de komende weken, maanden, jaren en decennia niet elke middag en elke avond met hen naar deze kamer terug hoefde te komen. En daarna wenste ze natuurlijk juist dat ze daartoe in staat was geweest.

De dokter kwam binnen. 'Mevrouw Schwartz? Ik ben dokter Danmeyer.'

'Niet Schwartz. Munroe. Wat bent u jong!'

'Uw man heeft een beroerte gehad.'

'Ex-man.'

'Mam!'

'Wanneer?'

'We hebben het vandaag gezien op de CAT-scan,' zei de dokter, 'maar het kan ook gisteren zijn gebeurd of zelfs de avond daarvoor. Het serotoninesyndroom heeft geleid tot een tijdelijke hartritmestoornis, wat er op zijn beurt toe leidde dat er een kleine trombus of bloedprop is ontstaan in een van de grote bloedvaten bij het hart, of dat een bestaande trombus in de bloedbaan is losgelaten. Die prop is in zijn hersens terechtgekomen en heeft daar even de toegang tot de linkerhersenhelft geblokkeerd. Dat noemen we een beroerte, of tenminste, een soort beroerte.' Dokter Danmeyer ging verder met het verhaal over haar patiënt Bernard Schwartz. Met een minutieuze toewijding bracht ze het ene detail na het andere ter sprake. In dezelfde kamer waar Bernie stilletjes lag, creëerde Lisa Danmeyer een tweede Bernie, bestaande uit testuitslagen, namen van medicijnen en hersendelen, biochemische reacties en mogelijke uitkomsten. Lila, Cathy en Chris voelden alledrie de macht en het gevaar van wat Lisa Danmeyer deed. Deze tweede Bernie, gecreëerd met behulp van de wetenschap, dreigde de echte Bernie die bij hen in de kamer lag te verdringen. Nu al kon geen van hen aan 'de echte Bernie' denken zonder daarbij een paar van Lisa Danmeyers woorden te gebruiken. De Bernie van Lisa Danmeyer was het tegendeel van Jezus: het vlees was woord geworden.

Lila Munroe stelde de dokter vragen over het serotoninesyndroom. De dokter gaf uitleg, zo nu en dan onderbroken door Chris, die vond dat ze dingen ten onrechte wegliet: 'Fluoxetine staat algemeen bekend als prozac, en andersom.' Ergens in de loop van de ochtend of de voorgaande dag was Chris op dokter Danmeyer gaan neerkijken. In gedachten noemde hij haar graag Lisa, of – ironisch – 'dokter' Lisa Danmeyer. Ze was gewoon een wat oudere versie van die aanstellerige typetjes op school die van wis- en natuurkunde hielden en netjes gekleed en gekapt waren, de meisjes die er trots op waren dat ze altijd hun huiswerk deden en die in het voorjaar alle studiebeurzen in de wacht sleepten. Gevoel voor humor hadden ze niet en ze gebruikten hun ijver als wapen om iedereen met een ironisch besef, zoals Chris, te vermorzelen. Waar ze alleen geen flauw idee van hadden, was dat ironie nu juist het best werkte als die vermorzeld werd; vrijwel niemand wist dat, behalve Bernie, de vader van Chris, die nu bijna dood was. Als hij ooit nog tot leven kwam, zou hij de wereldwijde koning van de ironie zijn. Als Bernie de vermorzeling voorbij was en herrees als zijn taaie kernachtige zelf zou hij Lisa Danmeyer, Cathy en alle stijve elitaire trutjes van Bellwether High School met drie woorden, of twee goed gekozen ironische woorden, op hun plaats zetten.

Toen ze klaar was met haar uitleg, vroeg dokter Danmeyer of Lila nog vragen had. Lila zei: 'Nee, maar ik heb een verzoek. Bedenk dat deze man niet mijn man is. Maar deze twee mensen hier zijn wel zijn kinderen. Ze zijn intelligent en volwassen, en wat mij betreft kunt u hen alles vertellen. Ik woon in Californië. Zij tweeën zijn degenen die op de hoogte moeten blijven van het ziekteverloop. Ze zullen alles aan mij doorgeven en we zullen doen wat nodig is. Ik wil geen ongevoelige indruk maken, maar ik vraag u om een gunst, namelijk dat u Chris en Cathy als volwassenen behandelt. Ik denk zelfs dat ze daar heel veel baat bij hebben.'

Cathy vroeg zich af of Lisa Danmeyer een hele vrouw was, zoals Cathy zelf graag wilde zijn. Cathy zocht overal op de wereld naar hele vrouwen. Ze wilde iets aan hun leven ontlenen, ook al wist ze dat ze haar eigen manier moest vinden om heel te worden, als ze daar tenminste de kracht, de moed en het verstand voor had. Ze beschouwde haar eigen moeder niet als een hele vrouw, want om een professionele en mogelijk zelfs gelukkige vrouw te zijn (hoewel Cathy over dat laatste haar twijfels had) moest Lisa Munroe een prijs betalen, namelijk dat ze hard en ontoegankelijk was. Cathy had het gevoel dat haar moeder niet wist wat overgave was, en dat ze het ook nooit zou weten. Zonder overgave kon je niet heel worden. Overgave en kracht. Dat waren de gedachten van Cathy, al wist ze niet waar ze vandaan kwamen en of ze ook waar waren.

Voor de lunch nam Lila Chris en Cathy mee naar een nieuwe trendy broodjeszaak in Bellwether. Ze vroeg Cathy of ze van plan was katholiek te worden. 'Daar ben ik nog niet uit. Ik zal het je laten weten als het zover is. Voorlopig is het een zaak tussen God en mij.'

Lila kon niet nalaten even te snuiven van ontzetting, wat Cathy als hoon opvatte.

'Nou moet je me niet belachelijk maken, moeder. Tegen de dokter zeg je dat ze ons als volwassenen moet behandelen, maar zelf kijk je op me neer en lach je me uit.'

'Nee, liefje, ik...'

'Het christendom is een serieuze eeuwenoude godsdienst. Het was al op deze aarde voordat de wetenschap iedereen wijsmaakte dat je alles met je verstand kunt begrijpen. En het is in elk geval al heel wat ouder dan de Amerikaanse grondwet, waar jullie wel in geloven. Ik probeer te geloven in het allerhoogste, in God, wat heel moeilijk is, vooral in deze tijd. Je kunt me voor gek verklaren, maar voor mij is dat belangrijk. Ik wil weten wat het geloof voor mij te betekenen heeft. Ik moet daar achter zien te komen.' Cathy was er zo vol van dat ze het gevoel had dat ze uit elkaar zou barsten. Dat zou ze niet erg vinden. Ze zou het niet erg vinden te sterven in haar streven zich open te stellen voor het geloof.

'Cathy, vergeef me dat ik niet helemaal begrijp waar jouw belangstelling voor het geloof vandaan komt, en dan vooral voor het katholicisme. Ik bewonder je erom. Als we geluk hebben, vinden we een mens, een roeping of een geloofsrichting die ons helpt om rust te vinden in ons woelige bestaan. Als we niet alleen geluk hebben, maar ook vastbesloten zijn en sterk, wat ik denk dat jij bent, dan hoeven we niet afhankelijk te zijn van een ander om die rust te vinden. Die vinden we als ons innerlijk min of meer in evenwicht is met de buitenwereld. Ik sta ervan te kijken, maar ben ook trots op je, schat.'

'Nou moeder, bedankt dat je me hierin steunt, maar je hebt er niks van begrepen. Ten eerste, het is geen "geloofsrichting". God bestaat. Ik weet alleen nog niet hoe ik Hem het beste kan dienen, met mijn hele leven, mijn gedachten en alles wat ik doe. Ten tweede, ik wil geen rust. Een staat van genade bereik je niet door je rustig en stil te houden. Dat doe je door in beweging te komen, te handelen, God te dienen. Die rust vind ik na mijn dood wel. Dan zal ik geen spier meer vertrekken.'

'Wat hebben jullie in godsnaam?' vroeg Chris. 'Als iemand op dit moment rust heeft op deze wereld is het papa, maar jullie tweeën hebben het over... Ik weet niet eens waar jullie het over hebben. Mam, je neemt een keer per jaar het vliegtuig om ons te commanderen, alsof je daar nog steeds het recht toe hebt. Cathy, je praat alsof je hardop voorleest uit een of ander eng religieus traktaat. Vertel mij wat over het christendom. Ik heb voor school het Nieuwe Testament moeten lezen. Toen de Heilige Geest tot Maria inging, werd ze tenminste nog zwanger. Jij bent alleen maar gehersenspoeld.'

Chris kon zichzelf niet uitstaan. Hij zou ter plekke dood willen gaan. Nee, het liefst zou hij uit zijn stoel opstijgen en de aarde verlaten, niet als een ziel op weg naar de hemel, maar als een helikopter van de verkeerspolitie. Dan kon hij neerkijken op alle onbeduidende driftbuien van de mens zonder zich nog langer ergens druk om te maken. Hij keek naar zijn moeder en had het gevoel dat hij haar ineens zag zoals ze was. Ze was mooi, ze was niet aardig, ze was niet vriendelijk. Hij wilde haar omhelzen en hij wilde dat ze hem omhelsde. Hij wilde dat ze hem hartstochtelijk in haar armen wilde sluiten. Wat een geweldige voldoening zou het geven als deze mooie, egoïstische, bazige trut nu eens naar hem verlangde, als ze hem wilde omhelzen en knuffelen. Wat een overwinning zou dat zijn. En wat zijn zus betrof, zoals altijd begreep hij niks van haar en wilde hij dat ook helemaal niet. Ze wekte keer op keer zijn woede en hij werd er gek van. Het liefst zou hij haar helemaal niet zien.

Ze wilden alledrie opstaan en weggaan, maar daar waren ze geen van drieën toe in staat. Ze bleven nog twee uur aan hun glazen tafeltje zitten, in hun gietijzeren witgeverfde ongemakkelijke designstoelen, en het grootste deel van de tijd

zwegen ze, bedwelmd door de macht van het innige gezins-
verband.

12

Frank Dial zat op de bank in zijn donkere woonkamer. Er lag
een nieuw notitieboekje op zijn schoot. Het was getiteld *Alles
wat ik haat*. Tot nu toe had hij opgeschreven:

Chris Schwartz
Richard Stone
Footballspelers
Diefstal van voorgaand notitieboekje
Deze bank
Deze kamer
Dit huis
Deze stad
Deze staat
Deze aarde
Deze lijst

Het nieuwe boekje was natuurlijk voorlopig en globaal. Hij
had nog niet de intellectuele energie hervonden om een indeling te maken, het geheel van commentaar te voorzien of
na te denken over de betekenis in relatie tot het verdwenen
notitieboekje. Op zijn neus vormde zich een lelijke blauwe
plek. Die plek zwol op, zodat de huid onder zijn ogen in de
verdrukking kwam. Hij slikte zoveel aspirine als wettelijk
was toegestaan in Connecticut, maar de pijn werd nauwelijks minder.

Op de avond van Halloween had zijn moeder hem uitge-
hoord over zijn verwonding en hij had haar alles verteld, of
tenminste, alles wat ze moest weten. Ze was ervan geschrok-
ken. In dezelfde kamer waar hij nu zat – de kamer waaruit

hij Chris Schwartz had verbannen – had ze geluisterd naar zijn beschrijving van het gevecht met Richard Stone, voorzover je dat een gevecht kon noemen, en daarna minutenlang gezwegen. 'Ik ga niet voor jou de kastanjes uit het vuur halen, Francis,' had ze tenslotte gezegd. Ze was een flinke moeder, maar hij was blij dat ze niet zo flink was dat ze overal regelrecht op af stapte. 'Nou, toen stapte ik regelrecht op het huis af waar dat joch woonde en vertelde z'n vader eens flink de waarheid. Ik vertelde hem waar het op stond tussen zijn zoon en mijn zoon, hier in Bellwether of waar dan ook. En reken maar dat die kerel naar me geluisterd heeft, Francis. Dat ventje heeft geen flauw benul wat hem voor de rest van z'n leven boven het hoofd hangt.' Nee, op zo'n moeder zat hij echt niet te wachten.

Niet dat Frank het laisser-faire-beleid van zijn moeder altijd gewaardeerd of begrepen had. In Philadelphia, waar hij was opgegroeid, had Renata Dial haar zoon zien vechten. Jawel, op zes-, acht-, tienjarige leeftijd had hij met andere jongens gevochten, nog geen tien meter van de veranda waarop zijn moeder zat toe te kijken. Daar had hij met zijn jonge verstand maar moeilijk bij gekund. Dat maakte het ook lastiger om te vechten. Het was lastig te winnen, want als hij even naar haar omkeek, miste hij de vuist die naar hem uithaalde en liep hij een bloedneus op; het was lastig te verliezen, want dan zag zijn moeder hoe slap en weerloos hij was, verslagen door een jongen die hij de baas had kunnen zijn, alleen al vanwege het onuitgesproken, passieve, liefdevolle vertrouwen van zijn moeder. Liefdevol vertrouwen, dat moest het zijn geweest. Vanwege haar liefdevolle vertrouwen zat ze daar en stak ze geen vinger uit om haar zoon te beschermen of te helpen. Wat kon dat anders zijn dan liefdevol vertrouwen?

Frank voegde een nieuw onderwerp toe aan zijn notitieboek *Alles wat ik haat*: 'Mams liefdevolle vertrouwen.'

Hij vroeg zich af waarom Chris Schwartz niet belde. Hij

wilde dat Schwartz belde, want dan kon hij ophangen, zodat Schwartz terug zou bellen en hij weer kon ophangen, zodat Schwartz voor de derde keer zou opbellen en Frank kon zeggen dat hij hem haatte, zodat ze weer vrienden konden worden.

13

Lila Munroe vloog terug naar Californië. Bernie Schwartz bleef in coma. Dr. Lisa Danmeyer deed wat Lila haar gevraagd had, al sprak ze eerder tégen dan mét Chris en Cathy over hun vader. Ze probeerde hen erop voor te bereiden dat de Bernie die wakker werd een ander kon zijn dan de Bernie die was gaan slapen. Ze had nog steeds goede hoop dat hij zou ontwaken, een gebeurtenis waar Chris en Cathy met angst en nieuwgierigheid naar uitkeken. Want wie zou hun vader zijn als hij wakker werd? Misschien wel een miljonair. Of Fred Astaire. Misschien zou hij wreed zijn en gewelddadig. Als je Lisa Danmeyer mocht geloven, kon hij lijden aan een lichte tot ernstige hersenbeschadiging, lichte tot ernstige beperking van de bewegingsvrijheid van zijn armen en benen, een lichte tot ernstige spraakstoornis en lichte tot ernstige psychische klachten, maar dan moest je Lisa Danmeyer wel willen geloven. En wie wilde Lisa Danmeyer nu geloven? Chris niet en Cathy niet.

Chris weigerde niet alleen Lisa Danmeyer te geloven, maar hij stak zijn minachting voor haar nog steeds niet onder stoelen of banken. Over de eed van Hippocrates hoefde niemand hem iets te vertellen, en dus voelde hij zich vrij en zelfs volkomen in zijn recht om tegen Lisa Danmeyer te zeggen wat hij wilde. Hij zeek haar af en zij had dat maar te pikken, terwijl ze tegelijk naar beste vermogen voor zijn vader moest zorgen. Chris vond het heel opwindend om Lisa Danmeyer af te zeiken, juist omdat het zo onwaarschijnlijk was dat hij zoiets deed, want zij was arts en hij alleen maar een zeventienjarige sukkel met een bewusteloze vader en een heleboel pukkels. Ja, ze was arts, maar ze was ook een meisje geweest, net als die tutjes op school die ondanks hun oefenbeha's, hun gemaakte huiswerk en hun studiebeurzen gewoon dom en achterlijk waren. En dat was de achilleshiel van Danmeyer. Daarom geloofde hij niet in haar kijk op de vaderlijke coma. Hij geloofde dat zijn vader die coma gebruikte om zijn leven een nieuwe wending te geven, om het werk en het inkomen te krijgen dat hij wilde, om weer met geheven hoofd te kunnen rondlopen, ook al had hij nog nooit met geheven hoofd rondgelopen. Of nee, daar geloofde Chris niet in. Hij geloofde dat zijn vader wakker zou worden en ongeveer hetzelfde leven zou leiden als tevoren. Hij zou ontwaken uit zijn zalige lange middagdut en zijn middelmatige leventje hervatten. Wat betekende dat Chris er helemaal alleen voorstond om iets te veranderen aan het suffe en waardeloze leven dat hijzelf tot nu toe leidde.

Ook Cathy wilde niet geloven in het angstaanjagende beeld dat Lisa Danmeyer schetste van haar vaders herstel, voorzover je van 'herstel' kon spreken. Wat ze wilde geloven, was dat de coma van haar vader de onvermijdelijke sluimering was die voorafging aan een spiritueel ontwaken. Dat wilde ze geloven, maar ze geloofde het niet. Ze besefte maar al te goed dat ze door haar religieuze aandrang het gevaar liep een bekrompen idioot te worden. Ach, wat zou het heerlijk zijn te leven als een bekrompen idioot. Dat was een van de grootste verleidingen die Cathy kende. Het belangrijkste kenmerk van een verleiding, wist Cathy, was dat je er al voor bezweken was; een verleiding weerstaan betekende dan ook niet dat je die uit je hart bande, maar dat je voorkwam dat ze je hart overheerste. Cathy was dan ook niet erg onder de indruk van de verleidingen van Jezus in de woestijn. Ze waren niet echt, het kostte Hem te weinig moeite ze te weerstaan, Zijn zelfvertrouwen en volmaaktheid waren te groot: Hij kwam niet écht in de verleiding. Wat dat betreft stelden de evangeliën haar teleur: als leidraad voor het dagelijks leven waren ze onbruikbaar. Het goede nieuws was dat ze dankzij haar teleurstelling in de evangeliën minder snel een bekrompen idioot zou worden. Het minder goede nieuws was dat wat zij bekrompen en idioot noemde in werkelijkheid misschien het ware geloof was, en dat haar teleurstelling in de evangeliën, en in zo ongeveer alles, misschien wel haar echte zonde was. Dat betekende dat ze niet alleen door de zonde was verleid, maar dat ze erdoor werd omringd en verzwolgen, wat betekende dat ze de zonde voor een deugd aanzag, wat betekende dat ze verloren was.

14

Vijf dagen nadat hun vader naar het ziekenhuis was gebracht, gingen Chris en Cathy weer naar school. Voor Chris was school verschrikkelijker dan ooit, als zoiets mogelijk was. Niemand dwong hem te gaan, maar hij wist dat het moest. Dat maakte hem woedend. Betekende de coma van zijn vader dan niet dat hij van het dagelijkse leven was ontheven? Was hij dan niet de kroonprins van het medische trauma, en zijn vader de koning? Nee. Hij pikte zijn leven als middelmatig scholier weer op en was nog steeds even onbeholpen en verlegen met meisjes, jongens, vrouwen en mannen. Hij zag de bont en blauw geslagen Frank Dial, maar vermeed zijn blik. Frank zag Chris, zocht oogcontact en wierp hem vernietigende blikken toe. Het was belachelijk gehaat te worden door Frank Dial.

Na schooltijd vertrok Chris naar Port Town General Hospital voor een onderonsje met zijn vader. Toen hij de kamer binnenliep, zag hij Lisa Danmeyer. Ze boog zich verleidelijk (vond Chris) over het bed en drukte de palm van haar rechterhand op Bernie's voorhoofd.

'Wat is dát voor medische handeling?' vroeg Chris.

'Dag, Chris.'

'Vind je het fijn mijn vader te betasten? Als hij uit zijn co-ma ontwaakt, kun je met hem trouwen.'

'O,' zei de dokter zonder iets te verraden van wat ze dacht of voelde.

'Maar ik wil wedden dat je al een vriendje hebt. Zal wel een dokter zijn, net als jij. Een chiropodist, gok ik. Maar hij wil het uitmaken, want hij gelooft dat je beter bent dan hij, want hij is alleen maar een chiropodist. En weet je, dat ben je ook, qua intelligentie. Maar daar staat tegenover dat die chiropodist van jou tenminste weet hoe je plezier moet maken. En daar staat weer tegenover dat jij geen flauw benul hebt hoe je plezier moet maken. Sinds de dag van je afstude-ren is er geen lachje meer over je lippen gekomen. Het enige dat je doet, is werken werken werken. Mijn vader gaat echt niet wakker worden om met jou te trouwen. Mijn vader wordt alleen wakker om er als de bliksem vandoor te gaan. Je kunt hem bestoken wat je wilt met je arrogante medische jargon, maar tegen mij zegt hij: "Chris, haal me onmiddel-lijk weg bij die verschrikkelijk intelligente dokter, voor ik hier doodga van verveling."'

Lisa Danmeyer was professioneel genoeg om niet in te gaan op het gezeik van Chris. Ze wist dat het niets te maken had met haarzelf. Hij was woedend op zijn vader dat hij in een coma lag, en omdat het onverteerbaar was dit aan zich-zelf toe te geven, projecteerde hij die woede op de arts van zijn vader. Dat wilde zeggen, niet op Lisa zelf, maar op de bliksemafleider die 'dokter Lisa Danmeyer' heette. In de col-legereeks Empathie was ze gewaarschuwd voor dit soort cliëntengedrag. Het was allemaal heel begrijpelijk. Niemand had haar ooit op zo'n manier toegesproken. Het kon haar niet schelen, want hij was een getraumatiseerd kind. Maar zijn gebrek aan respect en zijn beledigingen schokten haar wel. Zelfs toen ze nog als invaller werkte, hadden de oudere neurochirurgen haar niet op zo'n manier afgebekt. Het was waar dat ze te serieus was. En dat ze zich buiten haar werk niet op haar gemak voelde. Maar waar de zoon van haar patiënt zich in vergiste, was haar vriendje, de chiropodist. Ze had geen vriendje. Niks vriendje. Vriendje, vriendje. Vriendje was een woord dat ze eerder benauwend dan aantrekkelijk vond. Ze had de benen van haar patiënt willen masseren om permanente spiercontractie te voorkomen, maar nu dacht ze, in niet-medisch jargon: het zal me aan m'n reet roesten. Ze besloot het aan een verpleegster over te laten, maakte een paar nietszeggende opmerkingen over de toestand van zijn vader en liep de kamer uit.

Chris zat in de stoel naast het bed, alleen met zijn vader. 'Volgens mij zal het haar aan d'r reet roesten,' zei hij. Bernie bleef roerloos en bleek, en hield zijn ogen gesloten. 'Begrijp me goed, Bernie, haar werk doet ze prima, maar iemand moet haar erop wijzen dat ze alleen maar van de buitenkant dokter is. Dat is maar een dun laagje, vijf procent of minder van wie ze werkelijk is, en onder dat laagje is ze gewoon een sterveling, net als wij allemaal. Daar leert ze van, van de dingen die ik zeg.' Chris noemde zijn vader tegenwoordig Bernie, want nu die laatste in een coma lag, vond hij dat ze op voet van gelijkheid verkeerden. 'Je bent toch wel thuis, hè Bernie?' Hij deed alsof hij een microfoon voor zijn mond hield. 'Hallo? Een twee drie, test? Doet dit ding het?' Hij liet de microfoon uit zijn hand glippen. 'Tussen haakjes, ik zal het je maar vertellen: ik ben degene die de pillen heeft verwisseld. Niet om het een of ander, maar ik werd het gewoon een beetje zat dat je altijd maar wakker was. Snap je wat ik bedoel? Je werd elke ochtend wakker en dat bleef je dan de hele dag. Ik werd er zo moe van. Hé, rustig nou. Ik maakte een grapje. Het... was... maar... een... grapje. Nee echt, ik meen het, haal je nu alsjeblieft geen gekke dingen in je hoofd, niet je ogen openen en bewegen of zo. Blijf liggen en hou je mond. Spreek me niet tegen. Braaf zo.

Ik zie dat ze je geschoren hebben. Dat hebben ze netjes gedaan. Ze doen het beter dan jij het ooit zelf hebt gedaan. Ik heb je al zo vaak willen zeggen dat je je beter moet scheren. Onder je kaken zitten altijd van die kleine grijze plukjes en daardoor lijkt het wel of je niet goed bij je hoofd bent. Ik weet het, ik weet het, je bent gescheiden, je bent depressief, blablabla. Je zegt het maar. Maar het enige dat ik van je vraag, is een half minuutje om te kijken of er nog plekjes zijn die je gemist hebt. Nee, je wordt hier echt prima geschoren, dat is voor mij alvast een hele opluchting. Ik wil wedden dat Danmeyer het zelf doet, in hoogsteigen persoon. De dienstverlening van Danmeyer is echt allround. Hoe allround, daar wil ik het niet eens over hebben. Het zou me niks verbazen als ze een zwangerschap overhoudt aan die coma van jou. Je begrijpt wat ik bedoel, nietwaar? Ik hoef het je toch niet uit te leggen? Je ligt misschien buiten westen, maar dat betekent nog niet dat je gek bent. Als ik hen was, zou ik je gebruiken om te experimenteren met gezichtshaar in allerlei patronen. Dit is een mooi moment om bakkebaarden, een snor of een sik uit te proberen. Als het nergens op lijkt, geen probleem. Je gaat toch niet solliciteren, en een afspraakje maken zit er ook al niet in, tenzij je die onderonsjes met Danmeyer als afspraakjes ziet, op een laag pitje dan. Dat is trouwens ook wel wat voor mij, een afspraakje waar je er de hele tijd bewusteloos bij kan liggen. Wacht, ik heb een idee.' Chris stak een hand in zijn rommelige rugzak en dook een waterbestendige zwarte markeerstift op. 'Laten we beginnen met de bakkenbaarden een centimetertje te verlengen.' Hij boog zich over het bed naar het linkeroor van zijn vader en tekende een slordige rechthoek die aansloot op het conventionele stompje van kort donker haar. Tegen de tijd dat Chris klaar was met inkleuren, liep de rechthoek door tot onderaan Bernie's oorlel. Hij deed zijn best om aan de rechterkant van zijn vaders gezicht iets soortgelijks te creëren. Hij zette een stap naar achteren om het geheel te overzien.

'Ik moet zeggen, Bernie, dat ziet er goed uit. Goed gek. Geintje, geintje. Nee echt, eerst zag je heel bleekjes, en nu heb je toch min of meer een kleurtje gekregen. Wat zeg je me nou? Een mens moet niet te bescheiden zijn met gezichtshaarcorrectie? Meen je dat nou? Je houdt me toch niet voor de gek? Ik weet nooit wanneer je een grapje met me uithaalt. En ik zeg er meteen bij dat het allemaal wel erg nep zal lijken. Maar goed. Ik heb je gewaarschuwd.' Chris hield de dikke zwarte punt van zijn markeerstift voor het smalle vlezige gootje onder de neus van zijn vader en zorgde ervoor dat hij niet het buisje aanraakte waardoor zijn vader ademhaalde. 'Ik weet dat het een beetje vreemd klinkt en ik heb geen idee waarom, maar ik heb altijd al willen weten hoe je eruit zou zien met een Hitlersnor.' Hij tekende een klein vierkantje, halverwege tussen de neus en de lippen van zijn vader, en terwijl hij die krachtig inkleurde, zei Chris: 'Weet je, we moeten gewoon iets doen waardoor je deze wereld wat beter eh... *aankan*. Een beetje meer zelfrespect, aanzien, charisma. De Hitlerlook is een aangewezen manier om zoiets voor elkaar te krijgen. Ik zeg niet dat je er niemand mee zult kwetsen, maar dat wist je vijftien seconden geleden ook al, toen we aan dat Hitlergedoe begonnen. Het gaat erom dat de mensen je zien staan. Mannen, vrouwen, dat is juist goed.'

Chris deed een stap naar achteren om zijn werk objectief te kunnen beoordelen. 'Het combineert een beetje raar met die bakkebaarden. Ik geef toe, ik heb een fout gemaakt. Ik had eerst de Hitlersnor moeten doen, voor de bakkebaarden. Dat is mijn fout en dat trek ik me aan. Maak je geen zorgen, ik laat je hier niet achter met die Disco-Führerlook. Het enige dat ik nu nog kan bedenken, is dat ik die snor wat groter maak. Ik zie nu wel dat we eigenlijk een potloodsnor nodig hadden als die van Clark Gable, maar dat kan niet meer, dat is een gepasseerd station. Dit wordt eerder een mix van Saddam Hussein en Elliot Gould in M*A*S*H.' Hij stapte weer naar voren en gaf vleugels aan de zwarte rechthoek onder zijn vaders neus. Opnieuw moest hij gaan vegen, misschien vanwege zijn gebrekkige tekentalent, en tenslotte werd zijn vaders gezicht door een dikke zwarte streep horizontaal in tweeën verdeeld. 'Oeps. Wauw. Als je maar niet denkt dat ik nu ook nog je wenkbrauwen ga aanzetten. Het laatste wat ik wil, is je belachelijk maken. Maar nu ik mijn zwarte vilstift bij de hand heb, kan ik je nog wel iets teruggeven van het haar dat je in de afgelopen tien jaar bent kwijtgeraakt.' Bernie had nog wel een haardos, maar een deel daarvan was grijs geworden en je kon het zeker geen weelderige haardos noemen. Chris verplaatste de haargrens een paar centimeter naar voren en hield zich enkele minuten bezig met het inkleuren van een kale plek op zijn schedel waar het haar overheen was gekamd. Voor de derde keer zette hij een stap naar achteren om te kijken wat het had opgeleverd.

'O mijn god. Waar ik nog steeds niet goed van word, is dat je zo bleek ziet. Ik doe wat ik kan, maar... wacht eens even. Ach nee, dat is een rampzalig idee. Nou goed, ik leg het je gewoon voor, maar één woord van jou en we hebben het er niet meer over. Make-up. Nou ja, bij een vrouw noemen we dat make-up. Bij jou zeggen we gewoon dat je weer een kleurtje krijgt. Trouwens, ik heb helemaal geen make-up bij me. Alleen een paar kleurstiften. Of eigenlijk maar één kleurstift. Een rode. Je zult er niks van zien. Niemand zal er iets van zien. De mensen zullen alleen maar zeggen: Hé, Bernie ziet er vandaag weer wat beter uit.' Chris viste de rode vilstift uit zijn tas en haalde de dop eraf. 'Ik ga je wangen een beetje opfleuren. Ik stip ze zachtjes aan.' Chris tekende onder de beide jukbeenderen een grote rode stip. Hij liep naar de badkamer van zijn vader en kwam terug met een natgemaakt papieren handdoekje om de rode stippen te 'egaliseren'. Dat werkte niet. Hij was iets vergeten: de rode vilstift was watervast. 'Goed, dan moet ik een kleurgradatie aanbrengen door de stip groter te maken en daarbij de stift heel zachtjes aan te drukken. Inkleurend egaliseren, noemen we dat.' Het werkte niet. 'Ik moet zeggen, dit gereedschap laat weinig ruimte voor subtiliteiten.' Nu stonden er twee grote dieprode stippen op Bernies wangen, met elkaar verbonden door de dikke zwarte streep die Chris als snor had bedoeld. 'Het is gewoon akelig. Totaal uit balans. Ik denk dat het wat minder eh... raar zou zijn als we de lippen iets meer naar voren haalden.' Chris kleurde uiterst voorzichtig de lippen van zijn vader in, en niet alleen vanwege het ademhalingsbuisje. Tegen de tijd dat hij klaar was, had hij de natuurlijke contouren van zijn vaders lippen maar één keer per ongeluk doorbroken. Wat je er verder ook van dacht, dit deel van het project had hij er prima vanaf gebracht, ondanks de felle en ongepaste kleur van de 'lippenstift'.

'Momentje, Bernie. Even een kleine boodschap.' Chris ging naar de badkamer, waar hij op zijn gemak en met de blik op oneindig een plasje deed. Hij waste zijn handen en toen hij klaar was, keek hij vrijwel zonder iets te voelen naar het omgekeerde beeld van zijn gezicht in de spiegel boven de wastafel; gewoon een ouderwets wezenloze en onaangedane pose voor het huisaltaar van de fysionomie.

Hij liep de badkamer uit en zijn blik viel op de beschilderde houten klaas die zijn vader was. Zijn huid werd klam en hij voelde zich misselijk worden. Hij ging terug naar de badkamer en probeerde aan de gevolgen van zijn daden te ontsnappen door over te geven. Hij kon niet overgeven. Hij verschool zich achter de badkamerdeur en gluurde naar buiten in de hoop dat zijn vader er niet meer was. Niet alleen was zijn vader er nog steeds, maar hij lag in zwijm en zijn gezicht was beklad met de dikke en nijdige krabbels van een kind. Chris had het gezicht van zijn vader verbouwd tot het moderne kunstwerk van een idioot, en daar was hij doodmoe van geworden. Hij greep zijn rugzak en liep naar de kant van het bed die het verst bij de deur vandaan was. Parallel aan zijn opgedirkte vader zakte hij op de grond. Hij kroop zo ongeveer weg onder zijn vaders bed. Hij ging op zijn zij

liggen, maakte zich klein, legde zijn hoofd op de rugzak en
viel in slaap.

15

Na een uur moeizaam bidden in de kerk van St. Franciscus
Xaverius in Bellwether reed Cathy met de bus naar het ziekenhuis van Port Town. Bidden was voor Cathy nog iets
nieuws. Ze wist niet goed hoe het moest. Ze had het Onze
Vader uit haar hoofd geleerd, het Wees Gegroet, de tafelge-
beden, de akte van geloof, de akte van hoop, de akte van liefde en de schuldbelijdenis, hoewel ze de mis niet had bezocht
en al helemaal geen biecht had afgelegd. Ze kon zich vinden
in de woorden: 'Ik belijd dat ik gezondigd heb, in woord en
gedachte, in doen en laten, door mijn schuld, door mijn
schuld, door mijn grote schuld,' alsof ze niet door de Heilige
Geest waren bedacht maar door een zestienjarig meisje dat
in de spiegel keek.

Cathy wist ook dat je gebeden kon aanpassen. Ze kon
zich voorstellen dat God het aardig zou vinden iets van haar
te horen wat ze niet van buiten had geleerd. Maar ze wist
niet hoe zo'n persoonlijk gebed moest klinken. Ze dacht erover het aan een pastoor te vragen, maar die middag zag ze
geen pastoor in St. Franciscus Xaverius, en ze durfde niet
achter de schermen te kijken, of het kantoor binnen te lopen, of hoe je dat afgesloten deel achter het hoogaltaar ook
noemde. Jezus had gezegd: 'God uw vader weet, wat gij van
node hebt, eer gij Hem bidt.' Dus vragen stellen was overbodig. Maar wie dacht ze nu eigenlijk met haar gebeden te helpen? God in elk geval niet. God had Cathy niet nodig. Cathy
had God nodig, en ze wilde niet dat God haar om die reden
zat werd. Dus voor zichzelf had ze eerst maar eens gevraagd
of God haar in het geloof wilde sterken. Zo klonk ze tenminste niet als een zeurkous. Daarna vroeg ze God om haar va-

der te genezen, hoewel Hij natuurlijk gewoon moest doen wat Hem het beste leek, maar kon Hij dit niet op z'n minst in overweging nemen? Toen vroeg ze of Hij haar moeder een beetje zachtaardiger wilde maken. Ook vroeg ze of Hij haar broer een keelontsteking wilde bezorgen, als dat tenminste Zijn wens was. Ze wist dat ze daarmee de fout inging. Het was eruit voordat ze er erg in had. Ze bad er een paar schuldbelijdenissen achteraan, maar toen ze het huis van God verliet, had ze het gevoel dat ze het verknald had.

Ze reed met de bus van Bellwether naar Port Town. Het uitzicht door het raam werd steeds minder plezierig. Minder bomen, een slechter wegdek, kleinere huizen die steeds armoediger werden en steeds dichter op elkaar stonden, meer mensen per vierkante meter, een steeds grotere gemiddelde onvrede. Die onvrede zag Cathy in de ogen van de mensen, hun afhangende schouders, de kromming van hun benen. De bustocht werd voor haar een gelijkenis. In de gelijkenis van de bustocht was de passagier – Cathy – een goddelijke gedachte die op reis ging door de ziel van een sterveling. Zoals de passagier in Bellwether op de bus was gestapt, zo was de goddelijke gedachte toegetreden tot de menselijke ziel, en wel op het moment dat die het meest spiritueel was, zoals die keer toen Cathy aan het eind van de dag een bad nam en voelde hoe al haar lage en zondige gedachten zich van haar losmaakten en verdampten. Daarna werd die goddelijke gedachte op de proef gesteld door de confrontatie met de talloze verleidingen van de sterfelijke ziel, net als een buspassagier die van Bellwether naar Port Town reisde. Een gedachte of passagier die goed en juist aanvoelde in het Bellwether van de ziel maakte een misplaatste en verkeerde indruk in het Port Town van de ziel. Of nee, dat was een slechte gelijkenis. Ze had spirituele armoede gelijkgesteld aan gewone armoede, een veel gemaakte fout die regelrecht inging tegen de leer van Jezus, want een rijke jongeling had Hem gevraagd wat hij moest doen om in de hemel te komen en

Jezus had geantwoord: 'Het is gemakkelijker voor een kameel om door het oog van een naald te kruipen dan voor een rijke om het Koninkrijk Gods binnen te gaan.' De bus voerde haar veilig mee door een armoedige en verwaarloosde straat, en ze vroeg zich af wat een bewoner van die straat van dat antwoord zou denken. De mensen die hier woonden, hadden dat vast niet bereikt door tonnen geld weg te geven. Misschien was het idee van een heilige armoede wel bedacht door rijke christenen, een foefje uit de Heilige Schrift om ervoor te zorgen dat de arme mensen het geld niet van de rijke mensen zouden afpakken. Cathy was in de war en walgde van zichzelf, alsof er iets heel erg mis was met haar, met de wereld of met beide. Al met al was het helemaal niet zo'n fijne bustocht.

Cathy kwam de ziekenhuiskamer binnen waar zowel haar vader als haar broer lagen te slapen. Ze zag het gezicht van haar vader en slaakte een kreet. Ze liep naar de badkamer, bevochtigde een paar papieren handdoekjes, deed er zeep op, ging op precies dezelfde plaats staan waar Chris hun vader beklad had en begon te boenen. Ze wist niet dat haar broer in de kamer was. 'Chris, klootzak,' zei ze. Ze moest haar vroomheid even opzij zetten om Chris te noemen bij de naam die hij verdiende. Wat haar nog het diepst kwetste, was wat hij met de mond van haar vader gedaan had, en daarop concentreerde ze zich, terwijl ze om het ademhalingsapparaat heen probeerde te werken. Haar vader verslikte zich in het water en de zeep die in zijn mond kwamen. Ze kneep wat overtollig water uit haar papieren zakdoek en ging door met boenen. 'Klootzak,' zei ze nog eens. Het lukte haar een deel van de rode viltstift weg te krijgen, maar niet alles. Er bleef een rode waas achter, hoe hard ze ook boende. Ze stopte toen er iets donkerroods verscheen: bloed van de binnenkant van zijn lippen, die door het boenen van Cathy langs zijn tanden waren geschuurd. 'Klootzak!' zei ze weer, en dit keer werd Chris wakker. Hij schoot overeind en stootte zijn hoofd tegen de rand van zijn vaders bed. 'Auw!' Hij stond op en zag Cathy.

'Hoe kun je dit nou doen?'

Chris had geen idee.

'Hoe haal je het in je hersens?' vroeg Cathy over het horizontale lichaam van haar vader heen aan Chris. 'Probeer me dat eens uit te leggen, want ik heb echt geen flauw idee wat je bezielt.'

'Ik weet het niet.'

'Ben je misschien *zelf* in een coma geraakt?'

'Zou kunnen.'

'Zou kunnen? Zou kunnen? Moet je zien wat je gedaan hebt!'

'Zeg, je bent mijn moeder niet.'

'O nee? Waarom ben ik dan degene die hier staat te boenen? Waarom moet ik de rotzooi opruimen die baby'tje Chris heeft achtergelaten?'

'Weet ik veel. Hou er dan mee op. Niemand die je dwingt. Laat Lisa het dan doen. Ik weet zeker dat Lisa het maar al te graag van je overneemt.'

'Je bent zo vals als... als... als een slang.'

'O ja, een slang. Bijbelse beeldspraak van de bijbeltrut. Moet je horen, klein moralistisch kreng, ik hoef dat niet van jou te pikken. Ik ben ervan tussen.' Chris graaide naar zijn rugzak en liep de kamer uit.

Cathy ijsbeerde woedend een keer of tien door de kamer. Toen ze een beetje was uitgeraasd, kon ze weer gaan zitten. Ze ging door met het schoonwassen van haar vader. Ze waste zijn dieprode wangen, maar voorzichtiger dan ze met zijn lippen gedaan had. Terwijl ze bezig was, begon ze te praten. 'Papa, eh... vader, eh... pap? B... Bernard Schwartz? Ik ben het, je dochter Cathy. Ik weet eigenlijk niet wat ik je wil zeggen, en ik weet ook niet of je me wel kunt horen. Je hoeft me geen teken te geven of zo. Maar ik zal proberen te geloven dat je naar me luistert. Ik wil dat je weer beter wordt. Ik wil zelfs dat Chris je daarbij helpt. Kun je contact met hem zoeken? Kun je hem vergeven? Kun je hem helpen, zodat hij jou kan helpen? Ik weet dat je bij hem kunt komen. Ik weet dat jullie tweeën contact kunnen hebben zonder iets te zeggen. Vraag me niet hoe ik dat weet, maar ik weet het gewoon. Jij en ik hebben dat niet, maar dat geeft niet, pap. En het maakt ook niet uit dat ik het niet met mama heb, of met wie dan ook. Ik heb dat met God. Ik voel het en ik weet het.' Cathy voelde het niet en wist het niet, maar hoopte dat het uit zou komen door het zo te zeggen. 'Het lijkt misschien dat ik alleen ben en dat er niemand is die me troost geeft of die voor me zorgt, maar dat is niet zo, want ik heb God. Dus maak je om mij geen zorgen. Ik zou willen dat ik een manier wist om Jezus bij je te brengen, hier in het ziekenhuis, zodat Hij jou kan genezen. Je weet toch van de bijbel dat Hij altijd mensen geneest? Jij bent ook zo iemand. Je bent als het dode meisje dat Hij weer tot leven wekt. Ach nee, zo bedoel ik dat niet. Ik bedoel... ik zeg niet dat je dood bent, echt dood. Ik weet dat je leeft. Ik zie het op dat beeldscherm en als ik goed kijk, zie ik je ademhalen, en ik weet het ook, diep in mijn hart. Ik voel je ziel, diep in je lichaam. Ik weet dat mijn geloof nog niet zo zuiver is. Het is een geloof in wording, maar ik wil dat je het tot je neemt en dat je er gebruik van maakt en misschien is het genoeg om je te genezen.'

Bernie opende zijn ogen, of in elk geval, zijn ogen gingen open. Misschien kwam het door de lucht op zijn oogballen dat er tranen vloeiden. De tranen dropen over zijn wangen en vermengden zich met het rode zeepwater. Voor Cathy zag het eruit alsof haar vader tranen van bloed huilde. Ze kon zich niet langer bedwingen. Ze nam de hand van Bernie tussen haar eigen handen. Haar vader huilde tranen van bloed, en Cathy zakte op haar knieën en huilde omdat het een wonder kon zijn, en omdat ze wist dat het geen wonder was.

16

Lila Munroe begeleidde het resultaat van haar jongste vlaag van promiscuïteit naar de deur van haar huis in Heart Valley, Californië. Hij was een aantrekkelijke computerreparateur met donker haar die Mark of Mike heette, vijftien jaar jonger was dan zij, en zijn zonnebril bovenop zijn hoofd droeg. Of misschien was hij helemaal geen computerreparateur. Maar hij deed iets met computers. Die ochtend op het advocatenkantoor had hij iets gedaan met de computer van Lila. Het was nog altijd denkbaar dat hij die gerepareerd had, maar hij kon hem ook hebben doorgelicht, nagekeken of van een upgrade hebben voorzien, of misschien had hij iets geïnstalleerd of aangesloten, of haar computer op iets anders aangesloten. Hoe dan ook, ze had hem een etentje aangeboden in ruil voor een onderhoudsbeurt van de laptop bij haar thuis, en tijdens het eten had ze hem op ongeveer negentien verschillende manieren duidelijk gemaakt dat ze niet zozeer aandacht wilde voor haar schootcomputer als wel voor haar schoot.

Het was twee uur in de ochtend in Heart Valley en ze bleven nog even in de deuropening hangen. Mike of Mark was verlegen, teder en trots. Lila was voldaan en geamuseerd, en ze verheugde zich op een uurtje nagenieten en dan een goede nachtrust.

'Je bent een heerlijke vrouw, maar hoe moet dat nu met je laptop?'

'Mijn laptop?'

'Die zou ik een beurt geven.'

'Die heb je mij al gegeven.'

'Wat?'

'Je hebt mij al een beurt gegeven.'

'En?'

'Dan hoef je mijn laptop geen beurt meer te geven.'

'Waarom niet?'

'Het is een grapje.'

'O ja. Op zo'n manier. Een beetje flauw grapje.'

Mark kuste Lila lang in de deuropening. Dat was fijn, maar ze begreep nooit waarom mannen haar zo lang kusten na dit soort seks. Ze wist niet waarom ze dit soort seks bedreef. Ze deed het niet zo vaak. Een keer per jaar, in de herfst, als het ging regenen in Californië, maar vroeger ook al, in Connecticut, als in plaats van de regen het gebladerte viel, ging Lila voor een passpiegel staan, zag ineens hoe haar lichaam in de voorbije tweeënvijftig weken was veranderd – de lichte neerwaartse verplaatsing van haar gewicht, de iets minder strakke huid – en zag daarin de duidelijke voortekenen van haar naderende dood. Dat jaarlijkse moment voor de spiegel werd niet zozeer causaal als wel ritueel gevolgd door seksueel contact met twee, drie of vier mannen, die ze elk nooit langer dan een week zag. Een jaar voordat ze Bernie had verlaten, was ze aan die jaarlijkse traditie begonnen. Zoals de vallende bladeren de dood aankondigden van alweer een jaar, zo luidde Lila's eerste jaarlijkse vlaag van seksuele avontuurtjes de dood in van haar huwelijk met Bernard Schwartz. Niet zozeer die buitenechtelijke seks had dat gedaan, maar Lila's besef dat ze bij die seks geen moment aan Bernie dacht, niet van tevoren, niet tijdens en niet na afloop. De verbintenis die ze voelde met haar man – of beter gezegd, met het huwelijk – was zo zwak dat Lila seks met andere mannen nauwelijks als overspel zag. En dus had ze zich in haar tweede jaarlijkse seizoen van overspelige seks aan de universiteit ingeschreven, en de daaropvolgende herfst neukte ze jongens uit Californië.

Een akelige gedachte kwam bij haar op, een herinnering aan het gezicht van haar dochter. Niet het gezicht van Cathy nu, maar zoals ze een jaar of zes geleden was, om precies te zijn op het moment dat Cathy de slaapkamer van de vader van haar beste vriendin binnenliep en die mijnheer op zijn knieën voor haar moeder zag zitten, waar hij iets deed wat het meisje nog nooit gezien had en waar ze nog nooit aan gedacht had, maar wat ze onmiddellijk begreep. Volgens Lila was dat het moment dat ze haar dochter verloren had, en wat haar altijd bij zou blijven, was de geschokte blik van het tienjarige meisje, een blik die door geen genot of succes uit haar geheugen kon worden verbannen.

Mark de computerman reed weg in zijn sportwagentje. Lila dacht aan Bernie, niet omdat ze zich schuldig voelde, maar in een opwelling. Ze had zijn e-mailadres. In plaats van te gaan mijmeren over haar avond met Mark schreef ze een mailtje aan Bernie.

Lieve Bernie,
Er is iets wat ik je nu graag wil laten weten. Het was een vreselijk besluit van mij om ons huwelijk te beëindigen. Ik bedoel niet dat het een verkeerd besluit was. Ik bedoel een besluit waarmee ik heel veel ellende heb veroorzaakt. Ook voor mezelf. Ik praat niet over mezelf omdat ik medelijden van je wil, maar om je te laten weten dat ik niet lichtvaardig dacht en denk over mijn verbintenis met jou. Ik denk dat ik jou en de kinderen heel veel ellende heb bezorgd, maar aan de andere kant ben ik misschien wel veel minder belangrijk dan ik zelf denk. Weet je nog die keer dat we naar een voorstelling van Othello gingen? Weet je nog dat we er allebei een week lang kapot van waren? En weet je nog het moment dat Othello de vrouw van Iago wilde doden, hoe heette ze ook alweer? Mevrouw Iago, denk ik, ongelukkig genoeg voor haar. Ze zegt: 'Ik kan meer pijn verdragen, veel meer pijn / dan jij me kunt bezorgen. Ezel! Uil! / Stompzinnig als een os!' Wat ik voor jou wens, is dat jij de mevrouw Iago bent voor mijn Othello.

Lila voelde haar lichaam protesteren. Ze was doodop. Ze belde in en verstuurde haar mailtje, die zich een weg baande door de lucht, waar zich ook ergens een ziel moest bevinden die nog steeds bekendstond als Bernie. Lila ging in bed liggen. Hoe de comateuze Bernie deze e-mail moest lezen, bleef voor haar in het vage. Het apparaat dat de elektromagnetische activiteiten van zijn hersens bijhield, kon misschien ook zijn e-mail overzetten in de taal van zijn hersengolven.

Ze lag in bed en dacht aan het gesprek met haar dochter over het geloof. Ze benijdde Cathy om haar zekerheden. Zolang ze zelf agnost bleef, wist ze zeker dat ze van God alleen terugkreeg wat ze Het gaf, namelijk twijfel.

Zonder ook maar een moment te denken aan de jongeman die met zijn nagels rode striemen over haar gladde bovenrug had getrokken, vertrok Lila uit de wereld van de wakenden en verenigde zich met haar ex-man in het onbestemde territorium van de slaap.

17

Het was even na vieren op een vrijdagmiddag aan het eind van de herfst; de zon was net onder en Chris Schwartz reed in de weinig indrukwekkende Honda Civic van zijn vader naar Port Town. Op de cassettespeler en vanuit een ver verleden zong Paul Robeson 'Danny Boy'. De diepte en de resonantie van Robesons stem sloten goed aan bij het volwassen gevoel waarmee Chris in zijn vaders auto achter het stuur zat. Hij reed verdomme beter dan de voorzitter van de Amerikaanse Automobilistenbond. Wel was hij een beetje bijziend, en hij hield er niet van een bril te dragen. Hij had bovendien geen rijles genomen en was voor zijn theorie-examen gezakt. Dus naar de letter van de wet mocht hij niet rijden, maar technisch en – belangrijker nog – moreel gesproken was er niemand die het zozeer verdiende om op de weg te zitten als hij. Tenzij je op de weg zitten letterlijk bedoelde. Of tenzij je bedoelde: langs de kant van de weg lopen, rillend in de koude najaarslucht, want wie zag hij dat laatste doen?

Niemand minder dan dokter Lisa Danmeyer. Hij zag haar op hetzelfde moment dat hij het ziekenhuis van Port Town in het oog kreeg, alsof zij en het ziekenhuis onlosmakelijk bij elkaar hoorden. Met een ruk aan het stuur reed hij naar de kant van de weg en stopte de auto enkele meters voor de dokter. Die plotselinge slingerbeweging zei niets over de rijvaardigheid van Chris en kwam ongetwijfeld voort uit de schok dat hij zijn vaders dokter opmerkte in een niet-medische omgeving, en bovendien was hij ook nachtblind.

Chris draaide het rechterraampje omlaag en Danmeyer liep naar hem toe.

'Wil je me soms in het ziekenhuis hebben?' vroeg ze.

'Oef. Danmeyer maakt een grapje. Veel gekker moet het niet worden. Stap in.'

'Ik dacht het niet.'

'Je staat daar te rillen in dat armoedige jekkie.' Het ontbreken van een winterjas maakte deel uit van neuroloog Danmeyers vaste voornemen om geld uit te sparen en hard voor zichzelf te zijn.

'Dat geeft niet,' zei ze. 'Ik ben al bijna in het ziekenhuis.'

'Maar waarom niet? Denk je dat ik luizen heb of zo?'

'Ik ben op mijn zevende tegen luizen ingeënt.'

'Een tweede poging tot humor van Danmeyer.' Chris voelde dat hij het warmer kreeg. Hij had geen idee waar hij die achteloze speldenprikken vandaan haalde. Misschien had hij gewoon een hekel aan haar, of was hij doodsbang dat zijn vader zou sterven. 'Kom op, Danmeyer. Stap in.'

'Heb je eigenlijk wel een rijbewijs?'

'Wat denk je nou, dat ik zonder rijbewijs de weg op ga?'

Danmeyer fronste haar voorhoofd, zette de handen op haar heupen, stapte in. Chris werd overvallen door een plezierig gevoel van macht, want in termen van arts en auto was de dokter de chauffeur en de patiënt de passagier.

'Waarom denk ik nu dat het een grote vergissing is mijn leven in jouw handen te leggen?'

'Zoals je zelf zei, we zijn al bijna in het ziekenhuis.'

'De meeste ongelukken gebeuren op vijf minuten rijden van het ziekenhuis.' Ze wist niet waarom ze zo onprofessioneel deed – als dat het juiste woord was – tegen dit familielid van een van haar patiënten. Misschien omdat hij een gevoelig plekje bij haar geraakt had met zijn commentaar over de denkbeeldige chiropodist. Nu ze in zijn auto zat en hem terugplaagde, voelde ze spijt en ook iets van angst, net als in die weerkerende droom waarin ze het hoofd van een patiënt moest opensnijden en een wirwar zag van onherkenbare groene en bruine gezwellen en slangen.

Chris parkeerde de auto in de garage van het ziekenhuis. Voor het uitstappen zei dokter Danmeyer: 'Chris, je moeder heeft me gevraagd jou als een volwassene te benaderen.' (Godsamme, ze wilde hem verleiden. Ze ging het met hem doen in de auto van zijn vader!) 'En nu moet ik iets moeilijks met je bespreken. Heeft je vader wel eens een euthanasieverklaring opgesteld?'

'Een wat?'

'Een verklaring waaruit blijkt dat de patiënt... dat iemand in het geval van een terminale ziekte niet kunstmatig in leven wil worden gehouden. Dat zou van belang kunnen zijn als we langere tijd geen contact met je vader kunnen maken.'

'Wat wil je daarmee zeggen? Dat mijn vader niet meer wakker wordt? Dat hij een plantje is? Hoe noemen jullie dat ook alweer, een "persisterende vegetatieve toestand"? Het is echt roerend, zoals jullie doktoren over andermans vaders praten. Wil je beweren dat mijn vader voortaan een plantje is?'

'Nee. Luister nou alsjeblieft goed naar wat ik zeg. Ik ben nog steeds optimistisch over het herstel van je vader. Het enige dat ik vraag, is of je vader instructies heeft achtergelaten voor het geval hij niet meer bij bewustzijn komt.'

'Ach, Lisa, rot toch op, alsjeblieft. Ik bied je een plekje aan in de auto van mijn vader, en dan krijg ik dit als dank? Als je dit zonodig met mij moet bespreken, dan bied je me eerst een stoel aan in een ziekenhuiskantoortje, en dan vraag je mijn zus erbij en voor mijn part een advocaat, kuthoer.'

Chris was de auto uitgestapt en hetzelfde gold voor dokter Danmeyer, die zei: 'Hé, zo wens ik niet te worden aangesproken. Nu niet en nooit niet. Ik heb je vader met alle zorg omgeven en je hebt me nog geen tiende gegeven van het respect dat ik verdien. Het kan me geen zier schelen hoe moeilijk je het hebt, godvergeten klier die je bent. Voortaan hou je gewoon je mond als je mij ziet, armzalige niksnut, waardeloze lamstraal, verwaande kwast.'

Danmeyer liep weg. Chris stond bij het portier van zijn vaders auto. Hij kon geen woord uitbrengen. In plaats daarvan liet hij een langgerekte open klinker horen, zo hard als hij kon. Hij brulde naar haar door de hol klinkende parkeergarage.

18

'Ik heb iets onvergeeflijks gedaan. Ik heb fout op fout gestapeld, van kwaad tot erger, en de laatste was het allerergst. Het was meer dan een fout. Ik heb iemand schade toegebracht.' Het was drie uur in de ochtend. Lisa Danmeyer had haar patiënten bezocht en haar administratie bijgewerkt, en nu sprak ze met iemand in het ziekenhuis die ze in vertrouwen kon nemen, een luisterend oor. 'Ik heb een grote mond opgezet tegen een jongen. Ik heb hem voor iets heel onaardigs uitgemaakt. En niet zomaar een jongen. De zoon van een patiënt. Een labiele jongen met een vader die heel ziek is, misschien zelfs terminaal, hoewel ik denk van niet. Ik ben nog maar achtentwintig, wist je dat? Toen ik op de middelbare school zat, noemde mijn eigen vader mij Mevrouwtje Wijsneus. Dat was zijn – laten we zeggen – nogal vreemde manier om zijn genegenheid te tonen. Ik denk dat ik er behoorlijk verknipt van ben geworden, meer dan ik besefte. Beledigingen van je ouders, je zou ze kunnen zien als neurotransmitters van de twijfel. Mijn eigen vader is bang voor mij omdat ik intelligent ben en weet wat ik wil, en ik realiseer me dat mensen dan vaak denken dat je een ongevoelig type bent. Mijn vader was pianoverkoper, nu met pensioen. Mevrouwtje Wijsneus. Ik versta mijn vak, maar vanavond bleek dat ik onvolwassen ben en inschattingsfouten maak. Als professional, als mens. Maar dat is nog niet alles. Ik ben ook onzeker. Ik ben bang, hoewel ik moet zeggen dat ik nauwelijks tijd heb om erover na te denken en dat is misschien maar goed ook, en trouwens, met wie zou ik erover moeten praten, behalve met jou? Maar vanavond, wauw. Ik weet zeker dat dokter McKelty, Ronald McKelty – hij is hier een paar keer binnen geweest, weet je nog? – nog nooit op zo'n manier tegen het familielid van een patiënt heeft gesproken, en die gevoelens van mij heeft hij vast ook nog nooit gekend. Hij is geweldig, Ron, dokter McKelty, mijn baas. Hij is heel precies, een echte wetenschapper, maar hij is ook met anderen begaan. Hij is vriendelijk. Hij doet aardig tegen zijn patiënten en hun familie. Ik snap gewoon niet hoe hij het voor elkaar krijgt. De concentratie die je nodig hebt om een goede neuroloog te zijn: je bent verantwoordelijk voor de fysieke omstandigheden waaraan mensen hun bewustzijn te danken hebben, voor het functioneren van hun lichaam, voor hun leven. Het is onvoorstelbaar hoeveel concentratie dat vraagt, hoeveel kennis je daarvoor moet opbouwen. En dan heb ik het er nog niet eens over dat ik een jonge vrouw ben in een vakgebied van enkel middelbare mannen. Ik ben het jonge ding van de neurologieafdeling. Ik hoef maar een keer een zwakke plek te tonen en ze zullen zich op me werpen als piranha's op een koe in het water. En dan bedoel ik niet alleen mijn collega's. Patiënten en hun familieleden ook. Ik meen het! Zelfs Ron McKelty – nee, een sympathieke man, echt geweldig – maar ik weet dat hij me vooral waardeert omdat ik zo intelligent ben. Ik ben zijn oogappeltje, zijn briljante rationele meisje. Maar mag ik jou nou eens iets bekennen? Het is iets dat ik tegenover mezelf nauwelijks durf toe te geven, en het heeft te maken met dat rationele. Mijn belangstelling voor de gevallen die ik zie, heeft ook een vreemde kant. Je zou het een passie kunnen noemen. Ik zie een puzzel voor me, een wetenschappelijk probleem. Ik raak erdoor geboeid. De patiënt en zijn familie lijden eronder, maar ik zie het als een buitenkansje. Neem nu dat serotoninesyndroom, je weet ervan. Ik heb de literatuur erop nageslagen en die laat nogal te wensen over. Nu wil ik een artikel schrijven. Ik wil een bijdrage leveren aan de kennis over dat syndroom. Ik voel een enthousiasme dat haaks staat op mijn medeleven. In een opwelling probeer ik dat wel eens te compenseren, en dan ga ik fouten maken. Ik stort me in een gesprek dat veel te persoonlijk wordt. Ik dacht dat ik vanavond aardig deed tegen die jongen, die zoon van een patiënt van me. Ik dacht dat ik mijn medeleven toonde, maar dat deed ik niet. Ik flirtte met hem. Hij zag me in de buurt van het ziekenhuis langs de kant van de weg lopen, en toen bood hij me een lift aan. Ik flirtte met hem, realiseerde me dat ik fout zat en compenseerde dat met een fout die nog veel erger was. Ik kan je verzekeren, mijn medisch optreden in deze zaak is onberispelijk geweest. Maar in de arts-cliëntrelatie heb ik fout op fout gestapeld, de ene nog ernstiger dan de andere. En nu, mijnheer Schwartz, nu, Bernard, voordat mijn werk erop zit, voordat ik naar huis ga, voordat ik een groot glas pure alcohol voor mezelf inschenk en in één teug achteroversla, voor ik eens lekker ga uithuilen en wegzink in een hopelijk inktzwarte en droomloze slaap, maak ik nog een laatste professionele fout. Kun je me horen, Bernard? Hoor je mijn stem? Ik sta hier naast je en ik ben je dokter. Je zoon en je dochter hebben je nodig. Dus Bernard, luister. Ik ben je dokter, ik sta hier naast je en ik zeg dat je wakker moet worden. Ik beveel je om wakker te worden. Ik eis dat je wakker wordt. Word wakker, Bernard. Bernard, wakker worden. Wakker worden!'

19

Tegen de tijd dat de tweede week van Bernards coma voorbij was, veranderde de stemming onder degenen voor wie die coma het meest te betekenen had. Verdriet is een emotie die gevoed moet worden. Bij verwaarlozing dreigt verdriet te verworden tot ergernis. In een onbewaakt ogenblik hadden Chris en Cathy Schwartz, Lila Munroe en zelfs dokter Lisa Danmeyer wel eens het gevoel dat Bernie hen in de steek liet. Ze dachten veel aan hem en voorzover ze wisten, was dat niet wederzijds. Het werd voor iedereen lastiger om te blijven hopen op de beste uitkomst, namelijk een volledig herstel. Ze begonnen nu ook allemaal te hopen op de een na beste uitkomst, hoewel die veel minder gewenst was: de dood. Ze waren allemaal bang voor de op twee na beste uitkomst, een nog langere coma, en zelfs nog banger voor de op drie na beste uitkomst: een Bernie die ontwaakte met ernstige gebreken. Onwillekeurig vonden ze allemaal dat Bernie zelf de knoop moest doorhakken, vanuit de onuitgesproken gedachte dat Bernie verantwoordelijk was voor zijn eigen coma. De coma was als een hond die meer dan eens in de tuin van de buren had gepoept, zonder dat Bernie er iets aan deed. De coma getuigde van een gebrek aan gemeenschapszin. De coma was een vorm van onbeleefdheid.

20

Het ging niet geweldig met Chris Schwartz. Tot overmaat van ramp vond half november een gruwelijk educatief evenement plaats dat bekendstond als trefbaldag. Kenmerkend voor de jaarlijkse trefbaldag was dat deze nooit van tevoren werd aangekondigd. Dat verrassingselement was gebaseerd op historische overwegingen. Trefbaldag was een overblijfsel van de jaarlijkse enscenering van de Slag om Bellwether, een weinig bekende episode uit de Amerikaanse Vrijheidsoorlog waarbij een heel bataljon kolonisten was uitgemoord in een twee uur durende verrassingsaanval van het Britse leger.

Op de ochtend van trefbaldag werd de verplaatsbare muur tussen de gymzaal en de kantine weggehaald en de brede deuren van de kantine naar de parkeerplaats werden opengegooid. Op het moment dat de eerste groep leerlingen aan haar veertig minuten durende lunchpauze begon, werden ook de beide andere groepen naar het grote maar afgesloten terrein van de kantine, de gymzaal en de parkeerplaats gedreven. In de daaropvolgende twee uur (een tijdslimiet op historische gronden, en het enige lichtpuntje van het hele meedogenloze evenement) kregen de gymleraren, sportcoaches en andere stafleden met een redelijke worp de beschikking over een onbeperkt aantal halfzachte rode rubberen opblaasballen. Hun opdracht was elke scholier van Bellwether High School binnen die twee uur te treffen, met een bal die van minimaal twee meter afstand was geworpen. De opdracht voor de scholieren was uiteraard om te voorkomen dat ze getroffen werden. Elke scholier die aan het einde van de 'wedstrijd' nog 'in leven' was, werd beloond met een cadeaubon ter waarde van tweehonderd dollar, te besteden bij een tiental deelnemende winkeliers uit Bellwether.

Chris was al vaak van plan geweest onderzoek te doen naar deze weinig bekende veldslag, een nauwelijks waarneembare schandvlek in de geschiedenis van het tevreden provincieplaatsje. Ook wilde hij weten welke fascist de bedenker was van trefbaldag, maar over de veldslag en zijn sadistische nakomeling was nergens iets te vinden, of Chris vergat steeds om ernaar te zoeken, of allebei. Voorzover er een link was met historische feiten, bestond het idee dat de leraren de

Britten waren en de scholieren de kolonisten. Maar in de tegenwoordige politieke verhoudingen van Bellwether waren de nationale en ideologische scheidslijnen wat moeilijker te trekken. De scheidsrechters bijvoorbeeld waren docenten, en zij waren geneigd partij te kiezen voor hun collega's. En onder de scholieren bevonden zich 'kolonisten' die met hun 'Britse' docenten heulden om medekolonisten op te offeren, een praktijk die de scheidsrechters niet als hoogverraad zagen aan een vrij en democratisch Amerika, maar als een loyale heldendaad ter ondersteuning van de gevestigde macht. De enigen die als deserteurs werden beschouwd, waren figuren als Chris, die niet wilden sterven in een oorlog waarin ze niet geloofden.

Het spel was begonnen. Chris was elk jaar weer verbijsterd over de ongelooflijke wreedheden die werden begaan. De gymzaal, de kantine en de parkeerplaats veranderden in een angstaanjagend gekkenhuis waar bloedbaden werden aangericht. Overal om zich heen zag Chris scholieren die getroffen werden en vielen. Hij probeerde luidkeels anderen ertoe over te halen te protesteren tegen de hypocrisie en het geweld waarmee de afslachting van hun trotse, dappere en fatsoenlijke voorvaderen gevierd werd, maar er waren maar enkelen die hem hoorden, en zij waren te bang of te bloeddorstig om zich aangesproken te voelen.

Rechts van Chris dook Richard Stone op. Met een soepele beweging glipte hij achter Chris en nam hem in een wurggreep, zodat Chris geen kant meer op kon. De footballcoach doemde op, een reusachtige lelijke kerel die Chris nog nooit gezien had, en hij kwam veel dichterbij dan de voorgeschreven twee meter. Hij had een bal die veel zwaarder en harder leek dan de gebruikelijke rode rubberen bal en mikte op het gezicht van Chris. Op hetzelfde moment kwam een wendbare en pijlsnelle Frank Dial van links op de footballcoach afgevlogen, met de voeten naar voren als een Japanse worstelaar. De roze zool van Franks donkere blote voet trof de coach tegen zijn oor. De coach viel brullend op de grond, maakte krampachtige bewegingen op de kantinevloer en bleef stil liggen. Frank pakte de bal van de coach en liep ermee naar Richard Stone. Stone schrok, liet Chris schieten en deinsde achteruit. Frank hield nu niet de bal van de coach vast, maar het hoofd van de coach, en daarmee beukte hij herhaaldelijk in op de neus van Stone. Stone was ineens verdwenen, en nu deed Chris wat hem te doen stond. Hij nam Frank Dial mee naar de wc en waste het bloed van zijn handen en voeten. Naast de voeten van Frank zag Chris het voddige notitieboek *Alles op de wereld*. Hij raapte het op, en hoewel het besmeurd was met bloed en viezigheid uit de wc gaf hij het aan Frank. Frank weigerde het bevuilde exemplaar van *Alles*. Hij zei: 'Wat is weggegooid, moet voor altijd weggegooid blijven. Je kunt niet meer dan je best doen, want uiteindelijk ben je niet meer dan een stofdeeltje.'

Chris ontwaakte uit zijn droom en voelde zich eenzaam en beschaamd. Het was zeven uur in de ochtend. Omdat hij niet wist wat hij anders moest, beschreef hij zijn droom zo goed als hij kon in een e-mail aan Frank Dial en sloot af met de woorden: 'Je hebt mijn leven gered, hoewel ik niet eens wist dat een stofdeeltje een leven heeft. Ik heb veel spijt van wat ik heb nagelaten. Chris.'

Om 7.23 kwam het antwoord:

Aan het stofdeeltje dat dit leest,
Mijn moeder heeft gevraagd jou en Catherine Schwartz volgende week donderdag, met Thanksgiving, voor het eten uit te nodigen. Ik kan mij volledig vinden in zowel de letter als de geest van die uitnodiging. Mijn moeder zegt bovendien uit goede bron te hebben vernomen dat jouw vader, Bernard Schwartz, in coma ligt. Kun je mij zo snel mogelijk laten weten of dit heftige en onrustbarende nieuws in overeenstemming met de waarheid is? Als mijn moeder gelijk heeft, en ik vrees van wel, stel ik

voor dat wij elkaar onder vier ogen spreken aan de noord-
kant van het onderste parkeerterrein van Bellwether High
School, in de tijd die normaal gesproken bestemd is voor
het eerste uur en in plaats van de Franse les. Aldaar en op
dat tijdstip wens ik tot in de details te vernemen hoe het
zit met de veronderstelde coma van jouw vader, wat mij
in elk opzicht belangrijker lijkt dan een zoveelste bespre-
king van *De kleine prins*, geschreven door Antoine de St.
Exupéry, een literair werk waarvan de kwaliteit volstrekt
onevenredig is aan de bovenmatige aandacht die eraan
besteed wordt op middelbare scholen in het hele land.

Tot die tijd wil ik je deze opbeurende gedachte voor-
houden: de omstandigheden in je leven die nu kut zijn –
en de specifieke wijze waarop die kutomstandigheden kut
zijn – zullen niet tot in de eeuwigheid voortduren.

Met vriendelijke groet,

Frank Dial.

P.S. Wat je droom betreft: wat ben jij een godvergeten
klootzak.

21

Zestien dagen nadat hij in slaap was gevallen, werd Bernard
Schwartz wakker. Dat gebeurde op een zondagmiddag. Lisa
Danmeyer kwam zijn kamer binnen en zag hem een zwakke
en ongecoördineerde poging doen de ademhalingsbuis uit
zijn keel te trekken. Ze belde Cathy en Chris. Chris en Cathy
reden op ongecoördineerde wijze naar het ziekenhuis. Ze
werden buiten de kamer van hun vader door de dokter opgevangen.

'Heeft hij al iets gezegd?'

'Ja.'

'Wat?'

'Hij vroeg waar hij was en wat er met hem gebeurd is.'

'Verder nog iets?'

'Hij vroeg naar jou en Cathy.'

Chris had gehoopt dat zijn vader na zijn ontwaken in symbolistische dichtregels zou spreken. Het stelde hem teleur dat zijn herrijzenis als denkende mens – als je het zo kon noemen – zo clichématig was.

'Ik geloof dat ik jullie erop moet voorbereiden hoe hij eruitziet en hoe hij praat,' zei dokter Danmeyer.

'Nee, dat moet je niet,' zei Chris, die haar voorbijliep en de kamer binnenging. Zijn verzwakte vader zat half rechtop in bed. De ademhalingsbuis was weg uit zijn mond, die openhing. Speeksel verzamelde zich rond zijn onderlip. Zijn ogen traanden en keken wezenloos. Cathy kwam achter Chris aan en begon te huilen. In gedachten vroeg ze God om haar te vergeven dat ze boos was geweest op haar vader. Chris was razend dat zijn vader niet waardig uit zijn coma wist te ontwaken.

'Hoe gaat het ermee, pap?'

Bernie's ogen bewogen in de richting van de vraag, maar daar bleef het bij.

'En wat doen we nu?' vroeg Chris aan de dokter.

'Probeer met hem te praten. Hou er rekening mee dat hij niet altijd antwoord geeft, en doet hij dat wel, dan praat hij heel langzaam en is hij niet altijd even goed te volgen.'

'Hoe bedoel je, niet altijd even goed te volgen?'

'Hij heeft een beroerte gehad. De combinatie van twee medicijnen gaf hem een onregelmatige hartslag. Daarbij komt dat hij al een hele lichte hartaandoening had, en uiteindelijk leidde dat ertoe dat zich in de buurt van zijn hart een beetje weefsel vormde, dat daarna via de bloedbaan in zijn hersens is terechtgekomen. Dat propje heeft de bloedtoevoer geblokkeerd naar een deel van zijn linkerhersenhelft. Ik denk dat het letsel vrij beperkt is, maar in dit stadium kan ik dat nog niet met zekerheid zeggen.'

Chris zei: 'Je lijkt me toch al van weinig dingen zeker, in welk stadium dan ook.'

'Over een paar dagen weten we meer, maar het lijkt erop dat je vader problemen heeft met het deel van zijn hersenen dat eenvoudige voorwerpen, gedachten of handelingen benoemt.'

'Ik,' zei Bernie. 'Deed,' zei hij. 'Het,' zei hij.

'Wat?' De drie anderen keken hem aan. Dit begon er al wat meer op te lijken, vond Chris. Het was een mooi begin, vanwege het zelfvertrouwen dat eruit sprak.

'Wat deed je, pap?'

'Ik...' – hij maakte een onduidelijk gebaar met zijn linkerhand – 'mezelf.'

'Je wát jezelf?'

'Ik... doodde... mezelf.'

'Wat?'

'Ik... sneed... mezelf.'

'Waar? Waar heb je jezelf gesneden?'

'Ik... stak... mezelf.'

'Pap, je maakt me bang.'

'De... snoep.

De... parels.

De... korrels.'

'De wat?'

'Het... ding.

Dat... je... eet.

Dat... je... eet... en...

Het... verdriet... eh...

Gaat weg.'

'De medicijnen!' zei Chris.

'Ik... sneed... mezelf.'

Chris zei: 'Volgens mij wil hij zeggen dat hij zichzelf schade heeft berokkend door de verkeerde medicijnen te slikken. En verder, pap?'

'Sigaret.'

'Wat?'

Bernie maakte het gebaar van iemand die een sigaret rookte. 'Frank...

Schwartz is...

een film...

acteur,' zei hij in een tempo van één woord per vijf seconden. 'Een mensen...

sigaret...

brandt over...

zijn gezicht.' Hij sprak met nadruk en leek ongeduldig,
alsof het belachelijk was dat de mensen in de kamer niet begrepen wat hij bedoelde.

Chris zei: 'Maak je geen zorgen, Danmeyer. Zo doet hij
nou altijd.'

'Droomt hij?' vroeg Cathy aan de dokter.

'Ik denk het niet. Niet echt.'

'Zeg nog eens iets geks, pap.'

'Jaag hem niet op, Chris. Laat hem zijn eigen tempo be-
palen,' zei dokter Danmeyer.

'Het is verdomme míjn vader en ik ben degene die het
tempo bepaalt. Kom op pap, zeg nog eens iets geks. Wie ben
ik?'

'Jij bent Chris.

Je bent mijn... dier... kat... oom.

Sigaret.'

Chris grinnikte. 'Pap, je bent een kei.'

'Onze vader is geen "kei", Chris,' zei Cathy. 'Ik begrijp
best dat je bang bent, maar waarom moet je dat zo nodig verbergen achter dat puberale gewauwel?'

'"Puberale gewauwel", wauw. Da's een goeie. Mooi gezegd, hoor. Heel subtiel, echt iets voor een net katholiek
meisje. Wil je soms een trap onder je celibataire reet?'

'Hé!' riep dokter Danmeyer. 'Hou eens op, allebei. Jullie
vader wil jullie aandacht.'

'Nou en? Wat heeft hij ooit voor mij gedaan? Van mij mag

hij weer gaan slapen, en wakker worden als het mij uitkomt, wat wil zeggen nooit!'

'Dat is... niet... heel... aardig, Chris,' zei Bernie.

'Hé pap, ik maak maar een grapje, dat snap je toch wel? Niet dat het veel uitmaakt of je in een coma ligt of niet.' Chris voelde zich gerustgesteld en werd overmand door gevoelens van euforie. Hij geloofde dat zijn nog nauwelijks ontwaakte vader nu al grapjes met hem uitwisselde.

'Geef me... long... vuur... witte... rook... buis.'

'Een sigaret? Momentje.' Chris rende door de gang naar de verpleegstersbalie, zag een pakje sigaretten uit een geopende handtas steken, griste het weg en rende terug, door de gang naar de kamer van zijn vader. Hij probeerde een sigaret in de hand van zijn vader te krijgen, maar zijn vader kon hem niet vasthouden. Hij probeerde de sigaret in zijn mond te steken, maar hij viel eruit. Bernie keek weer wezenloos en wazig, en zijn mond was weer gaan hangen. Twee minuten verstreken in stilte. Alledrie keken ze naar Bernie. Ze zagen zijn ogen weer langzaam helder worden, een licht dat ergens uit zijn lichaam kwam.

'Hier pap, kun je roken.' Chris duwde de sigaret in de mond van zijn vader, die hem meteen tussen zijn lippen klemde.

Lisa Danmeyer trok de sigaret weer uit zijn mond en wierp hem op de grond. 'Wat heb jij toch?' zei ze. 'Dit is geen grapje. Je vader is nog steeds in levensgevaar.'

Chris ging in de stoel naast de deur zitten, boog naar voren en legde het hoofd in zijn handen.

'Dokter,' zei Bernie op de lijzige toon van zijn beroerte. 'Wees... lief... voor... Chris. Hij... heeft... pijn.'

Zonder een vin te verroeren was Bernie afgereisd naar een plek die zelfs voor Lisa Danmeyer onbekend terrein was. Hij sprak zacht, kalm, nadenkend. Zijn kinderen en zijn dokter hadden onwillekeurig het idee dat hij op zijn reis door het land van de coma de waarheid onder ogen had gezien, en

hoewel hij na zijn terugkeer een vreemde, hortende taal uit-
stootte, moest er met de grootste eerbied naar hem geluisterd worden, en als zijn woorden niet als wijze gedachten
klonken, lag dat waarschijnlijk eerder aan de luisteraar dan
aan de spreker.

'Ik ben moe,' zei Bernie.

'Gaat u slapen, mijnheer Schwartz,' zei Lisa. 'Weet u
waar u bent?'

'Een café.'

'Dit is een ziekenhuis.'

'Ziekenhuis. Ja, natuurlijk. U bent een... dokter,' zei Bernie. 'Ik ben een... patiënt. Mijn... dochter is... tevreden. Mijn
vrouw is... trouw. Mijn zoon is... een... genie.'

Ach ja, een mens moest oppassen met wat hij wenste,
vooral als hij wenste dat zijn comateuze vader meteen na
het ontwaken ironisch ging doen. Het was niet meer dan
logisch dat Chris grof deed tegen zijn vader; zo niet, dan
zou hij zijn kinderlijke plicht verzaken. Maar dat zijn vader
grof deed tegen hem, dat kwam hard aan. Dat was een inbreuk op de sociale rangorde. En die ironische opmerking
was in deze omstandigheden des te pijnlijker, omdat ze tot
uitdrukking leek te brengen wat normaal gesproken verborgen lag onder de talloze laagjes fatsoen die deze kersverse
niet-comateuze patiënt waarschijnlijk nog niet in de vingers
had.

Bernie deed zijn ogen dicht en leek te slapen.

'Is hij nu weer in coma?' vroeg Cathy ongerust.

'Nee, hij slaapt alleen.'

'Is hij dan helemaal uit zijn coma ontwaakt?'

'Ja.'

'Zou hij weer terug kunnen vallen?'

'Dat kan, maar de kans is klein.'

'Is hij nog wel dezelfde als vroeger?'

De dokter had het gevoel dat het antwoord op die vraag
buiten het bereik lag van de medische wetenschap. Ze ant-

woordde voorzichtig: 'We weten nog niet hoeveel van zijn hersenfuncties door de beroerte zijn aangetast. Na een beroerte zijn sommige hersendelen tijdelijk buiten werking, en andere delen zijn permanent beschadigd. We zullen doorgaan met testen, maar verder is het een kwestie van afwachten. Jullie vader kan heel goed praten. Hij lijkt zich van allerlei dingen bewust. Dat zijn gunstige voortekenen.'

'Hoe lang moet hij nog hier blijven?' vroeg Chris.

'Moeilijk te zeggen.'

'Mag hij met Thanksgiving naar een vriend van mij?'

'Dat is over vier dagen. Nee dus.'

'Hou nou eens op met dat gedokter, Danmeyer.'

'Zolang het om de gezondheid en het welzijn van je vader gaat, zal ik zoveel dokteren als nodig is.'

'En zijn geluk dan?'

'Daar ga ik niet over. Ik doe niet in geluk. Ik doe in gezondheid en welzijn.'

Chris was verbijsterd over het grapje van de dokter en ze realiseerde zich dat ze weer te ver was gegaan.

Cathy bewonderde de dokter. Het beviel haar wel hoe ze met Chris omging, die combinatie van medisch vakmanschap en persoonlijke directheid. Het beviel haar dat de dokter haar professionele optreden combineerde met een eigenzinnig karakter. Ze wilde van haar weten hoe ze dat deed. Ze wilde zoiets vragen als: Hoe moet een volwassene zich staande houden in deze wereld? Welke ideeën heb jij daarover? Hoe moet je het leven opvatten? Als ze eenmaal de juiste instelling had – twee of drie bondig en zorgvuldig geformuleerde denkbeelden die een samenhangende levensbeschouwing vormden – zou het Cathy niet meer zoveel moeite kosten de uiteenlopende situaties en uitdagingen van het leven met waardigheid en fatsoen te doorstaan.

22

In het leven van Chris en Cathy Schwartz wisselden ziekenhuis en school van plaats. In het ziekenhuis ontwikkelden ze sociale vaardigheden en leerden ze over ziekte en weerstand, en op school bezochten ze hun ernstig verzwakte lesprogramma. Van school hadden ze maar weinig opgestoken. Maar in het ziekenhuis voelden ze angst en medeleven, wat een manier was om wijzer te worden.

Op de dinsdagavond voor Thanksgiving vroeg Chris voor de zesde of zevende keer aan Lisa Danmeyer of zijn vader het ziekenhuis uit mocht voor het diner in huize Dial. Ze zei nee. Hij drong aan. Zij hield voet bij stuk. Cathy kon het onophoudelijke luide gekibbel niet uitstaan en wilde iets bedenken om het gesprek een andere kant op te sturen. Er kwam een halfdoordacht idee bij haar op en ze flapte het eruit voordat ze zichzelf de kans had gegeven de gevolgen te overzien: 'Dokter Danmeyer, mag ik u dan uitnodigen om zelf Thanksgiving met ons te komen vieren?' Iedereen stond versteld. 'U heeft vast al andere plannen. Maar ik meen het echt. Het is geen grap. U hebt het leven van onze vader gered, en daarom zou u bij ons aan tafel een gewaardeerde gast zijn.'

Chris was zijn zus bij hoge uitzondering dankbaar en zag zijn kans schoon: 'En als je dan toch op huisbezoek komt, om het zo maar eens te zeggen, kun je meteen de gezondheid van de patiënt in de gaten houden.'

'Nee, dokter Danmeyer, dat is niet wat ik bedoelde. Ik ben het met u eens dat het voor mijn vaders gezondheid het beste is als hij met Thanksgiving hier blijft. Ik wilde u uitnodigen, meer niet. En als u andere plannen heeft, zouden we het nog steeds enig vinden als u voor het toetje bij ons aanschoof.' Cathy kon nauwelijks geloven dat ze het woord 'enig' in de mond had genomen.

'Dat zou niet juist zijn, geloof ik,' zei Lisa, die wenste dat ze niet klonk als een snob die zich beledigd voelde. 'Ik bedoel, het zou niet juist zijn die uitnodiging aan te nemen, want dan stel ik mijn eigen familie teleur.' Met de teleurstelling van haar familie bedoelde ze die van haar vader. Haar hele leven was in feite een reusachtige poging om het hem naar de zin te maken, maar met die inspanning wekte ze alleen maar zijn ergernis, want hij had liever gehad dat zijn dochter een gelukkige en gerespecteerde muzieklerares was geworden.

Cathy begreep niet waarom dokter Danmeyer niet gewoon zei: 'Het is waar, ik heb al andere plannen.' Ze noteerde het adres en telefoonnummer van de familie Dial en zei: 'Dit is voor het geval u na het diner nog even langs wil komen voor een likeurtje,' waarna ze zich met een schok realiseerde dat ze de dokter andermans likeur aanbood, terwijl ze niet eens wist of degene wiens likeur ze aanbood wel likeur in huis had, om nog maar te zwijgen van het feit dat het helemaal niet netjes was om iemand andermans likeur aan te bieden. Ze bedacht dat ze zelf likeur kon meenemen, maar daarna drong het tot haar door dat ze helemaal geen likeur kon meenemen, want ze was minderjarig en kon geen likeur kopen. 'Of misschien alleen een stukje pompoentaart,' zei ze.

Lisa Danmeyer, die in de laatste halve minuut boos was geworden op haar vader, zei: 'Dat is heel lief van je, Cathy.' Verbitterd voegde ze eraan toe: 'Maar je weet hoe dat gaat met Thanksgiving. Familie gaat voor.'

'Ik heb mezelf al veel te belachelijk gemaakt,' zei Cathy, 'dus neemt u alstublieft dit papiertje aan met naam en adres.' Cathy besefte wat ze zojuist gezegd had: dat dokter Danmeyer het velletje alleen maar moest aannemen om te voorkomen dat Cathy zich belachelijk voelde, wat egoïstisch en brutaal van haar was. 'Niet dat u het moet aannemen omdat ik me belachelijk heb gemaakt. Neem het alleen als u het echt wilt.' Nu was Cathy bang dat dokter Danmeyer zou denken dat ze haar uitnodiging introk. 'Hier, alstublieft,' zei ze bijna opdringerig.

Lisa pakte het papiertje aan, zei 'dankjewel' en liep de ziekenhuiskamer uit.

Bernard Schwartz was al die tijd buiten westen gebleven.

'Dat was hoffelijk,' zei Chris.

Cathy zei: 'Hou je kop, klootzak.'

23

Lisa Danmeyer zat op een harde rechte stoel aan tafel, in de open keuken van haar spaarzaam gemeubileerde flat in Port Town. Ze had een stoel in haar flat die gemakkelijker zat en ze had een bank die gemakkelijker leek, maar die het niet was. Als ze in haar gemakkelijke stoel zat, was ze ook echt op haar gemak, en ook op de bank kon ze zich op haar gemak voelen, als ze tenminste haar best deed om te doen alsof ze op een andere bank zat. Maar dit was geen moment om zich op haar gemak te voelen; dit was een moment om haar vader te bellen. Ze had graag gewild dat de stem van haar vader over de telefoon een onderbreking betekende van haar vrijwel ononderbroken zelfverloochening. Maar was er eigenlijk wel iemand met zo'n vader? De kinderen Schwartz, misschien. Bernard Schwartz had in coma gelegen en alleen dat al maakte hem makkelijker in de omgang dan de meeste vaders, maar de man die uit de coma herrees – en de man die herrees uit het beeld dat zijn kinderen en ex-vrouw van hem schetsten – leek Lisa een man bij wie ze zich op haar gemak kon voelen.

'Hallo,' zei een strenge mannenstem. Iedereen behalve Lisa vond deze gepensioneerde pianoverkoper een jolige kerel, maar hoe kwam het toch dat hij zo streng tegen haar sprak, zelfs nog voordat hij wist dat zij het was?

'Hoi pap.'

'Ah. Wanneer kom je?'

'Op Thanksgiving, zoals afgesproken.'

'Ja, natuurlijk, maar hoe laat?'

'Even denken. Mijn vliegtuig vertrekt om vijf over acht uit New York. Ik moet twee uur wachten in Chicago...'

'Ik hoef niet de hele dienstregeling te horen. Ik wil alleen maar weten hoe laat je in El Cuerpo bent.'

'Nou, mijn vliegtuig landt om vijf over half twee plaatselijke tijd in San Francisco.'

'Dan weet ik nog steeds niet hoe laat je in El Cuerpo bent.'

'Nou, dat hangt ervan af hoe snel je rijdt,' zei ze, in de hoop dat hij het als plagen zou opvatten en niet als pesten.

'Wat zeg je nu?'

'Als je me ophaalt van het vliegveld in San Francisco kunnen we rond drie uur in El Cuerpo zijn.'

'Maar hoe laat landt het vliegtuig in El Cuerpo?'

'Het landt niet in El Cuerpo. Het landt in San Francisco.'

'Wat? Wat bedoel je nou? Denk je dat ik helemaal naar San Francisco rij om je daar te komen oppikken? Hoe jong denk je eigenlijk wel dat ik ben?'

'Ach, dat wilde ik helemaal niet... Het was gewoon...'

Haar vader kon zich prima redden in de keuken, maar hij was niet van plan zelf een maaltijd in elkaar te draaien. Ze bood hem nog aan een kalkoen te kopen en die zelf klaar te maken, maar hij stond erop dat ze naar zijn favoriete familierestaurant gingen (hoewel ze zich niet herinnerde daar ooit een familie te hebben gezien, alleen maar oude kerels zoals haar vader die weduwnaar of gescheiden waren, en van wie de kinderen uit El Cuerpo waren vertrokken zodra ze stemgerechtigd waren, of eerder) voor een vreugdeloze tweepersoonsmaaltijd met verse diepvrieskalkoen en een gladde cranberrycompote, geserveerd in dezelfde ronde vorm waarin het uit zijn blikje was gewipt.

Lisa stond op, liep naar haar gemakkelijke stoel en plofte neer. Ze wilde opgenomen worden in de omhelzing van haar gemakkelijke stoel. Ze wilde erin wegzinken, erin verdwijnen, weg uit haar flat en uit haar eigen bewustzijn, in elk geval met Thanksgiving en als het even kon tot kort na nieuwjaar. 'Pap,' zei ze. 'Het spijt me. Ik heb al een ticket. Ik rij zelf wel terug naar El Cuerpo.'

'God bewaar me. Moet ik nou echt helemaal naar San Francisco rijden?'

'Fijn om te horen dat je me zo graag ziet.'

'Maar schat, dat kun je niet maken. Eerst zadel je me hiermee op en vervolgens bezorg je me een schuldgevoel omdat ik er de pest in heb. Maar goed, het is Thanksgiving. Ik betaal de taxi wel, helemaal van de stad naar hier, want ik weet dat jullie dokters geen cent te makken hebben.'

'Pap, als ik mijn beurs heb afbetaald, zal ik een chauffeur voor je huren, en dan hoef je jezelf nooit meer moe te maken met autorijden. Of beter nog, ik regel wel een helikopter. Dan land ik op het dak van je huis.'

'Tegen die tijd hoop ik allang dood te zijn.'

'O mijn God, wat erg. Hoe kun je dat nou zeggen?'

'Wat? Wat zei ik? Ik maakte maar een geintje. We weten toch allemaal dat ik niet zo fijngevoelig ben? We weten toch allemaal dat ik mijn hele leven dezelfde geintjes heb gemaakt die helemaal niet leuk zijn, maar waar mijn vrienden en mijn klanten toch om moesten lachen, platvloers als ze zijn?'

Lisa bleef lange tijd stil. Ze voelde zich erg moe. Ergens aan het begin van de avond was haar keel pijn gaan doen bij het slikken. 'Nee, het ligt aan mij, pap. Ik wist niet dat je een grapje maakte. Ik breng zoveel tijd op mijn werk door dat mijn gevoel voor humor er wel eens bij inschiet.'

'Nou ja, ik ben ook de makkelijkste niet,' zei haar vader. 'Je bent een lieve meid. Ik maak me wel eens zorgen om je. Heb je nou al een man, ik bedoel een vriend? Een vriend, bedoelde ik, geen man.'

'Ik neem dinsdagmiddag wel een taxi naar El Cuerpo. Ik ben moe. Ik moet gaan slapen. Ik hou van je, pap.'

'Je bent een lieve meid. Zorg nu maar dat je aan je slaap komt. Ik wil graag dat je gelukkig bent. Ik had het niet over een man.'

'Welterusten, papa.'

'Goed dan.'

Moe Danmeyer legde de hoorn weer op de haak aan de keukenmuur en liep naar de kleine cederhouten veranda van het huis waarvoor hij zijn leven lang gewerkt had. Hij leunde naar voren en steunde met zijn bovenarmen op de reling, die hij gebeitst had in een kleur die redwood heette. Dat was een nepkleur, vond hij nu. Hij had een fatsoenlijke donkere tint moeten kiezen die de goedkeuring van zijn dochter kon wegdragen, zoals mahonie. Hij rook de herfst, voelde de Noord-Californische lucht op zijn armen en dat troostte hem. Hij vond het fijn tot diep in de winter naar buiten te kunnen in een overhemd met korte mouwen. Hij keek naar het gele poloshirt dat zijn bolle buik omspande, zijn geruite golfbroek, zijn blauwe plastic sandalen, en vroeg zich af of hij het type man was om wie Lisa en haar vriendinnen zouden lachen als ze hem op straat zagen. Toen bedacht hij dat zijn ernstige dochter geen tijd had om iemand uit te lachen. Zijn toegewijde dochter. Zijn dochter met haar gebrekkige gevoel voor humor. Jammer dat hij haar nooit eens voor de gek kon houden. Als hij haar voor de gek kon houden, zouden ze vrienden zijn. Ze was een dochter om over op te scheppen. Dat deed hij dan ook. Iedereen die hij kende, was het beu om te luisteren naar Moe Danmeyer die vertelde hoe geweldig zijn dochter was, maar hij ging er gewoon mee door, want hij wist hoe graag ze het beu waren, want dat was de manier waarop mensen elkaar voor de gek hielden. Hij schepte over haar op en soms kon hij wel eens wat overdrijven, dan verzon hij er het een en ander bij, dat het hoofd Neurologie haar verteld had dat ze de beste neurologe was die hij kende, wat het hoofd Neurologie best gezegd kon hebben, maar Lisa zou het nooit aan hem doorvertellen, want daarvoor was ze te bescheiden; en als hij dan over haar had opgeschept, wilde hij er altijd bij zeggen dat zijn dochter Lisa, de neurologe, ook nog eens zijn beste vriendin was, maar dat kreeg hij nooit over zijn lippen, want dat was zelfs geen opscheppen, dat was liegen. Lisa was niet zijn beste vriendin. Lisa was helemaal geen vriendin. Zijn enige kind was alleen maar zijn kind.

Moe Danmeyer liep naar binnen, schonk een royaal glas scotch in, liep weer naar de veranda en nam een slokje. Vijfduizend kilometer verderop pakte zijn dochter de fles scotch die ze de vorige lente van haar vader had gekregen, schonk een royaal glas in, stapte in haar onopgemaakte bed, nam twee flinke slokken en zette met de afstandbediening de tv aan. In de daaropvolgende vijftien minuten nipte ze van de scotch en terwijl ze steeds meer last kreeg van haar keel zag ze gedigitaliseerde dansende lijven opkomen en verdwijnen op de maat van onbekende, onpersoonlijke en vrijwel identieke liedjes, en even later was ze van de wereld.

24

Gezien het teleurstellende resultaat van een eerdere poging iets te doen aan de verschijning van zijn vader, aarzelde Chris Schwartz even voordat hij Bernie vermomde, wat nodig was om hem het ziekenhuis uit te smokkelen voor Thanksgiving bij de familie Dial. Terwijl hij zijn vader aankleedde, waren er dingen die Chris meteen al uit zijn hoofd moest zetten, zoals dat hij een witte katoenen onderbroek moest aantrekken over Bernie's billen en geslachtsdelen, en donkerblauwe sokken over zijn witte eeltige voeten met hun vergeelde teennagels. Het kostte hem moeite zijn vader in een broek te hijsen en wat hem ook al niet vrolijk stemde, was dat Bernie de slappe lach kreeg en zei: 'O, je kietelt me.'

Hoewel hij de situatie een paar keer uitvoerig had uitgelegd, had Chris geen idee in hoeverre Bernie iets van het ontsnappingsplan begreep. Bernie's relatie met de buitenwereld leek nogal wankel, van een totale verbijstering en hallucinaties tot momenten van volstrekte helderheid. En op momenten dat hij volgens iedereen hallucineerde, kon hij wel eens dingen zeggen die op een vreemde manier heel erg waar waren, zodat Chris het idee kreeg dat wat de meeste mensen als iets volstrekt helders zagen eigenlijk een hallucinatie was, en dat wat de meeste mensen als hallucinatie zagen een zuivere waarneming was, niet gehinderd door een jarenlange opvoeding, en dat die opvoeding in feite een manier was om je zintuigen zodanig te trainen dat je blikveld beperkt bleef tot een paar dingen die er niet eens echt waren.

De vermomming die Chris had bedacht om zijn vader het ziekenhuis uit te krijgen, was min of meer dezelfde als Bernie's vermomming op het rampzalige Halloweenfeest. Met andere woorden, hij doste hem uit als iemand waar geen mens hem ooit voor zou aanzien: een gewone vader.

Na zijn zenuwslopende worsteling met de broek rustte Chris even uit en keek naar zijn vader, die nog geen overhemd droeg. Het was niet erg praktisch om eerst een broek aan te trekken en daarna een overhemd, want om het overhemd te kunnen instoppen, moest je de broek weer losmaken. Maar dat was nu eenmaal de volgorde waarin een man zoiets deed. Alleen vrouwen en kinderen trokken eerst hun hemd en daarna hun broek aan, en hoe ouder Chris werd, hoe meer hij besefte dat er voor een man maar weinig nodig was om een vrouw of een kind te worden. En dat was een slechte zaak, want om een vader te zijn moest je een man zijn.

Nu begon de worsteling met het overhemd. 'Armen omhoog, Bernie.'

'Waarom?'

'Anders komen we te laat.'

'Wat betekent te laat?'

'Dat je ergens niet op tijd bent. Dat het al voorbij is.'

'Wanneer is iets voorbij?'

'Als het is afgelopen.'

'Als wat is afgelopen?'

'Ach kom, nou hou je me voor de gek.'

Bernie lachte zijn geniepige blikkerige debielenlachje. Vanwege het letsel aan zijn linkerhersenhelft kon hij zijn rechterarm nauwelijks nog optillen, en dus deed Chris het zelf en trok hem een donkerblauw overhemd en een tweed blazer aan, waarna hij een gevlekt brilmontuur zonder glazen op zijn vaders neus zette dat hij de vorige dag bij de apotheek op de kop had getikt. Bernie genoot van de ernst waarmee deze jongeman, zijn zoon, hem zijn schoenen aantrok, en vooral van de onverstoorbare blik waarmee hij de linkerschoen ging halen, telkens als Bernie hem uitschopte en door de kamer slingerde.

Eenmaal op de gang had Bernie moeite met lopen. Zijn rechterbeen en rechtervoet reageerden niet op de pogingen van zijn hersens om ze in beweging te krijgen.

'Had je al geoefend met lopen?' vroeg Chris.

'Daar wil ik nu niet over praten,' zei Bernie in een tempo van ongeveer een woord per drie seconden.

In de lift naar de hal stak Chris een doosje sigaretten in het borstzakje van Bernie's blazer, wat bedoeld was om de vermomming compleet te maken en Bernie de kans te geven om te roken, als hij dat wilde. Een man hoefde niet per se gelukkig te zijn, vond Chris, maar een man moest wel vrij zijn, zelfs als dat betekende dat hij vrij was om zichzelf de das om te doen.

'In de hal kan ik je niet op deze manier vasthouden en op het parkeerterrein misschien ook niet. Dat hangt ervan af wie we tegenkomen.'

'Maakt niet uit,' zei Bernie.

Midden in de hal probeerde Bernie zonder ondersteuning van Chris een sigaret op te steken. Hij viel op de grond.

'Is hij nu nog steeds dronken?' vroeg een verpleger in uniform, die Bernie kennelijk voor een ander aanzag. 'Misschien moeten we hem nog een tijdje hier houden.'

'Ach meneer, kunt u alstublieft voor deze ene keer een oogje toeknijpen? Het is tenslotte Thanksgiving,' zei Chris in een halfslachtige poging om een personage uit een klassieke humoristische Amerikaanse familiefilm te spelen. 'Ik zal zorgen dat hij geen druppel meer aanraakt.'

De man knikte aarzelend.

Met een oog op de weg en een oog op Bernie reed Chris in Bernie's auto naar het huis van de familie Dial. Bernie rookte de ene sigaret na de andere en elke keer als hij zijn longen leegblies, begon hij te hoesten.

'Wat heb je toch?' vroeg Chris.

'Ik weet het niet,' zei Bernie.

Ze liepen door de kille avondlucht naar het huis van de familie Dial, dat verlicht werd door een straatlantaarn, en Bernie zei: 'Dat is een heel klein huis.'

Het was moeilijk te zeggen wat Bernie daarmee bedoelde. Misschien bedoelde hij dat het huis veel kleiner was dan het ziekenhuis, dat voor hem de maatstaf was geworden voor alle andere huizen; of misschien bedoelde hij dat het kleiner was dan zijn eigen huis, of kleiner dan het ideale huis in zijn hoofd, op grond waarvan hij alle echte huizen beoordeelde, of klein vanwege een neurologisch-visuele stoornis waardoor objecten verder weg leken dan ze waren. Of misschien vond Bernie het huis van de familie Dial klein omdat hij neerkeek op mensen die het minder goed hadden, een snobisme dat hij vroeger onderdrukte, maar dat hij nu na zijn hersenletsel de vrije loop liet.

Toen Bernie het huis van de familie Dial binnenging en naar de woonkamer liep, bukte hij zich alsof hij onder een deur doorliep die gemaakt was voor kinderen of lilliputters.

De moeder van Francis Dial, Renata Dial, liep aarzelend in haar helderrode en paarse bloemetjesjurk op de gasten af.

Cathy zat op de bank waarop Frank had gelegen toen hij

Chris uit zijn huis verbande, maar nu stond ze op en begon te schreeuwen. 'Chris! Wat maak je me nou! Dit is levensgevaarlijk. Wil je hem soms dood hebben?'

Bernie begon te haperen en zei met omfloerste stem: 'Hij wil me niet dood hebben. Hij wil dat ik Chanoekka... Pasen... Thanksgiving vier bij de Dials. De Dials zijn zwarte mensen met een klein... bouw... gebouw... raam... huis.' Bernie keek om zich heen om te controleren of zijn woorden waren overgekomen, want hij begreep wel dat ze aan duidelijkheid te wensen over lieten.

'Komt u zitten, mijnheer Schwartz,' zei Renata Dial, die de hoed van zijn hoofd nam en hem naar een stoel begeleidde.

Cathy pakte Chris bij zijn arm, trok hem bij zijn vader weg en fluisterde: 'Je brengt hem meteen weer terug. Zie je dan niet hoe zwak hij is? Ik word hier helemaal akelig van.'

Chris zei: 'Ach, met jou is er ook geen lol aan.'

'Chris!'

'Nee. Denk je dan dat hij ervan opknapt om met Thanksgiving alleen in het ziekenhuis te liggen?'

'Je weet wat we hadden afgesproken. We zouden hier om acht uur vertrekken en dan tot tien uur bij hem op bezoek gaan. Trouwens, hij weet helemaal niet dat het Thanksgiving is. Hij weet niet eens wát Thanksgiving is.'

'O jawel. Hij kan misschien moeilijk praten, maar dat wil nog niet zeggen dat hij niks doorheeft. Vraag maar aan Lisa Danmeyer. Zijn afasie betekent niet dat hij geen informatie opneemt, maar alleen dat hij die informatie niet kan verwerken.'

Het was Cathy wel duidelijk dat Chris helemaal verkikkerd was op de dokter, maar ze besloot haar commentaar voor zich te houden, want het laatste wat ze wilde, was overkomen als het grootste cliché dat ze kende, het onuitstaanbare grietje, hoewel ze dat naar haar idee wel degelijk was. Zij en Chris keken naar Bernie, die voorovergebogen in zijn stoel zat, niet alleen alsof het plafond zelfs nu nog te laag was, maar ook alsof zijn stoel te klein was om zijn lichaam in kwijt te kunnen.

'Mijnheer Schwartz,' zei Renate Dial met een gespeelde jovialiteit, 'wat dacht u van een toastje met kaas?'

'Dank u, Dial. Mag ik zeggen dat het rode... gele... groene... bruine... geval dat u eh... op uw huid draagt heel... teer... teder... leuk... eh, mooi is voor deze avond.'

'Mijnheer Schwartz, mijn naam is Renata Dial. Ik zou het prettig vinden als u mij mevrouw Dial noemde. Ook zou ik het prettig vinden als u niet steeds over mijn huidskleur begint, of over uw eigen huidskleur of welke huidskleur dan ook. Dit is een feestelijke avond. Laten we gewoon van elkaars gezelschap genieten en al onze zorgen voor even vergeten.'

'Waarom mogen we niets over onze huidskleur zeggen, mam? Dat is niet beledigend bedoeld. Het is gewoon zoals we zijn.' Frank Dial kwam de kamer binnengelopen in zijn hemelsblauwe kostuum, zijn zwarte zijden das en zijn zwarte lakleren halfhoge laarzen.

'Wauw, wat zie jij er geweldig uit, Francis,' zei Cathy, en ze bloosde.

Renata Dial zei: 'Frankie, ik wil niet dat mijn gasten dingen tegen me zeggen waardoor ik me ongemakkelijk voel. Ik ga daar niet met jou over in discussie. Je hebt het maar te accepteren.'

'Catherine, je bent een heel mooi blank meisje. Ik bedoel, meisje.' Frank gaf Cathy een kus op haar wang en zei: 'En je ruikt zo lekker.'

'Dat is gewoon zeep,' mompelde ze. Het was helemaal niet haar bedoeling geweest om er mooi uit te zien, lekker te ruiken of met hem te flirten. Ze droeg een grijze wollen overgooier, een zwarte maillot en een zwart t-shirt, en ze wilde er netjes, beschaafd en onopvallend uitzien.

Frank zei: 'Het spijt me dat ik zo laat ben, mensen. Ik moest mijn vissen hun speciale diner voeren voor Thanksgiving. Catherine, wil je misschien mee naar mijn kamer om mijn verzameling tropische vissen te zien?'

'Nee. Ik bedoel, nee dank je, Francis. Ik kan er niet bij dat iemand puur voor zijn eigen plezier wilde dieren houdt in een kleine afgesloten ruimte. En ik heet trouwens geen Catherine, maar Cathy.'

Frank kon er niet bij waarom zijn moeder en dit meisje zo nodig het plezier moesten bederven dat hij voelde toen hij de woonkamer was binnengelopen om in zijn prachtige nieuwe kostuum Thanksgiving te gaan vieren. Hij wilde iets zeggen om Cathy te kwetsen, maar omdat hij bewondering en respect had voor al die vreemde en rigide ideeën die ze leek te hebben ontwikkeld om orde te scheppen in haar bestaan, en omdat hij in de laatste vijftien seconden misschien zelfs een beetje verliefd op haar was geworden, stond hij zichzelf niet toe iets beledigends te bedenken. 'Tja,' zei hij. 'Wil je dan misschien een glaasje appelsap?'

'Ja graag, Francis.' Het was niet de bedoeling geweest van Cathy om hem te schofferen. Ze had dat idee over de mishandeling van vissen alleen maar bedacht om niet naar zijn kamer te hoeven. Ze wist niet goed wat ze voor Francis voelde. Ze had het warm gekregen waar hij bij stond. Ze wilde niet dat zij en Francis iets zouden doen dat Chris, haar vader of mevrouw Dial zelfs maar een beetje ongepast leek, hoewel ze zich afvroeg welke schijnbare ongepastheid ze nu eigenlijk wilde vermijden, en waarom.

Op weg naar de keuken maakte Frank een quasi-formele buiging naar zijn maatje Chris, die hem in dezelfde geest beantwoordde. Frank bleef staan voor Bernie Schwartz en zei: 'Bernie! Shit, man, hoe gaat het met jóu? Ben je nu wakker of niet?' Frank stak zijn rechterarm bijna loodrecht naar voren en wilde die al naar beneden zwaaien om Bernie met een stevige mannelijke klets de hand te drukken, maar Bernie vatte dat gebaar totaal verkeerd op; hij kwam moeizaam overeind, dook in Franks armen en omhelsde hem krachtig en hartstochtelijk. 'Goed, Bernie. Zo is het goed.' Frank sloeg zijn armen om hem heen. Bernie wilde hem niet loslaten. 'Je mag weer gaan zitten.' Bernie gaf geen krimp. 'Kan iemand ervoor zorgen dat hij daarmee ophoudt?'

Chris maakte zijn vader los van zijn beste vriend. 'Zit, papa. Zit.'

Bernie ging zitten, alweer alsof hij Goudlokje was in de stoel van Baby Beer. 'Ik wil uw hartje... glaasje... stoeltje niet breken,' zei hij tegen Renata Dial, die zichzelf steeds moest inprenten dat deze man ziek was en niet onbeschoft.

De coma had Bernie het bijzondere talent gegeven om met de perceptuele en cognitieve hinderpaal in zijn hoofd een spaak in het wiel van de buitenwereld te steken. Gedurende de rest van de avond zagen zijn tafelgenoten zich regelmatig geconfronteerd met de ongelukkige combinatie van Bernie's lichamelijke en sociale gebreken. Tijdens de maaltijd morste hij op tafel, op de grond, op zijn kleren. Hij gebruikte borden en bestek alsof het poppenborden en poppenbestek waren. Hoewel iedereen hem scherp in de gaten hield, lukte het hem af en toe een slokje wijn te drinken. Kort nadat Renata Dial de pompoentaart op tafel had gezet, viel Bernie in zijn stoel in slaap. Cathy stond erop dat ze hem naar het ziekenhuis brachten. Renata was woedend op deze afschuwelijke/niet-afschuwelijke man en de zoon die hem had meegebracht, en dat probeerde ze te compenseren met het aanbod om hem in de kamer van Frank op bed te leggen. Cathy wilde Bernie eigenlijk terug naar het ziekenhuis brengen, maar om het schandalige gedrag van haar vader en broer te compenseren, wilde ze ook zo beleefd zijn als menselijkerwijs mogelijk was, en om de gastvrouw niet voor het hoofd te stoten aanvaardde ze haar vriendelijke aanbod. Renata Dial had gehoopt dat Chris en Cathy zo beleefd en verstandig waren haar aanbod af te wijzen en hun vader naar het ziekenhuis te brengen, waar hij thuishoorde, maar nu vroeg ze haar zoon en zijn vriend om Bernie naar Franks slaapkamer te dragen en hem daar in bed te leggen, wat ze deden.

De deurbel ging. Renata Dial deed open en zag een jonge blanke vrouw met donker haar en rood omrande ogen.

'Hallo, mijn naam is Lisa Danmeyer. Cathy Schwartz had me uitgenodigd voor het toetje. Bent u mevrouw Dial?'

'Ja, hoor. Komt u binnen.' Renate keerde zich tot Cathy en zei op niet geheel neutrale toon: 'Je vriendin Lisa is er. Als ik wist dat je besloten had om nog meer gasten uit te nodigen, had ik wat meer te eten gemaakt.'

Cathy bloosde. Frank nam zijn moeder terzijde en zei: 'Mam, hoor eens, deze mensen hebben ze misschien niet allemaal op een rijtje, maar ze bedoelen het goed. Echt waar. Ik weet dat het mijn idee was om ze hier uit te nodigen, maar wil je alsjeblieft een beetje vriendelijk voor ze zijn? Dan help ik met opruimen.'

'Al was dit de plezierigste Thanksgiving ooit, dan nog moest je helpen met opruimen. Maar in deze situatie zal ik er geen doekjes om winden wie hier vanavond opruimt: jij.'

'Goed, mam.'

Lisa Danmeyer was die ochtend wakker geworden met griep en toen ze zich uit bed hees, was dat alleen om over te geven. Daarna was ze weer in slaap gevallen. Toen ze voor de tweede keer wakker werd, was haar vliegtuig naar San Francisco al vertrokken. Ze belde haar vader. Hij begon te schreeuwen en zij huilde. Ze hing op en voelde zich een hoopje ellende. Haar vrienden en collega's waren Port Town voor het lange weekend ontvlucht. Lisa sliep, gaf over, probeerde achterstallige nummers van haar neurologische vakbladen te lezen, keek televisie, staarde uit het raam. Om acht uur 's avonds dacht ze aan de familie Schwartz. Ze had nog nooit een patiënt gehad met kinderen als Chris en Cathy, of tenminste, ze was nog nooit door hen te eten gevraagd en ook nog nooit zo erg en onophoudelijk door hen beledigd. De meeste familieleden van patiënten behandelden haar alsof ze een grote levenloze natuurkracht was, een onmetelijke ijsberg op de noordpool die het kleine pleziervaartuig van hun gezondheid meedogenloos aan stukken brak. Cathy en Chris erkenden dat ze een mens was door aardig dan wel gemeen tegen haar te doen. Haar misselijkheid was wat gezakt, ze wist dat een plezierig sociaal contact een positieve uitwerking had op het lichamelijke welzijn en ze wilde niets liever dan weg uit haar bedompte flatje. Zou dokter Ronald McKelty op de uitnodiging van Cathy Schwartz zijn ingegaan? Nee, want dokter Ronald McKelty kreeg nooit griep op Thanksgiving en maakte dan ook geen hooglopende ruzie met zijn vader. Ze klom uit bed, nam een bad en belde een taxi.

Zodra Chris Lisa Danmeyer zag, stoof hij van tafel. 'Danmeyer! Gabber!' zei hij, pakte haar hand in zijn beide handen en schudde die op en neer in een overdreven gebaar dat komisch bedoeld was. De taxirit was al een aanslag geweest op Lisa's zwakke maag, en het handen schudden maakte haar nog misselijker.

'Als ik jou zo zie, kun je beter een stoel nemen,' zei Renata Dial. 'Wil je misschien een stukje pompoentaart?'

'O nee, dank u, mevrouw Dial. Ik ben bang dat ik een griepje heb opgelopen. Het schijnt nogal te heersen. Geneesheer, genees uzelf, zeggen ze wel eens.'

'Wat fijn dat u gekomen bent,' zei een blozende Cathy tegen Lisa. Tegen Renata zei ze: 'Ik hoop dat u er geen bezwaar tegen hebt dat ik mijn vaders dokter heb uitgenodigd. Ik ben vergeten het te zeggen. Dat spijt me.'

Frank pakte er een stoel bij en zette die voor Lisa aan tafel.

Renata vroeg: 'Wat wil je, liefje? Een kopje thee?'

'Een kopje thee zou lekker zijn, dank u.' Lisa wilde geen thee. Ze wilde dat ze thuis was gebleven.

Chris zei: 'Zo, Danmeyer. Waar is jouw vriendje de voetendokter dit jaar met Thanksgiving?'

De koorts en de misselijkheid maakten dat Lisa zich niet kon inhouden. 'Let op je woorden, kleine etterbak.'

'Ooh Danmeyer.' Chris keek naar Frank. 'Ik zei je toch dat ze een snoesje was?'

Frank zei: 'Dokter Danmeyer, u moet wel begrijpen dat de agressie van mijn goede vriend Chris een manier is om zijn warme gevoelens voor u tot uitdrukking te brengen.'

'Ach ja, al mijn mannelijke patiënten willen met me trouwen, en al mijn vrouwelijke patiënten willen mij zijn.' Na het uitspreken van die woorden keek Lisa onwillekeurig naar Cathy. Cathy sloeg haar ogen neer en wilde Lisa liefst schrappen van haar mentale lijst van modelvrouwen, maar dat kon ze niet. Lisa wist dat ze Cathy gekwetst had, en had geen idee waarom.

Chris zei: 'Krijg nou wat. Die Danmeyer is gewoon een verwaand kreng.'

Cathy zei: 'Chris, nu ga je te ver.'

Lisa zei: 'Nee, Cathy, laat maar.'

Renata Dial zette een kopje thee voor Lisa neer. Lisa nam een slokje uit beleefdheid. Chris trok allerlei gezichten naar Frank die te maken hadden met zijn angst dat de dokter de aanwezigheid van zijn vader zou opmerken, maar Frank begreep het niet. Chris stond op en mompelde dat hij die vissen van Frank wel eens wilde bekijken. Frank stond op en ze liepen met zijn tweeën de kamer uit, maar niet voordat Chris Lisa een joviale klap op haar schouders had gegeven.

Die schouderklap gaf Lisa het beslissende zetje in de richting van een orale incontinentie. Ze vroeg Renata waar de badkamer was. Ze liep er vliegensvlug naartoe, sloot de deur en gaf over in de pot, terwijl ze zich vaag bewust was van wat zich aan de rand van haar gezichtsveld bevond: gebroken glas, kleine felgekleurde beweeglijke objecten op de vloer en iets omvangrijks wat daar niet thuishoorde. Toen het kokhalzen langzaam afnam, keek ze naar links en zag iets wat haar de stuipen op het lijf joeg: een naakte en bewusteloze Bernard Schwartz in een badkuip die gevuld was met water en tropische vissen. Chris en Frank kwamen de badkamer binnen.

Lisa moest weer overgeven. Frank overzag het tafereel, holde weg en kwam teruggerend met een groen netje waarin hij zijn vissen wilde vangen. Lisa Danmeyer boog zich op haar knieën over de patiënt heen, voelde zijn pols en gaf Chris de opdracht om een ambulance te bellen. Dat deed hij.

25

Het diner met Thanksgiving had op alle aanwezigen een deprimerende uitwerking. Chris Schwartz droeg de grootste verantwoordelijkheid voor de tweede bijna-dood van zijn vader. Cathy Schwartz had werkloos toegekeken hoe hij door toedoen van haar broer bijna het leven had gelaten. Lisa Danmeyer was door dit gezin in een ethisch dubieuze positie gemanoeuvreerd. Frank Dial had een aantal van zijn geliefde vissen verloren. Renata Dial besloot in stilte dat ze met Thanksgiving nooit meer blanken zou uitnodigen, of in elk geval niet deze blanken. Achttien uur nadat hij bewusteloos was aangetroffen in de badkuip van de familie Dial werd Bernard Schwartz weer wakker, maar hij bleef mat en stilletjes en leek te functioneren op het mentale niveau van een ongewoon pientere kleuter.

Frank Dial ging zijn vriend niet uit de weg, maar Chris hing hem onderhand wel behoorlijk de keel uit. Ze liepen nog maar zelden samen naar school. Ze sloegen geen lessen over om met elkaar te babbelen en in de bosjes rond te hangen. Frank verplaatste zijn aandacht naar Cathy Schwartz. Cathy moest een excuus bedenken voor haar nogal intieme omgang met Frank Dial, want ze wilde niet in strijd komen met de onofficiële, onuitgesproken en niet te beredeneren regel die geschonden werd door een niet-zakelijk contact. Dat excuus was het christendom. Voorzover ze had begrepen, kwam de christelijke leer erop neer dat je aardig moest zijn voor anderen. Maar dat hoefde niet uit te sluiten dat anderen ook aardig konden zijn voor jou. Om iemand aardig te kunnen vinden, had je zelfs iemand nodig die aardig gevonden wilde worden. Bovendien was aardig gevonden worden een goede oefening voor aardig vinden. Nu Frank haar zijn weldaden bewees, kon Cathy erachter komen welke weldaden wel en niet werkten, zodat Cathy's intieme omgang met Frank Dial – haar nogal intieme omgang – eigenlijk een wereldse zondagsschool was. Cathy wist dat ze zichzelf voor de gek hield en toch ook weer niet voor de gek hield; ze vond dat vervelend en niet vervelend; ze was een bekrompen idioot en een ruimdenkende idioot. Nou goed, ze vond het gewoon fijn dat hij stiekem briefjes in haar kluisje stopte op school, ze vond het fijn dat hij een keer bij haar thuiskwam met een bosje bloemen, ook al deed ze alsof het haar koud liet, ze vond het fijn dat hij beleefd en voorzichtig informeerde naar de gezondheid van haar vader en haarzelf, ze vond het fijn dat hij soms naar het ziekenhuis kwam, dat hij beleefde grapjes maakte. Zelfs zijn bezorgdheid voor het welzijn van haar broer de vadermoordenaar ontroerde haar, en ze leerde ervan om geen hekel te hebben aan Chris, of tenminste, dat probeerde ze.

'Je beseft toch hopelijk wel dat je broer in wezen een goeie jongen is?' vroeg Frank op een dag aan Cathy. 'Hij wilde jullie pa geen kwaad doen. Mijn moeder sleept me eh... ik kom al mijn hele leven in de kerk, en wat je van mij nu maar moet aannemen, is dat God vooral wil dat je houdt van degene met wie je de meeste moeite hebt.' Op het moment dat Frank dat tegen Cathy zei, vroeg hij zich half af of hij dat oprecht meende. Het kostte hem zelf de laatste tijd behoorlijk veel moeite om van Chris Schwartz te houden, en hoewel hij zichzelf er nog redelijk van kon overtuigen dat hij Cathy uitlegde wat volgens hem Gods wil was, realiseerde hij zich ook dat God van hem hetzelfde wilde, en hij moest voor zichzelf toegeven dat die halve kletspraat min of meer bedoeld was om indruk op haar te maken, of nee, niet alleen om indruk

op haar te maken, maar ook om haar te helpen met het over-
winnen van haar boosheid, gewoon omdat die haar dwars-
zat; maar zeker ook om indruk te maken, vooral dat laatste,
en een beetje om haar te helpen. Het enige dat Cathy niet
leuk vond, was dat hij haar wel eens 'zuster Catherina' noemde.

Chris dronk en reed auto. Hij werd al ziek van meer dan een
klein beetje drank, en hoewel hij vond dat hij het verdiende
om altijd ziek te zijn, kreeg hij het nooit voor elkaar om
meer dan een klein beetje dronken te zijn. Maar een klein
beetje dronken was hij altijd. Hij droeg altijd een heupflesje
Wild Turkey bij zich en zo vaak als hij kon verdragen nam
hij daar een teug van. In de auto van zijn vader dwaalde hij
langzaam, gedachteloos, aangeschoten en zonder rijbewijs
rond door Bellwether en omstreken, vaak zonder te weten
waar hij naartoe wilde. Soms ging hij naar school om zich
ook aan die vorm van zelfkastijding te onderwerpen. Maar
vaker was hij in het ziekenhuis, op vertrouwde voet met zijn
zwakbegaafde vader.

Het was een donderdagavond halverwege december. Er
was nu altijd een surveillant aanwezig als Chris bij zijn vader op bezoek kwam, en in diens aanwezigheid zong Chris
met enige aarzeling: 'Klap eens in je handjes, blij blij blij, op
je boze bolletje, allebei,' en probeerde zijn vader zover te
krijgen dat hij de bijbehorende infantiele gebaren maakte
om zijn gebrekkige ruimtelijke inzicht en motorische coör-
dinatie te oefenen. 'Handjes in de hoogte, handjes in de zij,'
zongen vader en zoon samen, 'zo varen de scheepjes voorbij.' Bernie zwaaide in een vlaag van onbeholpen enthousiasme met zijn onhandelbare rechterarm en maaide een
kom onschuldige ziekenhuispap van het nachtkastje. Chris,
die in de loop van de avond regelmatig naar de badkamer
was gelopen voor een slokje whisky, zag het boze bolletje
van de surveillant, verontschuldigde zich en depte de pap op.

De surveillant had een hekel aan Chris en vertrouwde hem niet, net als iedereen op de wereld, behalve Bernie Schwartz, die meer van Chris hield dan ooit, alsof Chris hem geen betere dienst had kunnen bewijzen dan hem nog achterlijker te maken, alsof die achterlijkheid Bernie had bevrijd van een intelligentie die hem zijn hele leven tot last was geweest.

Chris begon het liedje opnieuw, na zijn vader te hebben gevraagd zijn gebarenspel een beetje te dimmen. Chris was geen liefhebber van het liedje, behalve dat hij wel waardering kon opbrengen voor de manier waarop in de laatste regel de vergankelijkheid werd bezongen.

Frank Dial kwam de kamer binnen.

'Waar is Cathy?' vroeg Chris, die schrok van de aanwezigheid van zijn voormalige beste vriend.

Frank zei: 'Mag ik dan alleen langskomen als Cathy erbij is?'

'Ik weet het niet. Nee.'

Frank stond tussen de deur en Bernie's bed. Chris stond aan de andere kant, tussen het bed en het kamerraam. Chris en Frank keken naar Bernie. Bernie staarde langs Chris naar de duisternis achter het raam. Chris had Bernie hele avonden in de duisternis zien staren. Chris vroeg: 'Wat zie je daar?' Bernie bleef zwijgend naar buiten staren. Chris probeerde ook in de duisternis te kijken, maar zag alleen de onvolmaakte weerspiegeling van zijn eigen gezicht, waarop de pukkeltjes zich voordeden als kleine donkere vlekken, een volmaakte niet-weerspiegeling, de niet-Chris die het wezen was van Chris. Frank zag Chris en Bernie in de duisternis staren. Hij beschouwde dat als een gedeelde ervaring van vader en zoon Schwartz, een stille vorm van wezenloze aandacht die buiten het bereik lag van buitenstaanders. 'Heb je dat heupflesje nog op zak?' vroeg hij.

'Welk heupflesje?'

'Dát heupflesje.'

'Nee, ik heb geen heupflesje,' zei Chris, die met zijn

hoofd een steels en smekend gebaar probeerde te maken in de richting van de surveillant.

'Nog steeds bezig met je boetedoening?'

'Wat gaat jou dat aan?'

'Je weet wat de dokter zei: Bernie zou misschien toch wel een terugslag hebben gekregen. Die longontsteking kan ook te wijten zijn aan het buisje dat al die tijd in zijn keel heeft gezeten, en hoeft dus niks te maken te hebben met die ontsnapping van jullie uit Birkenau.'

'Nou en? Waarom vertel je me dat? Wat weet jij daarvan?'

'Besef je eigenlijk wel hoe egoïstisch dat zelfmedelijden van jou is? Denk eens aan Cathy. Zij is ook behoorlijk van de kaart, maar het enige waaraan jij kan denken, is je eigen ellende.'

'O, om Cathy maak ik me weinig zorgen. Als het erom gaat aardig te zijn voor Cathy, doe jij het werk voor tien. Misschien moet je nu maar eens gaan om haar nog een bosje bloemen te bezorgen.'

'Let op je woorden, jochie. Wat ik voor Cathy beteken, is iets tussen mij en Cathy.'

'Goed dan, jochie. Je zegt het maar, jochie.'

'Ik heb een idee,' zei Frank ineens monter. 'Als ik nu eens naar je toe kwam en je een hengst verkocht?'

Bernie maakte zich los van de duisternis en richtte zijn blik eerst op Chris en toen op Frank. 'Hé, hou op,' zei hij. 'Niet... slaan. Slaan is... verdrietig.'

Frank vroeg: 'Wat moeten we dan?'

'Ik zing een stuk... zang... lied.'

'Ga je dan een liedje voor ons zingen, Bernie?' vroeg Chris.

'Praat niet tegen me alsof ik een klier... lul... kind ben.'

Chris en Frank keken met grote ogen naar Bernie, die zijn ogen sloot en daarna weer opendeed. Met horten en stoten zong hij:

Heel alleen in m'n bootje
In 't gezellige slootje
Niemand om me heen
Omdat zij verdween
Alleen, alleen, heel alleen
Heel alleen, alleen

DEEL DRIE

26

Vlak voor de kerstvakantie vloog Lila Munroe terug naar de oostkust om Chris en Cathy te helpen met de verhuizing van hun vader naar een revalidatiecentrum, waarna ze met zijn drieën op vakantie gingen in Californië. Chris en Cathy brachten al hun schoolvakanties bij hun moeder aan de westkust door. Tijdens de vliegreis waren moeder, broer en zus neerslachtig. Niet alleen omdat het gezin Schwartz weer eens aan het begin stond van een langdurig en ongemakkelijk samenzijn, maar ook omdat ze hadden samengespannen om Bernie op te sluiten. Dat was het ergste wat ze ooit gedaan hadden.

Het stortregende toen ze die avond aankwamen bij Lila's rustieke houten huis in Heart Valley. Het huis was klam en schimmelig. Er hing een bedompte lucht. Altijd als Chris het huis van zijn moeder binnenliep, had hij het gevoel dat hij doordrong tot de oorzaak van haar scheiding met Bernie. De indeling en inrichting van de kamers volgden een logica waar Chris maar geen vat op kon krijgen. Het huis bleef donker, somber en ondoorgrondelijk. En elke keer dat zijn moeder hem geduldig en zelfs liefdevol probeerde uit te leggen waarom ze gescheiden was, raakte Chris er meer van overtuigd dat haar antwoord in feite neerkwam op een 'Dat gaat je niets aan'. Zijn moeder had erop gestaan dat hij anderhalve week bij haar zou blijven, maar nu hij van kamer naar kamer liep, had hij het gevoel dat op elke deur – inclusief de deur naar 'zijn' kamer – een onzichtbaar bordje 'verboden toegang' hing.

Chris kon niet tegen die bedompte lucht. Hij zette een paar ramen open. Regen besprenkelde de vensterbanken, de vloer, de tapijtranden. Lila zag haar bloedeigen spulletjes nat worden en wilde gaan gillen. Het slonzige joch was nog maar drie seconden binnen en nu was hij al begonnen om haar geregelde leventje in het honderd te sturen. Nee, geen leventje, een heel leven. Een leven dat zich steeds verder uitstrekte. Ze bouwde iets op, terwijl ze al doende leerde hoe dat moest. Het was veelomvattend en inspannend werk, en ze deed het met plezier. Maar elke keer als de kinderen haar leven binnenkwamen, begonnen ze dat leven weer af te breken, totdat het net zo klein was als in de tijd van haar huwelijk. Tijdens haar huwelijk kon ze nooit een stap buiten dat huwelijk zetten, dat ongeveer zo groot was als een kleine kledingkast. Deze logeerpartijen kwamen erop neer dat ze die kledingkast moest delen met twee opgroeiende pubers. Toch moest ze toegeven dat die kleine benauwde kledingkast ook wel iets knus had, iets waaraan het in haar leven ontbrak en wat ze ook miste als haar kinderen weer vertrokken waren.

Hoe dan ook, in de schoolvakanties van haar kinderen was haar bijnaam dat egoïstische wijf, verwoord in de derde persoon, hoewel alleen Lila zichzelf dat egoïstische wijf noemde, en alleen in gedachten. De kinderen hadden die naam voor haar bedacht; niet in het echt, maar in de gesprekken die iedereen altijd in Lila's hoofd voerde, buiten haar wil om. De Lila van Lila's denkbeeldige Chris en Cathy was een Lila die Lila niet kon uitstaan: dat egoïstische wijf. Gedurende de rest van haar leven – het leven dat onbereikbaar was voor de afkeurende blik van haar kinderen, al dan niet denkbeeldig – voelde ze zich vrij om 'dat geweldige wijf' te zijn, 'dat wijf voor wie geen zee te hoog is', 'die verrukkelijke vrouw' of zelfs 'jij intelligente, opwindende, machtig mooie vrouw', de vrouw die ze werd op de ochtend na hun aankomst, toen de kinderen van huis waren en zij onverwacht met de tuinman op de keukenvloer belandde.

Als 'verlangen' het gekmakende gevoel is dat achterblijft als je gekregen hebt wat je wilde, was Lila nog nooit zo uitverlangd als aan het eind van haar opzienbarende ochtend met de tuinman. Terwijl hij niet eens háár tuinman was. Of tenminste, nog niet. Hij reed rond in zijn pick-up en ging de deuren langs, op zoek naar werk. Hij had aan de deur geklopt, zij had opengedaan, hij had iets verteld over wat hij kon betekenen voor haar gazon en bloemperk, en Lila had hem uitgenodigd voor een kopje kruidenthee, wat zeer Californisch was maar ongebruikelijk voor Lila. Halverwege het kopje was ze hem al aan het zoenen. En terwijl de thee langzaam koud werd, voltrok zich die verbazingwekkende gebeurtenis op haar keukenvloer. Lila zou nooit verliefd worden op de tuinman, maar wauw, wat een geweldige vent. Ze had nog nooit iemand ontmoet bij wie ze zich zo goed kon ontspannen, en dat was nog heel voorzichtig uitgedrukt.

Op het moment dat Chris Schwartz kwam binnenlopen, lachte Lila, en de tuinman lachte ook en sneed tomaten op Lila's aanrecht. Door de psychische nood gedwongen hadden Chris en Cathy voor de duur van deze vakantie een zeldzaam bondgenootschap gesloten en ze waren al uren eerder van huis gegaan om samen te ontbijten. Ze hadden een strandwandeling gemaakt langs de Stille Oceaan, of althans, ze hadden zij aan zij met een droevige blik naar de zee gekeken en gemijmerd over de immense grootte ervan. Chris had Cathy afgezet bij de openbare bibliotheek van Heart Valley waar ze haar kennis over heiligenlevens wilde bijspijkeren, en nu zag hij zijn moeder en die vent, en hij wist dat ze net seks hadden gehad. Hoe hij dat wist? Om te beginnen hadden ze allebei nat haar. Vreemd genoeg kon hij er zich niet druk om maken. Hij vond het wel grappig. Zijn moeder stond aan het aanrecht de rucola te wassen en lachte, en Chris lachte ook, en die gast schudde zijn hoofd en vertelde zijn naam, en toen moesten ze alledrie nog harder lachen.

'Maar dat is vast niet je roepnaam,' zei Chris. 'Hoe noemen de mensen je?'

'Charlie.'

'Is Charlie je tweede naam?'

'Nee.'

Ze lachten alledrie nog wat meer.

Chris wees met zijn duim over zijn schouder in de richting van de deur en een onbestemde plek in de wereld daarachter. 'Ik ga maar eens een eindje lopen in eh... het bos.'

'Welk bos?' vroeg Charlie.

'Nou, gewoon daar ergens, in het bos.'

'Als je wilt, kan ik je na de lunch een prachtig stukje bos laten zien,' zei Charlie. Hij was misschien vijftien jaar ouder dan Chris, en Chris vroeg zich af of hij de enige was die dat raar vond.

'Eerst lunchen we met zijn drieën, goed?' zei Lila, en ze lachte.

Chris zei: 'Goed dan.'

Ze aten de tomaten en de aangemaakte sla. Lila haalde ook wat plastic doosjes te voorschijn met ambachtelijke salades en chutneys die plaatselijk gemaakt werden, hoewel ze namen droegen die herinnerden aan het verfijnde en onbedorven Verre Oosten en aan de eerlijkheid en eenvoud van Afrikaanse ontwikkelingslanden. Charlie vertelde tijdens het eten hoe vervelend het was in de regen te moeten tuinieren, en hoe fijn hij het vond zich fysiek uit te putten onder de zon, vooral als dat een mooi en plezierig resultaat opleverde, zoals een tuin of een goed verzorgd gazon. Hij sprak ook over surfen en over hoe mooi de zomer was in Californië, en dat het toch eigenlijk een wonder was dat hij steevast elk jaar weerkeerde.

Terwijl Charlie sprak, keek Chris naar zijn moeder in de

verwachting dat haar gezicht blijk zou geven van een geamuseerde minachting. Geamuseerd leek ze zeker, maar van minachting was geen sprake. Bij het uitademen slaakte ze zelfs een paar keer een nogal onrustbarend zinderende zucht. Dit was misschien wel de eerste keer in zijn leven dat hij zijn moeder zo volmaakt tevreden had gezien. Hij vroeg zich af of het wel fatsoenlijk was voor volwassenen om zich voor de ogen van hun kinderen zo tevreden te tonen.

27

De zon was te voorschijn gekomen en de grond werd langzaam droog. Chris en de sekspartner van zijn moeder liepen door het bos. Chris vroeg: 'Hoe zei je ook alweer dat je naam was?'

'Sextus Mann.'

Chris wilde weer gaan lachen, maar dat leek hem onbeleefd en zelfs gevaarlijk nu zijn moeder er niet bij was.

Sextus 'Charlie' Mann was bleek, slank en lenig. Hij had blauwe ogen, dik lang zwart haar en een aangeboren talent om iedereen op zijn gemak te stellen, zelfs de hypernerveuze tienerzoon van de vrouw met wie hij zojuist de liefde had bedreven. Zonder een woord te zeggen maakte hij Chris duidelijk dat hij, Charlie, het grootste vertrouwen had in de intelligentie van Chris en in zijn geschiktheid als wandelkameraad. Het vertrouwen van Charlie maakte Chris zelfs weer een beetje nerveus, want als hij niet oppaste, werd hij straks nog aangerand.

Het pad ging omhoog. Ze beklommen de bosrijke helling van een kleine berg. Het rook lekker op de berg. Er stonden mooie bomen en als de wind erdoorheen blies, ruisten ze zacht. Het onverharde pad was goed onderhouden en er lagen houtsnippers die ertoe bijdroegen dat de berg zo lekker rook. Er tjirpten een paar vogels, er renden eekhoorns rond

– Chris dacht dat ze aan het spelen waren – en laag bij de grond zag hij donkerrode en gele bloemen die mooi waren zonder schreeuwerig te zijn.

Toen ze de top van de kleine berg bereikten, ging Charlie – ook wel bekend als Sextus, godallemachtig – op een gladde, platte rots liggen, en hij gebaarde Chris om zijn voorbeeld te volgen. Chris aarzelde. Charlie maakte een gebaar waarmee hij te kennen gaf dat hij Chris niet wilde aanranden, wat natuurlijk niet te onderscheiden was van het gebaar dat een volwassen man zou maken ter geruststelling van een tienerjongen die hij wilde aanranden. Tenslotte besloot Chris om toe te geven, dat wilde zeggen, om op zijn rug op de rots te gaan liggen.

De eerste twee minuten dat hij op zijn rug lag, dacht Chris aan Frank Dial. Hij wilde Frank schrijven over alles wat hem tot nu toe in deze vakantie was overkomen. Chris had de gewoonte in gedachten een e-mail aan Frank Dial te sturen; dat was een manier om zijn ervaringen te verwerken, zijn confrontaties met de werkelijkheid draaglijker te maken. In die denkbeeldige e-mails negeerde Chris het verdrietige feit dat Frank steeds minder beantwoordde aan het beeld dat hij had van zijn ideale lezer. De situatie van nu deed hem denken aan het moment dat hij en Frank op hun rug in de bosjes van Bellwether High School hadden gelegen, vlak voor het moment dat ze wreed verstoord werden door footballspeler Richard Stone, een gebeurtenis die leidde tot de huidige ongelukkige verstandhouding tussen de twee vrienden. Hij zette die gedachte uit zijn hoofd en keek omhoog, naar de wolken. Hij zag een wolk die hem deed denken aan een tapijtje, en een andere wolk die eruitzag als de tijdklok van een videorecorder. Hij vroeg zich af of hij Charlie moest vertellen wat hij zag, maar besloot van niet. Charlie kon nog zo'n geschikte gast zijn, maar hij zou de bedoelingen van Chris vast niet doorzien. Charlie was gelukkig, en daar was niks mis mee, maar voor dat geluk had Charlie een verschrikkelijk offer gebracht, zonder dat zelfs maar in de gaten te hebben: hij kende geen ironie. Chris had een zeker respect voor Charlie, maar hij vond ook dat iemand die geen ironie kende niet serieus kon worden genomen, want of je de ironie nu kende of niet, vroeg of laat zou de ironie kennis maken met jou.

Chris liet zijn gedachten meedrijven op de wolken. Na een tijd waarvan hij de duur onmogelijk kon inschatten, drong het tot hem door dat hij naar een wolk lag te staren die leek op een middelbare man in bed. Hij nam de wolk aandachtig op, maar wist niet of hij zijn ogen open of dicht had. De wolk leek op zijn vader, natuurlijk. Hij keek naar het stukje wolk dat leek op het gezicht van zijn vader, of beter gezegd, het gezicht van zijn vader na de coma. Hij zag de terneergeslagen, trieste ogen en de sullige blik van Bernard Schwartz. Hij zag de lippen, die tegenwoordig altijd klammer waren dan Chris wilde. Hij zag de kille, bleke, rubberachtige huid, het bleke voorhoofd, het donkere pluizige haar dat ze in het revalidatiecentrum niet vaak genoeg wasten. De stapelwolk-versie van zijn vader die boven hem door de lucht zweefde, veranderde van vorm. In de buurt van zijn mond brak hij in tweeën. Er kwam geluid uit die mond. Chris luisterde.

'Ze zijn hier vriendelijk voor me,' zei de wolk, 'maar er is hier niemand die ik goed ken. Vriendelijkheid is iets anders dan vertrouwdheid. Vertrouwdheid is het huis dat je beschermt tegen weer en wind, en vriendelijkheid is dat je fijne meubels hebt. Je hebt het eerste nodig om te overleven, het tweede om je prettig te voelen, en beide om een fijn leven te leiden. Iemand die fijne meubels heeft, maar geen huis waar hij ze in kan zetten, heeft maar weinig kans om te overleven.'

'Pap?' vroeg Chris. Hij vroeg zich af wat zijn vader met 'hier' bedoelde toen hij zei: 'Ze zijn hier vriendelijk voor me': het revalidatiecentrum, waar Chris hem voor het laatst gezien had, of de hemel? Niet dat Chris wist of er een hemel bestond en waar je die moest plaatsen. Als het om religie ging, was hij niet zozeer een gelovige, een atheïst of een agnost, als wel een onbenul. Voorzover hij een beeld had van de hemel, was het een ijle nevelige zone voor de onlangs overledenen. Hij begon te beven.

'Die vriend van jou komt hier elke dag op bezoek,' zei de wolk. 'Hij heeft een scherpe tong. Hij zegt dingen die misschien grappig bedoeld zijn. Als ze grappig bedoeld zijn, zijn ze kwetsend. En als ze niet grappig zijn bedoeld, zijn ze zelfs nog kwetsender.'

'Neem het Frank Dial alsjeblieft niet te veel kwalijk,' zei Chris tegen de wolk. Hij wist niet of hij het met zijn mond zei, met een ander lichaamsdeel of met helemaal geen lichaamsdeel. 'Frank maakt een moeilijke tijd door.'

'Het grootste deel van de tijd ben ik in de war,' zei de wolk. 'Ik weet niet wat ik weet. Het ene moment is alles helder en het volgende moment zien de mensen en de kamers er ineens anders uit dan je zou verwachten. De lucht zelf lijkt wel binnenstebuiten gekeerd. Ik zoek iets wat ik herken, maar ik ben op een onbekende plek, omringd door mensen die mij vreemd zijn.'

Deze vaderlijke wolk praatte anders dan de echte vader van Chris, voor of na de coma. En als Chris tegen de vaderlijke wolk praatte, praatte hij niet als zichzelf. Chris had daarom geen idee of het allemaal verbeelding was of niet. Het gezicht van de wolk ging nu snel verloren. Het werd breder en langer en dunner, alsof het gezicht van zijn vader uit elkaar werd getrokken, alsof de vader van Chris schreeuwde. Chris wreef met zijn knokkels in zijn ogen en waarschijnlijk kreunde hij, want naast hem op de rots kwam Sextus Mann overeind en vroeg: 'Alles goed met je, maatje?'

Chris zei: 'Ik moet mijn vader bellen.'

'Wil je mijn mobieltje?'

'Goed.'

Charlie haalde zijn mobiele telefoon uit zijn zak en gaf

hem aan Chris. Chris toetste het nummer van het revalidatie-centrum. 'Kunt u mij doorverbinden met Bernard Schwartz?'

De vrouw aan de andere kant van de lijn ging weg, kwam terug en zei: 'De heer Schwartz doet een middagdutje. Kan ik een boodschap doorgeven?'

'Nee. Maak hem wakker, alstublieft.'

'Dat gaat niet, meneer.'

Misschien omdat er een vrouw aan de andere kant van de lijn was, had Chris meer moeite met die boodschap dan anders het geval was geweest. 'Volgens mij gaat dat wel, en u gaat dat nu doen. U spreekt met zijn zoon en dit is een noodgeval.'

'Wat voor noodgeval?'

'Het noodgeval is dat ik u kom opzoeken om u een schop onder uw kont te verkopen als u mij nu niet doorverbindt met mijn vader.'

De vrouw hing op. Chris zat nog steeds op de rots met de telefoon aan zijn oor. 'Waarom?' vroeg hij.

'Waarom wat?' vroeg Charlie.

'Waarom doe ik dit keer op keer?'

'Wat?'

'Waarom gedraag ik me als iemand die ik niet eens ken, iemand die als een gek tekeergaat, iemand die de plank totaal misslaat en precies het tegenovergestelde bereikt van wat hij wil?'

'Geen idee.'

'Ergens weet ik heus wel wie ik wil zijn, maar ik ben die persoon gewoon nooit.'

28

Cathy verliet de openbare bibliotheek van Heart Valley en liep over een bochtige weg omringd door hoge bomen naar het huis van haar moeder. De weg was donker, maar het zonlicht hechtte zich bij stukjes en beetjes aan het asfalt, een paar huizen, het kreupelhout en haar bleke armen. Cathy vond het geen fijne vakantie en daar was verder niets aan te doen, maar ze zou wel gek zijn als ze niet probeerde haar tijd nuttig te besteden. Nu ze hier eenmaal wandelde, omringd door de koelte van de beschaduwde weg, de geur van de eucalyptussen en de grillige scherven zonlicht, was dat een ervaring die haar meer dan zinvol leek, en niet alleen omdat het er zo mooi was: ze probeerde het voor zichzelf te zien als de glorie van God.

Lila zat onderuitgezakt in de woonkamer met een deel van *McKinney's Statutes*. Ze hoorde haar dochter de keuken binnenstommelen en daarna zag ze het meisje verschijnen, of beter gezegd opdoemen. Cathy stapte in de smalle strook middaglicht, dat viel op de linkerhelft van haar blozende gezicht en haar mooie vrouwelijke bovenlijf. Die ochtend waren Lila's zintuigen gewekt en nu waren ze ontvankelijk voor de schoonheid van haar dochter. Cathy keek neer op Lila en Lila voelde haar trotse melancholie. Ze wilde dat haar dochter daar een tijdje bleef staan. Ze wilde haar gezicht en lichaam bestuderen, om alle veranderingen tot zich door te laten dringen. Ze was blij dat ze haar dochter nu even in haar geheel kon opnemen – zo vaak gebeurde dat niet – en ze wilde Cathy duidelijk maken dat ze van haar hield en haar gelukkig wilde zien, of nee, dat was maar oppervlakkig uitgedrukt, ze wilde dat Cathy al haar wensen voor zichzelf in vervulling zag gaan. Wat kon Lila zeggen om Cathy het gevoel te geven dat alles nu goed tussen hen was?

Uiteindelijk besloot ze tot: 'Hoe gaat het met je heiligen?', en door het fronsen van haar dochter wist ze dat ze fout zat.

'Nou, ik heb gelezen over Theresia van Avila.'

'Wat heeft ze... wie... wat voor heilige was zij?'

'Bedankt voor je belangstelling, mam, maar als je het niet erg vindt, wil ik het met jou liever niet over haar hebben. Ik moet eerst zelf nog een tijdje over haar nadenken.' Cathy had graag over Theresia van Avila gepraat, maar dan met iemand die haar kon helpen om iets van die heilige te begrijpen.

Ze voelde dat er een nieuwe genegenheid van haar moeder uitging. Ze vond het jammer dat ze die niet kon beantwoorden. Als ze het leven van Sint Theresia ter harte had genomen, wist ze dat ze in staat was geweest zich voor haar moeder open te stellen. Maar nu kon ze alleen maar wachten tot dit gesprek voorbij was, in de hoop dat ze Lila geen slecht gevoel gaf.

'Je ziet eruit alsof je een fijne wandeling hebt gehad.'

'Ja.'

'Chris maakt een tochtje met de tuinman.'

'Zo.'

'Ken je de tuinman?' vroeg Lila, hoewel ze wist dat het onmogelijk was.

'Nee.'

'Wil je iets eten?'

Cathy vroeg zich af hoe ze haar eigen eten kon klaarmaken en haar moeder ertoe kon aanzetten om dat goed te vinden. Haar moeder ertoe aanzetten. Ze wilde haar moeder ergens toe aanzetten. Ze wilde haar moeder ertoe aanzetten om te veranderen, maar van die verandering kon ze zich geen voorstelling maken. Trouwens, nog voordat een vrouw besloot dat ze kinderen wilde, moest ze zich al voornemen om te veranderen in de moeder die haar dochter nodig had.

'Vind je het erg als ik zelf mijn middageten maak?'

'Nee. In de keuken vind je van alles voor op brood.'

Cathy liep naar de keuken en hoopte dat Lila in de woonkamer zou blijven, maar dat was haar niet gegund.

'Opa Tim wil je weer eens zien,' zei Lila.

Cathy zei: 'Dat kan.' Ze vond Tim een belachelijke naam voor een opa, en al helemaal voor een joodse opa. Bij zijn geboorte was opa Tim eigenlijk maar halfjoods geweest, en alleen op aandringen van zijn vrouw, Cathy's overleden grootmoeder, was hij helemaal overgegaan. Maar hij gedroeg zich niet joods, zelfs niet op de innemende en laconieke manier van haar vader, een gedrag dat niets godsdienstigs had, maar gebaseerd was op de waardigheid van de joodse cultuur, de lange lijdensweg en immigratie.

Lila zei: 'Ik heb een grappig telegram van hem.'

'Een telegram?'

'Ja.'

'Hij woont hier dertig kilometer vandaan. Hij had ook kunnen bellen, tegen lokaal tarief.'

'Hij heeft een telegram gestuurd. Omdat hij dat leuk vond, misschien. Wil je het horen?'

Ze kenden beiden het antwoord op die vraag en deden alsof het tegenovergestelde waar was. Cathy opende de koelkast en bestudeerde de inhoud, meer om haar moeder haar ondoorgrondelijke rug toe te keren dan om iets te eten te zoeken.

'"Chris en Cathy," staat er. "Welkom in Californië. Verheug me erop jullie te overladen met bergen ijs en overdreven cadeaus, en me schuldig te maken aan andere grootvaderlijke verwennerijen. Bel me. Groeten, Tim."' Ongeveer halverwege haar voordracht drong het tot Lisa door dat het telegram nauwelijks beledigender kon zijn, gezien Cathy's fijngevoelige ascese. Ze wierp een gelaten blik op de stramme rug van haar dochter voor de koelkast.

'Ik zal hem morgen bellen,' zei Cathy.

'Misschien moet je dat vanavond doen. Hij heeft het erg druk.'

'Echt? Wat doet hij dan?'

'Geen idee. Hij spreekt af met zijn vrienden.'

'Zijn drinkmaatjes? Spreken ze van tevoren af om zich in een café te gaan bedrinken?'

'Cathy! Hou daarmee op! Nou heb ik er genoeg van.'

Cathy voelde een rilling over haar rug lopen en draaide zich om.

'Je gaat veel te ver met die heilige verontwaardiging van je.

Ik wens niet door jou te worden verketterd en ik wil niet dat je mijn vader verkettert. Ik ga hier niet op mijn tenen lopen en ik ben absoluut niet van plan alleen maar dingen te zeggen die voldoen aan die bekrompen, naïeve en onwerkelijke moraal die jij ons met alle geweld wilt opdringen. Je bent een kind. Je woont in een comfortabel huis in een rijke voorstad. We hebben alles gedaan om jou en je broer te beschermen tegen het geweld en de ellende van deze wereld, dezelfde ellende waarin mensen zich staande proberen te houden met de strenge morele principes waar jij zoveel vanaf denkt te weten.' Lila's dochter trok zich terug. Ze stond stil bij de geopende koelkastdeur, vermeed Lila's blik, keek naar haar voorhoofd of oor, en trok zich terug in de koelkast. Ze zat achterin de koelkast, achter de bedorven sla, bijna onzichtbaar.

Lila probeerde haar woorden af te zwakken. 'Ik maak me zorgen om je. Of nee, geen zorgen. Moeders mogen zich geen zorgen maken, toch? Maar ik ben er niet gerust op. Ik heb me versproken, daarnet. Ik werd boos en ik liet me meeslepen. Dat spijt me. Ik heb echt bewondering voor de wilskracht die ik in je zie, de vastbeslotenheid. Maar bedenk wel dat je zestien bent, Cathy. Vergeet niet te genieten. Er is niks mis met een beetje genot.'

Met het woord 'genot' had ze de aandacht van haar dochter weer helemaal terug, en hoe. Het woord 'genot' maakte alles in één klap duidelijk. Cathy besefte waar die vreemde genegenheid van haar moeder in de woonkamer vandaan kwam. Die was het gevolg van haar genot, hetzelfde genot waaraan ze zich had overgegeven toen Cathy op tienjarige leeftijd een donkere kamer was binnengelopen en gezien had wat de vader van haar beste vriendin met haar uithaalde. Wat je genot noemde.

'Ik heb geen trek,' zei Cathy. Ze liep naar de kamer in haar moeders huis waar ze 's nachts sliep en deed de deur achter zich dicht.

29

Op de vierde avond dat Chris en Cathy aan de westkust waren, reden zij en Lila naar het zuiden van San Francisco voor een etentje bij Tim Munroe. Tim Munroe was de enige grootvader van Chris en Cathy die nog in leven was. Cathy mocht hem niet. Chris mocht hem wel, maar ondanks Tims jovialiteit had hij het gevoel dat de man niet echt in hem geïnteresseerd was. Als Lila haar vader zag, riep dat vijf of zes tegenstrijdige emoties op die haar meestal aan het huilen brachten, zodat haar vader zich afvroeg hoe deze kwetsbare en labiele vrouw het tot een goed verdienende advocate had gebracht. Lila was pas laat thuis van haar werk en tijdens de rit naar San Francisco moesten ze nog stoppen om niet alleen bier, maar ook een fles whisky voor haar vader te kopen. Tegen de tijd dat ze aankwamen, was het negen uur. Ze waren alledrie bekaf, in tegenstelling tot Tim Munroe, die twee uur had gedut, om acht uur was ontwaakt en daarna een opwekkende melange had gedronken van vier delen donkergebrande koffie op een deel goedkope cognac. Tim stond op zijn vervallen veranda, trok krachtig aan zijn filterloze sigaret en verwelkomde zijn dochter en haar kinderen. Ze gaven hem allemaal een kus, wat betekende dat ze moesten doordringen tot de bijkans tastbare rookkolom om zijn hoofd.

'We hebben allemaal reuzehonger, papa,' zei Lila. Toen Cathy hoorde dat haar moeder deze infantiele man 'papa' noemde, kreeg ze ineens met haar te doen.

Tim keek op zijn horloge. 'Honger. Natuurlijk, dat was te verwachten. Wat zullen we doen?'

'Je zou iets voor ons koken, zei je.'

'Echt waar? Ik kook al dertig jaar niet meer.'

'Maar natuurlijk wel. Toen ik hier kwam wonen, heb je nog een garnaaltje voor me gebakken, wanneer was dat, een jaar of vijf geleden.'

'Je begrijpt wat ik bedoel. Ik bedoel dat ik algemeen ge-sproken al in geen dertig jaar meer gekookt heb.'

Niemand begreep wat hij bedoelde. Lila was er kapot van. Hij was zijn belofte niet nagekomen en had er duidelijk geen idee van wat hij daarmee aanrichtte. Waarom kon ze zich daar nu nog steeds over verbazen? Ze overwoog een fles whisky te nemen als avondeten, een taxi te bestellen naar een duur hotel in de stad, het bed in te duiken en de volgende ochtend pas laat naar haar werk te gaan.

Hij nodigde hen uit een 'lekkere' stoel uit te zoeken, zo-lang ze nog niet het probleem hadden opgelost 'waar en hoe' ze de maaltijd zouden gebruiken.

De stoelen waren oud, lelijk en versleten; de kussens bo-den geen weerstand meer en er zaten kuilen in. Er hing een nicotinelucht in huis.

'Een pilsje of een slok whisky?'

'Whisky graag,' zei Lila, en Chris sprak haar na.

'Hoe oud ben jij nou, jongen?'

'Twaalf.'

'Je bent een grappenmaker.' Tim liep de kamer uit.

Chris wist dat zijn grootvader hem helemaal geen grap-penmaker vond. Tim zou hem waarschijnlijk pas een grap-penmaker vinden als Chris een jaar of zeventig was, een paar hartaanvallen had doorstaan en granaatscherven in zijn been had, opgelopen bij de een of andere zeeslag in de Stille Oce-aan.

Tien minuten later kwam Tim de woonkamer binnenlo-pen met vier glazen whisky – hoewel Cathy er niet om ge-vraagd had –, vier blikjes bier en twee boeken, die in oude kranten waren gewikkeld. 'Hier,' zei hij, terwijl hij de whis-ky ronddeelde en aan Chris en Cathy elk een boek gaf. Het boek van Chris was een vergeelde en half afgestofte pocket met korte verhalen van Jack London. Het boek van Cathy was een detective van een zekere Andrew Greeley, die min-der verkleurd was maar plakkerig aanvoelde. 'Ik hoorde van je moeder dat je katholiek bent geworden, en Greeley was een pastoor die schunnige detectives schreef, dus vandaar. Chris, ik heb geen flauw idee wat je allemaal uitvreet, maar je bent een jongen, neem ik aan, en dus heb ik dit boek voor jou geregeld.' 'Je bent een jongen, neem ik aan' was beledigend zonder dat Tim daar erg in had en 'geregeld' was een woord waarmee hij probeerde te verbloemen dat hij naar de boekenplank in zijn garage was gelopen, vlak nadat hij gevraagd had of iedereen whisky wilde.

Tim bracht een eenlettergrepige toast uit die verder niemand verstond, sloeg een glas whisky achterover door zijn wijd openstaande mond, wipte een flesje bier open, nam een teug, stak een sigaretje op, rookte.

Cathy zei: 'U bent echt onvoorstelbaar.'

'Weet ik, weet ik,' zei Tim mijmerend.

Ze keek hem een tijdje aan, met zijn gladde achterovergekamde witte haar en zijn uitgemergelde gezicht met witte stoppels. 'Waarom doet u dat toch allemaal, opa Tim?'

'Wat allemaal?'

Cathy had het gevoel dat hij vijf zonden tegelijk beging, maar ze kon er maar twee bedenken: 'Roken, drinken.'

'Doen is makkelijker dan laten.'

'Maar het zijn smerige gewoontes en u gaat er dood van. Beseft u eigenlijk wel hoe vies het hier ruikt?'

'Ach meisje.' Hij blies wat rook uit en wuifde een paar keer met zijn vrije hand, wat misschien bedoeld was als beleefdheid ten opzichte van Cathy. Iedereen bleef een tijdje stil.

'Nou opa Tim, komt er nog een antwoord?'

'Een antwoord op wat?'

'Op mijn vraag waarom u rookt en drinkt, terwijl u weet dat het smerig en slecht voor je is?'

'O. Hm. Een antwoord. Nou goed, liefje. Ik zal je zeggen hoe het zit. Sigaretten, die zijn als een vrouw en een moeder voor me. En drank, dat is als een moeder en een maaltijd.'

Tim bracht zijn jongste sigaret naar zijn lippen, stopte even om de logica van zijn antwoord te overdenken en inhaleerde diep bij wijze van bevestiging.

Ze gingen de stad in en kwamen terecht in een pizzeria met plastic kuipstoeltjes en tl-buizen. Tim wist wel waarom iedereen zo treurig was. Hij mocht Bernie graag en had hem altijd een goeie vent gevonden, zo iemand die zijn eigen gebrek aan zelfvertrouwen gebruikte om anderen op hun gemak te stellen. Tim wilde onder het genot van zijn pizza best een beetje over Bernie babbelen, daarvoor had hij hem hoog genoeg zitten, maar verder ging hij niet. Zodra iemand over coma en hersenletsel begon, zou hij meteen over iets anders beginnen, al moest het vier of vijf keer. Hij wilde niet dat iemand ernstige dingen ging zeggen over zieke vaders.

'Ach, Bernie is zo sterk als een beer,' zei hij, en omdat hij wist dat Bernie alles was behalve dat, hief hij meteen daarna met een overdreven gebaar zijn glas 7-up en zette het zwijgend aan zijn lippen.

'Blijf een tijdje bij hem in de buurt,' zei hij tegen de kinderen, 'en laat hem daarna alleen om te herstellen. Een man heeft het soms nodig om alleen te zijn, en voor een man die herstellen moet, geldt dat twee keer zo sterk.'

'Dat geldt anders niet voor Bernie, papa,' zei Lila. 'Hij wil het liefst altijd mensen om zich heen. Hij is gek op gezelschap.'

'Klopt. In ons gezin is het niet de man die het nodig heeft om alleen te zijn, maar de vrouw,' zei Chris, die dat bedoelde als grapje. Chris was weer een beetje aangeschoten, al was hij niet echt een drinker, al begon hij dat misschien wel te worden, zo langzamerhand.

'Ik weet het niet,' zei Tim, hoewel onduidelijk was in reactie waarop.

Cathy gebruikte een zakdoek om netjes een ansjovis uit haar mond te trekken, en stopte de zakdoek terug in haar broekzak. Ze vroeg zich af wat de betekenis was van deze maaltijd in het verhaal van haar leven. Als gelovig zijn betekende dat zelfs de banaalste en vervelendste gebeurtenissen, zoals deze maaltijd in een pizzeria, bedoeld waren om God op een of andere manier te dienen, dan was ze net zo lief een atheïst.

Er viel een lange stilte waarin iedereen kon zweren dat ze Tim 'She'll Be Comin' Round the Mountain' hoorden neuriën.

'Zeg opa,' begon Chris. 'Een Ier, een Italiaan en een Pool zitten aan de bar van een café te drinken. Als ze allemaal vier borrels op hebben, geeft de barkeeper hen een rondje. De Ier zegt: "In Dublin heb je een kroeg, O'Casey, daar is het zelfs nog beter. Als je daar twee borrels bestelt, trakteert de barkeeper je op een derde." De Italiaan zegt: "O ja? Nou, in Rome hebben we café Dante, en als je daar een borrel drinkt, trakteert de barkeeper je op de tweede." "Maar dat is nog niks," zegt de Pool. "In Warschau heb je café Szymborska. Je loopt er naar binnen, de barkeeper trakteert je op een borrel, dan trakteert hij je op nog een borrel, dan krijg je er nog een stuk of wat, en ten slotte mag je naar een achterkamertje voor een gratis wip." De Ier en de Italiaan zeggen: "Echt waar? Heb je dat zelf meegemaakt?" En die Pool zegt: "Nee, maar mijn zus wel."'

'Da's niet slecht, jong,' zei Tim zonder te lachen. 'Een oude dame uit Florida gaat op bezoek bij haar dochter in Los Angeles. Die dame loopt de voordeur binnen, ziet haar dochter in haar blootje door het huis lopen en vraagt: "Wat krijgen we nou? Ik dacht dat ik je netjes had opgevoed?" Dochter zegt: "Mam, dit de nieuwste mode in L.A. Dat noem je een *niet-jurk*." Afijn, een paar weken later is die vrouw terug in Florida. Haar man komt aan het ontbijt en ziet z'n vrouw poedelnaakt in de keuken staan. De man vraagt: "Wat heeft dat te betekenen?" Vrouw zegt: "Dat is de nieuwste mode. Dat noem je een niet-jurk." Waarop die man zegt: "O ja? Nou, die van jou moet nodig eens gestreken worden."'

Chris lachte, sloeg met een hand op tafel en wilde zijn grootvader tegen zich aandrukken, maar wist dat hij het daarmee zou verpesten, voorzover dat al niet gebeurd was.

Lila en Cathy zaten er bij als twee pubermeisjes: boos, beschaamd, stil, en wanhopig verlangend naar het einde van de maaltijd.

Tims roodneuzige vriend Sporty Swenzler kwam de pizzeria binnenlopen en vroeg: 'Ben ik te laat?'

'Net op tijd, net op tijd,' zei Tim, en daarna zei hij tegen zijn familie: 'Nou, 't was leuk om jullie allemaal weer eens gezien te hebben. Ik betaal de rekening en daarna moeten Sporty en ik ervandoor voor belangrijke bezigheden elders.'

Sporty Swenzler moest harder lachen om dat verhullende cliché dan Tim de hele avond gedaan had. De jongere generaties Schwartz en Munroe reageerden verbaasd, verbijsterd. Lila zei: 'Dus je hebt ons naar deze pizzeria meegenomen omdat je hier had afgesproken met je drinkmaatje?'

'Zo zou ik dat niet willen zeggen.'

'Hoe zou je het dan willen zeggen?'

30

Op een vrijdagochtend om zes uur schudde Chris Schwartz in Bellwether, Connecticut, de hand van Francis Dial. De handdruk was plechtig, de lucht was koud, de zon was nog niet op. De jongens stonden niet in het huis van Chris en niet op de straat van Chris; ze stonden op de oprit van Chris. Om zes uur in de ochtend leek nog alles mogelijk, en dat besef viel de jongens zwaar.

'Wat is er geworden van ons ondernemingsplan voor een screensaver met spreuken?'

'Geen idee.'

'We hadden afgesproken dat jij tijdens mijn afwezigheid brieven zou rondsturen.'

'O dat. Nou, in de tijd dat jij lol trapte in Californië, ben ik elke dag bij je vader langs geweest en heb ik brieven rondgestuurd met ons ondernemingsplan voor een screensaver met spreuken.'

'Ik trapte geen lol. Ik zat daar te kniezen.'

'Voor mijn part.'

Chris voelde zich gekwetst. 'Je hebt helemaal geen brieven rondgestuurd.'

'Twintig in totaal.'

'En?'

'Noppes.'

'Hoe bedoel je, noppes?'

'Zeventien afwijzingen, en de andere drie firma's zijn waarschijnlijk zelf met het idee aan de haal gegaan.'

'Heb je er nog achteraan gebeld?'

'Ja.'

'En?'

'Noppes.'

'Hoe bedoel je, noppes?'

'Ik bedoel: lazer toch op.'

'Had je wel genoeg voorbeelden van spreuken bijgesloten?'

'Het sloeg niet aan. Hoor je wat ik zeg? Het sloeg niet aan.'

'En nu?'

'We blijven spreuken naar elkaar sturen, als we daar zin in hebben.'

'Waarom?'

'Gewoon voor ons plezier.'

'Wat een idiote reden.'

'Nou goed, dan niet.'

'Wat bedenken we dan nu voor ondernemingsplan?'

'Niks.'

'Hoe bedoel je, "niks"?'

'Ik bedoel: laten we het opgeven en er gewoon mee kappen.'

'Goddank,' zei Chris, en ze stapten in zijn auto.

Hij reed door het halfduister. Eerst was het te koud in de auto, daarna zette hij de verwarming hoger, toen werd het te warm, daarna zette hij de verwarming lager, toen werd het te koud, enzovoort.

'Op deze manier kom je er niet,' zei Frank.

'Uiteindelijk wel.'

'Nee, op Plymouth Avenue had je linksaf gemoeten.'

'Luister. Alle straten van Amerika zijn met elkaar verbonden, dus als we maar lang genoeg doorrijden, komen we op een gegeven moment heus wel waar we wezen moeten.'

Frank stompte een paar keer hard tegen het raampje naast hem, tot het bijna brak. De jongens deden wie het chagrijnigst was, en intussen waren ze op weg naar Bernard Schwartz in het Roosevelt Revalidatiecentrum.

De directie van het Roosevelt Revalidatiecentrum had alles gedaan om te voorkomen dat de cliënten het gevoel hadden dat ze waren opgenomen, afgezonderd, weggestopt, in quarantaine gezet, gevangengenomen of in de steek gelaten, maar velen konden dat gevoel nog steeds niet van zich af zetten, en voor sommigen was dat terecht. Het uitgestrekte egaal groene gazon, de koloniale bakstenen villa, de gestoffeerde traditioneel Amerikaanse meubels die elegant maar ook huiselijk waren, de Perzische tapijten: het kon allemaal niet verhullen dat er de vage geur en de onbepaalde sfeer heersten van een verblijfplaats voor de levende doden.

Chris vond Bernie in de oefenkamer, waar hij stond te ploeteren op een vrijwel stilstaande loopband. 'Dat is goed voor zijn lichaam én geest,' zei een vrouw. Chris negeerde haar. Hij koos ervoor haar niet te zien, niet met haar te praten, haar niet aan te kijken, niet naar haar te luisteren en zich niet af te vragen hoe het was om seks met haar te hebben.

Bernard Schwartz zwoegde verder naar het voorste deel van de loopband zonder er ooit aan te komen. Chris stond versteld zijn vader een metafoor van Chris' eigen leven te zien uitbeelden.

'Waarom laten ze het toe dat mijn vader zich op deze manier vernedert?' vroeg Chris aan Frank.

'Ik begrijp waarom je dat denkt,' zei de vrouw die Chris niet opviel. 'Maar waar het hier om gaat, is dat we zijn hersenen weer leren contact te zoeken met zijn arm- en beenspieren. Daarnaast bieden we hem de kans om opnieuw de eerste stadia van de menselijke ontwikkeling door te maken, zodat hij straks op zijn eigen vorderingen kan terugkijken en zich als goed functionerende volwassene weer helemaal compleet kan voelen.'

Chris bezag de contouren van deze jonge vrouw alsof ze een paar schoenen was dat hij de deur uit wilde doen. De vrouw zette de loopband uit en hielp Bernie in een stoel. Chris keek om zich heen in de oefenkamer en zag andere gestoorde figuren die allerlei zinloze taken kregen opgelegd door bazige begeleiders, als ze tenminste niet zaten ingeklemd tussen de kussens van verchroomde martelwerktuigen.

'Hoe gaat het, Bernie? Ik ben het, je zoon Chris, terug uit Californië.'

'Het gaat goed,' zei Bernie met de aarzelende lijzige stem van na zijn beroerte. 'Soms ben ik verdrietig, en dan weet ik niet waarom. Chris, wat betekent eh... eh... sparen... wat betekent eh... eh... pijpen?'

'Wat?!'

'Ik hoorde twee... mensen met... met... twee vrouwen daarover praten in de lange... lange zaal... de lange smalle zaal. Een van die vrouwen vond het leuk. De ander vond het smerig.'

'O, dat is leuk, hoor,' zei Chris. 'Het betekent dat iemand zijn ogen dichtdoet en dat iemand anders op zijn oogleden blaast. Dat geef een lekker gevoel. Wil je het eens proberen?'

'Nee. Het klinkt smerig.'

Frank Dial lachte ongemakkelijk, waarna Chris hem een por in zijn zij gaf en Frank hem twee keer zo hard terugporde. Aan de ogen van Chris ontsprongen een of twee tranen en voordat hij er erg in had, ontsnapte er een zachte snik aan zijn keel.

31

Het werd februari. Sommige mensen verheugden zich daarop, anderen niet. Als altijd behoorde Chris tot die laatste groep. De Tijd kroop voort, soms zwalkend, maar nooit zo zwalkend dat hij terugkroop of naar opzij: de Tijd kroop altijd maar die ene afschuwelijke kant op, alsof hij een gehoorzame gek was die eropuit was gestuurd met een boodschap die nooit aankwam. Nee, dan Ruimte, daarmee kon je tenminste nog achteruit of naar opzij. Niet dat Ruimte bij nader aanzien nou zo jofel was. Ook Ruimte was behoorlijk achterlijk. Ruimte was beperkt. Gegeven een bepaalde Ruimte konden in de Tijd nog altijd twee of meer dingen gebeuren, maar gegeven diezelfde Ruimte kon er in de Ruimte maar één ding gebeuren. Het ergst was als je Tijd en Ruimte samen nam. Ze werkten elkaar tegen. Het totaal was minder dan de som der delen. Nee, dan een Gedachte, die kon dingen doen die Tijd en Ruimte niet konden. Een Gedachte kon vooruit en achteruit gaan in de Tijd, en er werd beweerd dat je in één hoofd wel zeven Gedachten tegelijk kon hebben. Maar een Gedachte was wel weer afhankelijk van Tijd en Ruimte, en vergeleken daarmee zwak. Eén pufje lachgas in je hersens en de Gedachte is vervlogen, terwijl Tijd en Ruimte er altijd waren geweest en er altijd zouden blijven, een wereld zonder eind.

Chris bezocht elke dag het Roosevelt Revalidatiecentrum. Die bezoekjes leken hem een zinniger manier om zijn jeugd door te komen dan het voltooien van zijn eindexamenjaar.

De kamer van zijn vader leek niet op een ziekenhuiskamer of een hotelkamer, maar ook niet op een slaapkamer thuis. De sfeer hield het midden tussen die van een huis en een armoedig pension. Soms trof hij zijn vader aan met de vrouw die hij geprobeerd had te negeren, maar van wie hij de aanwezigheid nu met tegenzin moest erkennen; een sexy maar vervelende logopediste die Bernie vroeg eenvoudige huishoudelijke voorwerpen te benoemen en tekeningen te beschrijven. Soms was de vader van Chris in gesprek met een vrouw bij wie de afasie zo ver gevorderd was dat ze alleen maar 'proost!' kon zeggen. Soms zag hij zijn vader naar de muur staren, of hij zat met trillende oogleden te dommelen in de versleten kussens van zijn stoel. Ergens half februari vond hij Bernie in een rolstoel aan 'zijn' bureau, waar hij probeerde om met een zwarte pen een cirkel op papier te krijgen. Uit een mondhoek stak het puntje van Bernie's tong, alsof Bernie zelf de tekening was van een kind dat zijn uiterste best deed iets heel simpels voor elkaar te krijgen.

'Waarom zit je in een rolstoel?' vroeg Chris paniekerig.

'Omdat het leuk is,' zei Bernie.

Bernie's cirkel was een onregelmatige spiraal. Dat kon geen goed teken zijn. Chris speelde een tijdje boter-kaas-en-eieren met hem en daarna gingen ze lijntjes trekken.

'Dat zijn kinderspelletjes,' zei Bernie chagrijnig. 'Ik wil spelletjes voor grote mensen doen. Ik ben een groot mens.'

'Gedraag je dan ook zo.'

'Dat probeer ik.'

'Even uit nieuwsgierigheid, wanneer denk je dat je daarin zult slagen?'

'Jennifer zegt dat ik me daar niet druk om moet maken.'

'Wie is Jennifer?'

'De praat... de praat...'

'De praatpapegaai?'

Bernie keek Chris boos aan.

'De logopediste?'

'Ja.'

'Wat een teef lijkt me dat.'

'Wat is een... teef?'

'Een vrouwtjeshond.'

'Jij bent gemeen tegen... mensen die... vrouwen zijn.'

Het was een schemerige kamer. Hoog aan de muur was een klein raam dat op het noorden uitkeek, en daardoor scheen het matte licht van een bewolkte wintermiddag. Het stugge laagpolige tapijt was van een bleke kleur waarvoor geen naam bestond. De muren waren beige en de plinten hadden een zogenaamd natuurlijke donkere houtskleur, wat samen met de hoge plafonds de indruk wekte dat het revalidatiecentrum een eerbiedwaardig of op zijn minst waardig instituut was. De jongens Schwartz zaten er treurig bij te zwijgen. Bernard dacht aan de bijzonderste wolken die hij in zijn leven gezien had en probeerde zich de naam van de Amerikaanse president te herinneren. Chris dacht met enige beroering in zijn kruis aan Jennifer, de vervelende logopediste. Jennifer had Chris gevraagd zoveel mogelijk te helpen met het herstel van zijn vaders taalvermogen. Chris scheurde een vel papier in twee nette lange stroken en gaf er een aan Bernie. 'Dit noemen we het cadavre exquis-spel. Het is bedoeld voor jouw afasie en voor mijn vermaak. Het gaat als volgt. Ik noem een woordsoort, laten we zeggen: zelfstandig naamwoord, werkwoord of bijvoeglijk naamwoord. Dan schrijven we bovenaan onze strook papier een woord van de soort die ik noemde. Stel bijvoorbeeld dat ik "werkwoord" zeg. Dan moet je op je strookje een woord schrijven als "geven", "slapen" of "sterven". Heb je dat woord opgeschreven, dan maak je een vouw in je strook papier, op zo'n manier dat het woord net niet meer te lezen is, en dan geef je het aan mij door, en ik geef mijn strook door aan jou. Dan noem ik een andere woordsoort – laten we zeggen: "bijvoeglijk naamwoord" – en dan schrijven we allebei een bijvoeglijk naamwoord op, vouwen we het papiertje op zodat het bijvoeglijk naamwoord niet meer te lezen is, wisselen weer van strook, enzovoort, totdat we samen twee zinnen hebben geschreven, als ik het tenminste niet verknald heb met de volgorde van de woordsoorten.'

Bernie begreep niets van de uitleg van Chris en kon ook geen woordsoorten uit elkaar houden. Dus speelden ze uiteindelijk maar een aangepaste versie van het spel, waarin ze beurtelings een woord tegen elkaar zeiden.

Chris zei 'sneeuw'.

Bernie zei 'ijs'.

Chris zei 'kaas'.

Bernie zei 'pizza'.

Chris zei 'mond'.

Bernie zei 'pijpen'.

Chris zei: 'Wat?'

Bernie zei: 'Je hebt tegen me gelogen over dat woord.'

'Hoe weet je dat?'

'Dat zei Jennifer.'

Chris deed net of hij dat laatste niet gehoord had en ging door met het spel. Bernie deed het goed op dit niveau. Ze oefenden verder en gingen steeds sneller.

'Vlek.'

'Stip.'

'Kwak.'

'Klont.'

'Kluit.'

'Bal.'

'Stoel.'

'Man.'

'Trap.'

'Huis.'

'Berg.'

'Zee.'

'Land.'

Terwijl de middag zich voortsleepte, fluisterden, riepen

en schreeuwden ze elkaar de namen van dingen toe, niet omdat het leuk was, maar omdat ze daarmee het dichtst in de buurt kwamen van dat tijdelijke toevluchtsoord voor de wanhoop en de eenzaamheid: een goed gesprek tussen twee verwante zielen.

In de loop van de middag of aan het eind ervan begon het spel van karakter te veranderen. Aan het begin van de avond regen ze woorden aaneen tot hele zinsdelen:

'Centrum.'

'Revalidatiecentrum.'

'Revalidatiecentrumkliniek.'

'Roosevelt Revalidatiecentrumkliniek.'

'Collecte voor de Roosevelt Revalidatiecentrumkliniek.'

'Collectecomité van de Roosevelt Revalidatiecentrumkliniek.'

'Voorzitter van het collectecomité van de Roosevelt Revalidatiecentrumkliniek.'

'Erevoorzitter van het collectecomité van de Roosevelt Revalidatiecentrumkliniek.'

Jennifer, die spraakstoornissen behandelde en zelf te kampen had met een niet-talige stoornis, kwam de kamer binnen en merkte op: 'Ik zie dat je zijn afasie probeert aan te pakken. Mooi zo.'

'Praat niet met mijn vader over pijpen,' zei Chris.

'Nou, het is interessant dat je daarover begint, maar je vergist je. Dat is iets waar ik nooit met een patiënt over zou praten.'

Jennifer plaatste een paar foto's op het bureau en vroeg Bernie de foto aan te wijzen die het best paste bij de zin die ze uitsprak. 'Het meisje leest een boek,' zei ze. 'Goed. De honden gaan niet achter de katten aan. Goed. De man die een pijp rookt, wordt begroet door zijn vrouw. Goed. De jongen kust de verpleegster. Bijna goed. De jongen wordt gekust door de verpleegster. Oké, die proberen we nog eens. De jongen wordt gekust door de verpleegster.'

Het lukte Chris niet de fysieke aanwezigheid van de logopediste Jennifer te negeren, en tot zijn wanhoop merkte hij zelfs dat haar aanwezigheid leidde tot de onwillekeurige combinatie van bijvoeglijke naamwoorden en zelfstandige naamwoorden in het lichaamsdeel waar woorden hun oorsprong vonden. Buiten zijn wil en tegen beter weten in zei hij tot zichzelf: 'Volle lippen. Goudgele lokken. Hoge jukbeenderen. Rode lippen. Felle ogen. Vurig temperament. Driftige schoonheid. Stevige borsten. Priemende tepels. Krachtige handen. Goeie god.'

Jennifer zag dat hij naar haar keek. 'Zeg teef, je staat daar te liegen,' zei hij min of meer zonder aanleiding.

'Zeg klootzak,' zei ze. 'Ik hoef dat gezeik van jou heus niet te pikken. Ik kwam hier voor een extra behandeling van je vader. Jij mag ook wel eens iets extra's voor hem doen, in plaats van mij met grote ogen aan te kijken en uit te schelden. Een wandelingetje in de tuin, daar is hij onderhand wel eens aan toe. Als je nu eens onder aan de achtertrap op hem wacht, vlak bij de uitgang. Dan zorg ik ervoor dat hij wordt aangekleed en naar beneden wordt gestuurd.'

Chris stond erbij en zei niets.

'Ga dan!' Chris stond op en liep naar de deur. 'O, en tussen haakjes,' zei Jennifer. 'Ik ben geen teef. Ik kan heel lief zijn.'

Toen Chris de deur uitstapte en Jennifer de pyjama van zijn vader begon uit te trekken, dacht hij even dat ze naar hem knipoogde.

Jennifer deed Bernie zijn eigen kleren aan, vertelde hem dat ze zijn winterjas ging halen en liep de kamer uit. Chris stond te wachten in de donkere lege gang. Jennifer kwam op hem af. 'Hé daar,' zei ze.

'Waar is mijn vader?'

'Boven.'

Jennifer kwam steeds dichter op Chris af, zodat hij er bang van werd. Ze liep recht tegen hem op. Ze botsten. En ze ging gewoon door met lopen, alsof ze dwars door hem heen wilde. Om niet te vallen liep hij achteruit, tot hij met zijn rug tegen de muur stond. 'Hallo daar,' zei ze.

'Wat doe je nou?'

'Ik ga je zoenen.' En dat deed ze. Eerst met haar mond dicht en tegen de tijd dat hij besefte wat er gebeurde met haar mond open. Ze knoopte zijn broek los en ritste zijn gulp open. Chris vroeg zich af of het een droom was. Ze rukte zijn broek en onderbroek omlaag tot rond zijn knieën, wat Chris niet zo romantisch vond. Ze zakte op haar knieën, keek naar hem op en zei: 'Ik weet eigenlijk niet waarom ik je leuk vind. Je bent niet aardig voor me.'

'Ik zal mijn best doen om aardiger te zijn,' zei Chris.

'Dat hoeft niet. Het maakt niet uit.'

Wat daarna gebeurde, was iets wat voor Chris helemaal niet aanvoelde alsof het daarna gebeurde. De volgorde raakte een beetje in de war. De tijd leek wel een spiraal, schoot naar voren en naar achteren, werd lang, kort en daarna weer lang. Achter de oogleden van Chris spatten eierdooiers uit elkaar die zijn hersens besproeiden met hun lichte hardgele vocht. Jennifer kwam overeind en trok zijn broek weer voor hem op.

'Wat ongelooflijk non-verbaal was dat,' zei Chris.

'Het was schattig.' Jennifer bracht haar haren op orde, zei: 'Moeten we snel nog eens overdoen,' en klom de trap weer op.

Dit was de eerste keer sinds zijn geboorte dat de penis van Chris was doorgedrongen tot het lichaamsdeel van een ander. Chris was ontroerd dat deze jonge vrouw zijn vijandigheid had opgevat als een uiting van verlangen en zijn grove beledigingen als een manier om met haar te flirten. Hij probeerde het tijdloze gevoel van die pijpbeurt vast te houden, maar juist door het te proberen raakte hij het kwijt.

Jennifer liep de kamer van Bernie binnen en hielp hem in zijn jas. Ze had haar eigen jas ook al aangetrokken en dacht aan de autorit naar haar lege huis, vijftig kilometer verderop, en aan de lange en kwellende avond die haar ongetwijfeld te wachten stond.

'Oké, Bernie,' zei ze. 'Loop tot helemaal onder aan de trap. Daar staat je zoon op je te wachten.'

'Wanneer ben ik onder aan de trap?'

'Als er geen trap meer is.'

32

Op zaterdag hing Cathy Schwartz in huis rond. Ze voelde zich beroerd, en de oorzaak daarvan leek het levensverhaal van de joodse Edith Stein, ook wel bekend als de katholieke heilige Teresia Benedicta van het Kruis. Niet alleen haar geboorte en dood waren van betekenis geweest, maar alles wat Edith Stein gedaan had en alles wat haar was overkomen. Elke seconde in het bestaan van Edith Stein kon gelezen worden als een commentaar op de Heilige Schrift. Maar het bestaan van Cathy was willekeurig, onbetekenend, onoverzichtelijk. Als kind ging Edith Stein gebukt onder een stil en verborgen leed, en dat had uiteindelijk geleid tot haar geloof in God. Ook Cathy ging als kind gebukt onder een stil en verborgen leed, maar in haar geval had dat alleen maar geleid tot nog meer stil en verborgen leed. Edith Stein was een vrouw met een roeping. Cathy was een meisje met een fiets. Edith Stein was lange tijd in haar heilige streven gehinderd door haar intellect. Intellect was niet het kruis dat Cathy hoefde te dragen. Ze hoopte dat haar eigen kruis nu snel aan haar geopenbaard zou worden, want ze voelde zich gesloopt door al dat niet-kruisvormige leed.

In gedachten zag ze haar goede vriend Francis Dial, terwijl op hetzelfde moment de echte Frank bezig was naar haar huis te lopen. Zowel in werkelijkheid als in het beeld dat ze van hem had, had hij een gave huid, mooi haar en mooie tanden, slanke handen en lange vingers. In gedachten zag ze hem tegen een witte achtergrond: eerst zijn hele lichaam, gekleed in het blauwe pak dat hij met Thanksgiving had gedragen, dan zijn bovenlijf, zijn armen en zijn hoofd, daarna alleen zijn hoofd, en ten slotte het deel van zijn gezicht dat liep van zijn wimpers tot aan zijn vochtige onderlip. De Francis Dial die alleen zichtbaar was voor Cathy werd omringd door een muskusachtige geur. Cathy kreeg het warm en voelde nog een paar andere fysieke veranderingen waar ze liever niet over nadacht. De ziel van Edith Stein verlangde naar God, maar dat was niet waar Cathy's ziel naar verlangde, of enig ander deel van haar. Ze stond op en liep naar buiten. Het vroor bijna en de kou striemde haar gezicht en haar blote armen, terwijl de ijzige tuintegel waarop ze stond op haar voetzolen drukte. Ze kon die zalige pijn niet langer dan een halve minuut verdragen. Ze ging weer naar binnen.

Voor Frank Dial was dit weekend een overgangstijd. De becommentarieerde opsomming van *Alles* was veel te ambitieus geweest en hij weet de ondergang daarvan nu helemaal aan zichzelf, terwijl de opsomming van *Alles wat ik haat* een project was dat hij voor later wilde bewaren, voor zijn pensionering en oude dag, als hij wat minder werd afgeleid van de verbittering en het wantrouwen dat hij daarvoor nodig had. Nu waagde hij zich aan een project met een strekking en een reikwijdte die beter bij deze levensfase pasten: de beschrijving van natuurverschijnselen. Al doende hoopte hij in zichzelf een grotere liefde te ontwaren voor de natuur en voor de mensheid in het bijzonder, die hem zo vaak teleurgesteld had. Het eerste verschijnsel dat hij had beschreven, was een van de pronkstukken van die natuur, het lichaam van Catherine Schwartz, te beginnen met haar handen. 'De handpalm van Catherine Schwartz,' had Frank geschreven, 'is zacht, roze, vaak klam en een beetje zweterig. Als je goed naar die roze handpalm kijkt, zie je dat hij is samengesteld uit piepkleine onregelmatige vlekjes die iets donkerder zijn, andere piepkleine onregelmatige vlekjes die iets lichter zijn, en nog meer piepkleine onregelmatige vlekjes die helemaal wit zijn, en die bepalend zijn voor haar blanke huidskleur. De weekheid en de zogenaamde zweterigheid van de handpalm van Catherine Schwartz zijn min of meer te vergelijken met die van een dikke plak Muenster-kaas na twintig tot vijfentwintig minuten op kamertemperatuur te zijn geweest. Stel dat iemand – om het even wie – zijn of haar handen heeft gewassen en ze nog niet heeft afgedroogd, en dan per ongeluk die Muenster-kaas aanraakt. In die situatie benadert de kaas de voornoemde zweterigheid van de handpalm in kwestie. De vouwen of 'lijnen' in de handpalm zijn schaars en nauwelijks het vermelden waard. De handpalm is niet zonder contouren en topografische bijzonderheden, maar door te spreken over 'lijnen' wekt men bij de lezer een verkeerde indruk. Bij 'lijnen' denkt men toch eerder aan gelinieerd papier. De handpalm van Catherine is, zoals gezegd, van 'contouren' voorzien. Catherines handpalm kan allerlei geuren afgeven. De handpalm is een orgaan waarin Catherines nervositeit tot uitdrukking komt, en daarom verspreidt hij soms een metaalachtige geur, te vergelijken met ozon of Amerikaans muntgeld. Soms ruikt de handpalm van Catherine naar potloodslijpsel en soms naar zalm. Men kan zich voorstellen hoe het is om deze handpalm te likken. Vanwege de al eerder gespecificeerde gelijkenis met Muenster-kaas kan dat likken misschien een zekere weerzin oproepen. Maar die weerzin zou niet alleen gepaard gaan met een aangename rilling over de rug van degene die Catherines handpalm likt, maar daar ook onlosmakelijk mee verbonden zijn en er vrijwel mee samenvallen.'

Toen Frank zo ver gekomen was, hield hij op met schrijven, las zijn woorden nog eens over en vond ze vreselijk. Hij vroeg zich af of Catherine hem zou zoenen als hij haar die middag thuis bezocht, of dat hij haar zou zoenen. Hij vroeg zich af of hij en Catherine elkaar nog voor hun dood zouden zoenen.

Hij trok aan de bel van Catherines keurige traditioneel Amerikaanse huis. Ze deed open. Voor hij iets zei of dacht, gaf hij haar een envelop. Op die envelop stond 'Catherine' in zijn bijna typografische handschrift, hoewel ze hem meer dan eens verteld had dat ze Cathy heette. In de envelop zat de beschrijving van haar hand. Hij had deze uitgeprint in de digitale versie van de lettersoort Palatino, maar de Palatino had hem te bloedeloos geleken, niet doortastend en viriel genoeg voor deze omstandigheden. Daarna had hij de beschrijving uitgeprint in Bodoni, maar hij had bij zichzelf gezegd: 'Och Frank, alsjeblieft, wat probeer je hier nu eigenlijk mee te bewijzen?' Tenslotte had hij gekozen voor Gill San Medium. Nu stond hij in de ijzige kou voor Catherines deur en keek toe hoe ze binnen de beschrijving van haar hand stond te lezen in Gill Sans Medium. Hij vrat zich op van spijt dat hij Gill Sans Medium had gekozen, alsof de beschrijving van haar hand alleen maar een onderschrift was voor een half-pornografisch mannenblad. Cathy las de beschrijving en Frank wond zich op over zijn letterkeuze. Hij wilde het liefst door de grond zakken. Toen ze klaar was met lezen, moest ze lachen. De ene kant van haar mond ging omhoog en de andere kant omlaag. Wat had dat te betekenen? Ze draaide zich om, liep door tot achter in de hal, draaide zich om, liep naar hem toe. Ze keek hem aan. Ze draaide zich weer om en liep een van de kamers binnen die op de hal uitkwamen. Frank had geen idee wat voor kamer het was en wat zich daar afspeelde. Hij kon haar niet zien.

Cathy zat in een rechte stoel. Het was de kamer waar haar vader zijn werk deed voordat hij een kwijlende imbeciel was geworden. Ze wist niet wat ze moest doen of zeggen. Ze wist niet waardoor ze zich meer beledigd voelde, Franks verlangen om haar hand te likken, of zijn gevoel dat het weerzinwekkend was haar hand te likken. Maar beledigd zijn was nog altijd veel makkelijker dan wat ze echt voelde. Ze controleerde haar houding op de rechte stoel. Die was redelijk, maar niet geweldig. Ze wilde bidden, maar er schoot haar geen gebed te binnen. Dit is het gebed dat ze tenslotte in elkaar draaide: 'O God o God o God o God o God. Help. Help. Help. Help. Help. Help. Help. Mij. Mij. Mij. Mij. Mij. Mij.'

Door de openstaande voordeur drong een enorme hoeveelheid koude lucht naar binnen. Cathy zat stram en rillend op de rechte stoel van haar vader en Frank stond stijf van de kou en de woede op de tuintegel voor de ontoegankelijke deuropening van Catherines huis. Hij voelde zich een nikker. Omdat zijn moeder wilde dat hij naar een fatsoenlijke middelbare school ging, had ze hem gedwongen te verhuizen naar een stadje waar het N-gevoel hem maar al te vaak bekroop, maar tot op dat moment had hij daar bij Catherine geen last van gehad. Besefte ze dan niet hoe koud het buiten was? Hij stond op dezelfde tuintegel waarop Cathy eerder die dag gestaan had om af te koelen. Hij had handschoenen aan en sloeg met zijn vuist op de muur van het huis. 'Catherine!'

In de kamer van haar vader hoorde Cathy dat Frank die rare, geformaliseerde versie van haar naam riep. Ze wilde dat hij daarmee ophield. Ze wilde dat hij begreep dat hij naar binnen moest lopen, naar de keuken moest gaan om voor hen beiden thee te zetten, die ze dan kon weigeren.

'Catherine!'

Ze zou willen dat hij van de aardbodem verdween. Het kwetste haar dat hij haar Catherine noemde in plaats van Cathy, alsof hij wilde benadrukken dat ze zo stijf was.

'Catherine!'

Wat had hij toch? Was hij soms een of andere zwarte maniak? Zelf was ze een racistische blanke trut met zweethanden.

'Catherine!'

Ze kon de deur nu beter op slot gaan doen, want anders zou hij binnenkomen en haar in zijn zwarte woede verkrachten.

'Catherine!'

Ze hield van Francis Dial en hij boeide haar. Ze had geen idee waarom dit allemaal zo pijnlijk was verlopen. Ze liep naar hem toe. Hij was verdwenen. Ze sloot de voordeur, trok haar schoenen en haar jas aan, liep het huis uit en reed op haar wijnrode fiets de straat uit. Waar ze naartoe ging? Weg.

Frank Dial zat aan de rand van Cathy's tuin, als een duiveltje weggedoken achter een struik, en toen ze op haar wijnrode fiets voorbijreed, vervloekte hij haar.

33

Cathy fietste door de februariwind. Ze wist niet waarnaartoe. Omdat ze zich naar binnen richtte en in beslag werd genomen door haar chaotische gevoelens en gedachten, had ze geen oog voor de signalen die haar vertelden waar ze was, zoals straatnaamborden en bekende gebouwen. Zonder het te beseffen reed ze van Bellwether naar Port Town en passeerde de grens van de beschaving zoals ze die kende. Een kwartier later fietste ze op haar wijnrode meisjesfiets met drie versnellingen door een stille en verlaten arbeiderswijk, nog geen honderd meter van de Atlantische kust. Het was koud en er stond een harde wind. Ze wilde naar een vertrouwde bushalte waar ze lijn 97 kon nemen naar het plaatsje Stevenson en het Roosevelt Revalidatiecentrum. Maar nu wist ze niet meer waar ze was, en hoe ze de veilige hoge kamer van haar vader kon bereiken. Tijdens het fietsen blies de wind gevaarlijke flarden papier en plastic tegen haar benen en fietsspaken. Twee potige kerels, afkomstig uit een van Connecticuts onderbedeelde minderheidsgroeperingen, stonden met ontevreden smoelwerk voor het gesloten metalen rolluik van een of ander pakhuis; ze droegen proletarische jacks van geblokt katoen en rookten een sigaret, in afwachting van God weet welke 'deal'. Ze sloeg af en hoopte dat ze niet naar zee fietste, maar naar het winkelcentrum van Port Town. Ze had geen idee hoe groot Port Town was, en hoeveel straten er waren met oude lage gebouwen die hun beste tijd hadden gehad en wazig zagen van het zweet dat er was vergoten.

Cathy vergat Frank Dial en ging op zoek naar een plek waar vriendelijke en behulpzame mensen woonden, aan wie ze kon vragen welke kant ze op moest voor lijn 97. Ze zag een metalen kruis boven een glazen deur. Boven het metalen kruis stond in metalen letters: VEILIGE HAVEN. Cathy fietste naar het kruis en de letters. Ze wist niet waaraan ze haar fiets moest vastmaken, en dus nam ze hem mee naar binnen.

'Mooie fiets,' zei een jongen. Hij was klein en blond; Cathy schatte hem op een jaar of negen.

'Dank je. Ik wil iets vragen. Zijn er grote mensen in de buurt?'

Zij en de jongen stonden in een smoezelige witte gang. Rechts van haar stond een lelijke witte houten balie met een telefoon erop en een oude zwarte bureaustoel erachter. 'Ze zijn aan het praten,' zei de jongen.

'Hoe lang gaat dat duren, denk je?'

'Ik weet het niet. Ze hebben een moeilijk gesprek.'

Cathy keek naar de jongen. Hij droeg een kleurig gestreept T-shirt dat eruitzag als een afdankertje en een stugge nieuwe spijkerbroek die van onderen zo'n dertig centimeter te lang was en daarom was omgeslagen tot halverwege zijn onderbenen. Cathy ritste haar donkerblauwe gevoerde jas open.

'Een moeilijk gesprek?' vroeg ze.

'Mevrouw, weet u wel waar u bent?'

'Iets christelijks?'

'Dit is een opvanghuis voor mishandelde vrouwen.'

'En wat doe jij hier?'

'Mijn mama is een mishandelde vrouw.'

Cathy schrok van dat antwoord. 'O. Dat spijt me.'

'Dat geeft niet. Ze wordt geholpen. Ze gaat veranderen. Ze praat hier met andere mishandelde vrouwen. Ze hebben een moeilijk gesprek. Mag ik een keertje op uw fiets?'

'Wat ga je ermee doen?'

'Op en neer rijden door de gang. Ik ben heel voorzichtig. En ik zal geen herrie maken.'

Cathy bood hem de fiets aan. 'Hoe heet deze straat?'

'Weet ik niet.' De jongen reed weg door de gang. Cathy stapte achter de balie om een telefoonboek te zoeken.

'Wie ben jij?' vroeg een boze vrouw.

'Ik zoek een telefoonboek.'

'En als ik vraag wat je hier zoekt, vertel je me dan wie je bent?'

'Wat?'

'Wie zegt dat je hier zomaar mag gaan rondneuzen?'

'Sorry. Ik ben de weg kwijt.' De vrouw was broodmager en droeg een beige regenjas. Ze had rossig, sluik en vet haar, wat Cathy in verband bracht met geldgebrek. Cathy had ook geen gemakkelijk leven gehad, maar op het gebied van voedsel en huisvesting was ze nooit iets tekortgekomen, ze gebruikte geen drugs of sigaretten, ze was jong en goed opgeleid en ze had recht op de beste medische voorzieningen.

De jongen kwam op Cathy's fiets naar hen toe gereden. 'Mama!'

'Kom meteen van die fiets af!'

'Ja, mam.' De jongen sloeg de verzoenende toon aan van iemand die wist dat je je moeder maar beter niet kon tegenspreken. Hij gaf de fiets terug aan Cathy.

'Hoe kom je daaraan?' vroeg de vrouw.

'Van haar.'

'Waarom heb je hem die fiets gegeven?' vroeg ze aan Cathy.

'Hij vond hem mooi en hij vroeg het netjes.'

De vrouw leek dat antwoord te aanvaarden, al vertrouwde ze het nog steeds niet helemaal. 'Wat doe je hier?'

'Ik ben de weg kwijt.'

'Waar moet je naartoe?'

'Naar de bushalte. Lijn 97.'

'O, je komt uit Stevenson.' De vrouw keek Cathy niet recht in de ogen, maar een beetje langs haar heen.

'Bellwether,' zei Cathy.

'Eén pot nat.'

'Waar komt u vandaan?'

'Uit Port Town. Wat dacht je anders?'

Cathy had spijt van haar vraag. Ze had eerlijk en zonder er doekjes om te winden iets moeten zeggen als: 'Ik hoef me er niet voor te schamen dat ik uit Bellwether kom.' Of beter nog, helemaal niets.

De vrouw gaf Cathy aanwijzingen voor de dichtstbijzijnde halte van lijn 97. Cathy bedankte haar, stak haar hand uit en zei: 'Cathy Schwartz.'

'Joods?'

'Ja, maar ik denk erover om katholiek te worden.'

'Ook dat nog,' zei de vrouw.

Cathy hield nog steeds haar hand uitgestoken. 'Connie Hyde,' zei de vrouw, die voor een kort moment Cathy's vingertoppen aanraakte en een paar stappen naar achteren zette.

'Bedankt voor de hulp.'

De vrouw reageerde niet.

'En uw zoon heet...?' De vrouw keek naar Cathy's schouder. Cathy had spijt van haar vraag. De jongen zwaaide naar haar en Cathy zwaaide niet terug uit angst dat ze de woede van Connie Hyde zou wekken, zijn moeder. Connie Hyde pakte haar zoon bij zijn schouders, trok hem naar zich toe, drukte hem tegen haar benen en hield hem vast, niet alsof hij anders zou wegrennen, maar alsof hij in het niets zou verdwijnen of zou wegdrijven als een met helium gevulde ballon. Cathy pakte haar wijnrode meisjesfiets uit Bellwether, liep door de glazen deur naar buiten, stapte op en reed weg van de Veilige Haven.

34

De celibataire neurologe Lisa Danmeyer liep door de gang op de tweede verdieping van het Roosevelt Revalidatiecentrum om haar revaliderende patiënt Bernard Schwartz te bezoeken. Bernard was in gesprek met zijn enige zoon Chris. Chris had zijn vader net een gedicht voorgelezen, 'Leda en de zwaan' van William Butler Yeats.

'Wie is Leda?' vroeg Bernie.

'Leda is een Griekse vrouw die wel wat op een zwaan lijkt.'

'En wie is Zeus?'

'Zeus is dezelfde gast die Cathy God noemt.'

'Wie is Agamemnon?'

'Agamemnon is een oorlogsheld, zoals generaal Norman Schwartzkopf, behalve dat hij wordt opgegeten door zijn vrouw, hoe heet ze ook weer, het klinkt een beetje als *clitoris*. Clytaemnestra.'

'Wat betekent "clitoris"?'

'Dat is een kietelaar. Iemand die graag kietelt.'

'Wat is een "onaangedane snavel"?'

'Een snavel is een vogelbek. "Onaangedaan" is het tegenovergestelde van "aangedaan". Dus Yeats zegt eigenlijk dat het Zeus niet kan schelen wat hij Leda heeft aangedaan. Eerst verkrachten en daarna dumpen, zo'n type vent is hij.'

'Wat is verkrachten?'

'Verkrachten is dat twee mensen seks hebben, terwijl er maar één is die dat wil.'

'Ik denk dat ik je moeder verkracht heb.'

'Ik geloof niet dat ik dat nu hoef te horen.'

'Dag, Bernard. Dag, Chris.' Lisa Danmeyer stond in de deuropening.

'Moet je zien, Bernie. La Danmeyer komt hier de diva uithangen.'

Bernie snapte niets van negentig tot vijfennegentig procent van wat zijn zoon tegen hem zei. Een van de vertaalcentra in zijn hersens was deels verloren gegaan, maar het deel van zijn brein dat hem in staat stelde zich bewust te zijn van de liefde tussen vader en zoon was intact gebleven: Bernard wist dat Chris van hem hield. Om die liefde ook echt te verdienen, probeerde hij te begrijpen wat Chris zei.

'Dag dokter Danmeyer,' zei Bernie.

'Hoe gaat het met je revalidatie?'

'Mijn re... mijn re... Ik voel me fijn.'

Chris zei: 'Zijn revalidatie gaat klote, en als we dat ergens aan te danken hebben, is het de geweldige manier waarop jij hem behandeld hebt, la D.'

Chris deed Lisa aan haar vader denken, die haar ook altijd als voetveeg gebruikte. In een opwelling gaf ze hem een kus op zijn wang, die als altijd was overdekt met een dun laagje uitgedroogde jeugdpuistjes. Chris vroeg zich af of alle min of meer vriendelijke, min of meer vijandige vrouwen in de zorg hem wilden pijpen. En dus gooide hij een balletje op: 'Pijp me.'

'Chris,' zei Bernie. 'Ik vind het niet aardig van je dat je zoiets tegen dokter Danmeyer zegt. Ik ben je vader en ik wil dat je zegt dat het je spijt.'

Chris wilde iets hatelijks tegen zijn vader zeggen, maar werd daarvan weerhouden door logopediste Jennifer Gramsci, een vrouw die te kampen had met een milde psychische stoornis, Chris daadwerkelijk gepijpt had en nu in de deuropening van Bernie's kamer stond, waar ze gezien had dat hij werd gekust. 'Ik geef je vader groot gelijk, Chris,' zei Jennifer. 'Dat was helemaal niet aardig van je. Ook ik wil dat je dokter Danmeyer je excuses aanbiedt. Dag dokter Danmeyer.'

'Dag Jennifer.'

'Mijn excuses,' zei Chris. 'Aan iedereen. Voor alles.'

Jennifer pakte Chris bij zijn elleboog op een manier die pijn deed zonder dat iemand anders er iets van merkte. 'Chris, kun je even meekomen naar mijn kantoortje? Ik wil even met je praten over de vorderingen van je vader.'

Ze liepen samen de kamer uit.

Bernie zat in zijn pyjama op een stoel met zachte kussens. Lisa zag het boek met gedichten van William Butler Yeats geopend op het bureautje liggen. Ze ging op de bureaustoel zitten en zei: 'Heeft je zoon een gedicht voorgelezen?'

'Ja,' zei Bernie. 'Het was een gedicht over een verkrachting. Wil je mij ook een gedicht voorlezen?'

Lisa koos 'Het Weder Komen'. Het toeval wilde dat Chris voor de tweede keer in zijn leven gepijpt zou worden, achteraan in de gang in Jennifers kantoortje.

'Omgaand en omgaand in de steeds wijder kringloop
Hoort nu de valk niet meer de valkenier;
't Valt al uiteen; het midden houdt geen stand;
Barre anarchie, het bloedverduisterd tij,
wordt op de wereld losgejaagd; alom...' las Lisa, terwijl Jennifer met een ruwe beweging de broek van Chris openritste.

'Dus je wilt gepijpt worden?' vroeg ze aan hem.

Lisa zei: '... gaat onschuld's plechtigheid in de golven onder;
De besten zijn onovertuigd; de slechtsten
Zijn vol hartstochtelijke hevigheid.'

'Wacht even, wacht even,' zei Chris. 'Ik wil niet dat je dit doet als je boos op me bent.'

'Maar ik ben niet boos op je.'

'Een openbaring moet ophanden zijn,' zei Lisa.

'Het Weder Komen moet wel ophanden zijn.

Het Weder Komen! Aanstonds met deze woorden

Verstoort een machtig beeld uit *Spiritus Mundi*
Mijn blik.'
Chris had er eerst bij gestaan, maar nu liet hij zich op de vloer van Jennifers kantoor zakken. Jennifer ging koortsachtig verder, als een bezetene.
'Ergens in het woestijnzand gaat
'n Gedaante, een leeuwenlijf met mensenhoofd,
Met lege blik en hardvochtig als de zon,
Zijn trage dijen roeren, wijl rondom,
Tuimlen schaduwen van de gebelgde vooglen
Der woestijn.'
Tot het hoofd van Chris drong geen gedachte meer door.
'Weer valt het donker; maar nu weet ik
dat twintig eeuwen stenen slaap tot spookdroom
werden gekweld door een schommelende wieg.'
Chris begon met zijn hele lichaam te schokken en te trillen.
'En welk rauw beest, nu zijn uur ten laatste sloeg,
Sleept zich naar Bethlehem om te worden geboren?' las Lisa, en ze huiverde.
'Ik vind je leuk. Je bent zo lief voor me, zelfs als je boos op me bent,' zei Chris, alsof hij voor een kort moment zijn eigen kinderlijke vader was geworden.
'Dat was een leuk gedicht,' zei Bernie.

35

Chris wandelde de kamer van zijn vader binnen. Lisa Danmeyer was aan het lachen. De cadans van die twee armzalige gedichten van William Butler Yeats had een weldadige uitwerking gehad op Bernie's autonome zenuwstelsel. Hij keek helder uit zijn ogen en in zijn donkerblauwe flanellen pyjama zag hij er piekfijn uit. Hij leek op de volwassene die hij wel en niet was. Chris had geen idee wat er allemaal gebeurde, hier of waar dan ook. Cathy kwam binnen. Ze maakte zich zorgen om haar wijnrode fiets. Ze had hem laten staan bij een bushalte aan de rand van Port Town en vroeg zich nu af of ze hem wel met de ketting aan de paal van het verkeersbord had vastgezet.

Chris en Cathy stonden in de deuropening en keken naar Lisa Danmeyer, die op de bureaustoel zat te glimlachen. Ze keken naar hun ontspannen vader in zijn elegante donkere pyjama. Het haar van hun vader was gekamd. De donkere kringen onder zijn ogen waren kleiner dan toen ze hem naar het revalidatiecentrum hadden gebracht. Het kleurtje op zijn gezicht was gelijkmatiger dan het in de laatste vijf of zes jaar geweest was. Ze stelden zich voor dat ze thuis in de studeerkamer stonden. Ze wilden dat hun vader zou zeggen: 'Kom eens hier, kinderen. Jullie moeder en ik...' Die moeder was Lisa Danmeyer. Cathy en Chris wilden allebei dat ze met zijn vieren ter plekke een gezin vormden. Bernhard wilde een goede vader zijn voor zijn kinderen. Lisa wilde dat haar patiënt Bernhard weer helemaal herstelde, en nog iets anders wat ze niet kon benoemen. Zou het niet ontzettend fijn zijn als al hun wensen uitkwamen? Zou het niet ontzettend fijn zijn als alles voor de verandering nu eens ontzettend fijn was?

Chris voelde zijn penis schrijnen, Cathy voelde haar geweten knagen, Lisa voelde zich hongerig en moe, zoals wel vaker op willekeurige momenten van de dag, en Bernie begreep ineens niets meer van de kleuren, vormen, geluiden en geuren die hem omringden. Ze begonnen allevier door elkaar heen te praten en hielden toen weer allevier hun mond. De telefoon ging.

Bernie pakte werktuiglijk de hoorn op.

'Bernie?'

'Met wie spreek ik?'

'Ik ben het. Lila.'

'Lila?'

'Je vrouw. Je ex-vrouw.'

'O ja. Ik geloof dat ik jou verkracht heb.'

'Mijn vader is dood.'

'Hoe heette hij ook alweer?'

'Tim Munroe.'

'Ja. Tim Munroe, je vader.'

'Ja.'

'Ben je nu... verdrietig?'

'Ik geloof van wel, Bernie. Ik geloof wel dat ik verdrietig ben.'

'O. Nou ben ik ook verdrietig.'

'Waarom ben jij verdrietig?'

'Omdat jij verdrietig bent.'

'Bernie,' zei Lila, die een oude ergernis voelde opkomen, 'je hoeft niet verdrietig te zijn, alleen maar omdat ik dat ben. Je kunt zelf wel uitmaken hoe jij je voelt.'

'Nee, ik geloof niet dat ik dat kan.'

Chris zei: 'Bernie, wat is er gebeurd? Wat is er met mam?'

'Haar vader, Tim Munroe, is dood.'

Cathy sloeg een kruisje. Chris nam de telefoon van zijn vader over.

'Mam, wat is er?'

'Opa Tim is dood.'

'Hoe dan? Van de drank?'

'Hartaanval.'

'En hoe gaat het nu met jou?'

'Wat is dat nou voor vraag? Slecht, natuurlijk. Waarom vragen mensen altijd hoe het met je gaat als ze bijna zeker weten dat het slecht met je gaat?'

'Ja, mam, daar zul je wel gelijk in hebben. Ik ben gewoon een klootzak.'

'O Chris, alsjeblieft, luister nu maar even niet naar mij. Ik weet niet wat ik zeg. Waar ik behoefte aan heb, geloof ik, is dat jij en Cathy hier komen.'

'Waarvoor?'

'Voor de begrafenis en de sjiwwe.'

'Wat is een sjiwwe?'

'Ach, dat is waar ook, dat vergeet ik steeds, mijn dochter is katholiek en mijn zoon is een eh... wat ben jij eigenlijk?'

'Een weetniet.'

'Dat bedoel ik, liefje, een weetniet. Sjiwwe betekent dat je gaat rouwen. Ik dek de spiegels en de ramen af. Ik blijf thuis en ik zit op een krukje. De mensen komen langs om me te troosten. Ik hoef niks te doen, want iedereen brengt zijn eigen eten mee. 't Is nogal een ellendig gedoe en het zou fijn zijn als jij en je zus erbij konden zijn.'

'Maar ik moet naar school en naar pap.'

'Chris!'

'Wat?'

'Je opa is net overleden.'

'Hij vond me niet eens aardig.'

'Daar gaat het nu niet om. Dit doe je nu eenmaal als je een mens bent en je opa gaat dood.'

'Zelfs dit gesprek kan ik nu al niet aan. Je moest eens weten hoeveel idiote dingen er allemaal met mij gebeuren.'

Lila zweeg.

'Mam, ben je er nog?'

'Mijn papa is dood.'

'O. Nou ja, zo had ik het nog niet bekeken. Ik zal wel komen. Eh, ik geef je even door aan Cathy.'

Cathy nam de hoorn over. Chris liep de gang op, moest een beetje huilen en vervloekte zichzelf met een reeks tweelettergrepige scheldwoorden.

Cathy vroeg: 'Wat is er, mam?'

'Opa Tim is dood.'

'En hoe gaat het nu met jou?'

'Goed.'

'Waaraan ging hij dood? Zijn lever?'

'Hartaanval.'

'Heeft er nog een priester aan zijn bed gestaan?'

'Voor of na zijn overlijden?'

'Voor.'

'Nee.'

'En na?'

'Ook niet.'

'Wanneer is de begrafenis?'

'Op 1 maart.'

'Morgen komen we. Ik bestel de vliegtickets en ik zal bidden voor zijn ziel.'

'Dat kan geen kwaad.'

Chris kwam de kamer weer binnen. Cathy hing op. Chris vertelde Lisa dat de vader van zijn moeder was overleden. Ze vroeg hoe oud hij was geworden. Er was niemand die het wist.

'Vader, kun jij je opa Tim nog herinneren?' vroeg Cathy.

'Nee.'

'Tim Munroe, de vader van Lila Munroe.'

'O ja, de vader van Lila Munroe. Ik vond hem niet aardig.'

Chris zei: 'Is het niet fantastisch hoe eerlijk hij is, nu hij een idioot is geworden?'

'Nee, dat is afschuwelijk.'

'Waarom vond je hem niet aardig?' vroeg Chris.

'Omdat hij mij niet aardig vond.'

'Hoe weet je dat?'

'Omdat ik zijn dochter heb verkracht.'

'Chris, wat heb je hem allemaal wijsgemaakt?'

'Pap,' zei Chris. 'Hou nou toch eens op met de idioot uithangen.'

Bernie wierp een boze blik op Chris.

Lisa zei: 'Nou, het spijt me van jullie grootvader, maar ik ben bang dat ik wegmoet. Bernard, het was leuk om je weer eens te zien. Ik ben blij dat je je beter voelt.'

Bernie zei: 'Ik voel me helemaal niet beter. Ik voel me vreselijk. Iedereen in deze kamer is boos. Waarom?'

Lisa vertrok. Ze verzweeg dat ook zij over een paar dagen

naar Noord-Californië ging, op bezoek bij haar vader. Ze vond het hatelijke gekonkel van dit gezinnetje te gek voor woorden, en ze was bijzonder van deze mensen gecharmeerd.

'Nou, pap, we gaan naar Californië voor de begrafenis van opa Tim.'

'Nee.'

'Maar we komen weer terug.'

'De vorige keer dat jullie bij me weggingen, kwam ik in dit vreselijke huis terecht, helemaal alleen. Laat me hier niet achter, alsjeblieft.'

Cathy zei: 'We kunnen je niet meenemen.'

Chris zei: 'Misschien ook wel.'

Cathy zei: 'Hou je kop!' En tegen haar vader: 'Tot kijk. We zijn binnen een week weer terug.' Ze omhelsde hem.

'Hoe lang is een week?'

'Zeven dagen.'

'Dat onthoud ik nooit.'

'We bellen je elke dag.'

'Hoe doe je dat?'

'Met de telefoon.'

'Hoe weet ik dat je belt?'

'Dan rinkelt de telefoon.'

'Hoe weet ik dat de telefoon rinkelt?'

'Dan klinkt er een belletje.'

'Ik weet echt niet of ik dat allemaal kan onthouden.'

'Reken maar.' Cathy omhelsde haar vader voor de tweede keer.

Chris omhelsde hem en probeerde hem een kus op zijn wang te geven, maar zijn vader wendde zich af. 'Je hoort ook van mij, pap. Weet je nog de vorige keer dat ik in Californië was, dat jij een wolk was en dat we met elkaar spraken?'

'Ja.'

Cathy verbaasde zich erover hoeveel ze van haar broer hield toen hij dat zei. Zij en Chris liepen de kamer uit, openden de deur naar het trappenhuis en liepen naar beneden.

Bernard Schwartz schreeuwde: 'Maar ik ben bang! Nee! Laat me niet alleen!'

36

De begrafenis was een lachertje. Een oratorische minkukel had de leiding over het heengaan van Tim Munroe. Zelfs voor de ongelovige Chris was deze rabbi een pleefiguur, eschatologisch gesproken. Hij was zo vrijzinnig dat het onzinnig werd. Hij verscheen op de begrafenis in San Francisco in rabbinale vrijetijdskleding: lage mueslikleurige suède sandalen, een dunne broek met trekkoord, een marineblauw tennisshirt met ronde hals en een bijpassend sportkeppeltje waarop rondom 'Go 'Niners!' stond geborduurd. In een toespraak die bestond uit één deel Talmoed op vijf delen astrologie bekende de rabbi dat hij de overledene maar één keer had ontmoet, in zijn functie als windsurfleraar, en hij kwam dan ook met de volgende samenvatting van diens bestaan: 'Hij was de op een na beste zesenzeventigjarige windsurfer die ik ooit heb ontmoet. Hij viel maar twee keer van zijn board.' Woorden om je aan vast te klampen. Woorden van troost om mee naar huis te nemen voor de donkerste uren van de ziel.

En dus was Chris weer terug in Californië, de akeligste van alle Verenigde Staten. Zoals het Californische grondgebied voortdurend dreigde af te brokkelen en een deel van het continent prijsgaf aan zee, waar het verkommerde, ver van de kust die het zelf ooit vormde, zo dreigde Chris Schwartz de banden met het continent van de causaliteit te verliezen en af te drijven over een zee van pure wanhoop, een wanhoop zonder uitzicht op wat dan ook, een wanhoop die zich in alle richtingen uitstrekte, zo ver het oog reikte, een zee van onbevattelijke onverminderde onverbiddelijke wanhoop; niets te verliezen en toch bang bang bang. Het huis van Lila Munroe was nog het ergst, dat was niet meer dan de voortzetting van de depressie van Chris buiten de begrenzingen van zijn eigen lichaam. De geblindeerde vensters, de bedekte spiegels, het gedimde licht en de donkere planken, het plechtige en zachtmoedige samenzijn: alles wees erop hoe afschuwelijk zijn jongensjaren waren en hoe onvermijdelijk zijn finale uitkomst, de dood.

Tijdens de ontvangst in het huis van zijn moeder verschool Chris zich zoveel mogelijk op zijn eigen kamer en pas laat op de avond, aan het begin van de ellenlange sjiwwe, kwam hij te voorschijn. Toen hij zijn deur opendeed, zag hij Cathy door de gang lopen, of misschien wel ijsberen.

Chris vroeg: 'Ben je boos dat ik me tijdens de ontvangst niet heb laten zien?'

'Nee.'

'Ben jij erbij geweest?'

'Ja, maar ik heb met niemand gesproken.'

'Puik begrafenisje, niet?'

'Och Chris, het was een ramp. Ik heb opa Tim niet zo goed gekend, en misschien kon ik gewoon niet met hem opschieten. Maar we hadden toch ons best kunnen doen om hem zo waardig mogelijk aan God over te dragen?'

'Je haalt me de woorden uit de mond.'

'Echt?'

'Zo'n beetje.'

'Ik wist niet dat jij wel eens dat soort gedachten had. Ik wist niet dat je in God geloofde.'

'Doe ik ook niet. Maar soms zou ik dat wel willen. Soms doe ik alsof, ook al geloof ik er niet echt in. Gewoon, omdat je maar nooit weet.'

'Echt?'

'Zo'n beetje.'

'Ik doe precies hetzelfde als jij, maar dan de hele tijd.'

'Jij? Het godvrezende grietje?'

'Nou, bedankt voor het compliment, geloof ik, maar eigenlijk ben ik helemaal niet zo zeker van mezelf. Ik zou dat wel willen. Ik probeer te doen alsof, en op die manier hoop ik dat ik er zeker van word, van buitenaf dan.'

'Wát?'

Ze keken elkaar aan, vermeden elkaars blik, keken elkaar weer aan.

'Arme opa Tim,' zei Cathy. Er ontsnapte een snik aan haar keel en ze begon zachtjes te huilen. Ook Chris moest huilen. Ze stonden in de gang op de bovenverdieping van hun moeders huis en zagen elkaar huilen, terwijl hun armen slap omlaag hingen. Ze moesten er niet aan denken om elkaar aan te raken, maar het was alsof aan hun twee paar ogen dezelfde tranen ontsprongen.

Lila zat in de woonkamer bij de gasten die maar niet weg wilden en hoorde haar kinderen huilen. Ze verontschuldigde zich en liep de trap op. Omdat ze hoopte op een fijne huilbui in drievoud slaakte ze een kreun en welden er al tranen bij haar op. Daarmee bereikte ze precies het tegenovergestelde van wat ze wilde. De ogen van haar kinderen droogden op. Daar moest Lila zelfs nog meer om huilen. Haar kinderen konden niet met haar meehuilen zoals ze dat met elkaar gedaan hadden, maar voor deze gelegenheid pakten ze wel allebei een hand van haar. Dat was minder intiem dan twee huilende kinderen, maar het was tenminste niet gemaakt. Het was welgemeend, ook al was het pijnlijk. Het was de welgemeende maar pijnlijke troost van een gebroken gezin.

37

'Hebbie 't testament al opengerukt?' Het was laat op de avond van de begrafenis en de enige van buiten de familie die nog was blijven plakken, Jerry 'Sporty' Swenzler, was dronken.

'Ja Jerry, dat heb ik al opengerukt.'

'Ach Lila, schatje, noem me toch gewoon Sporty.'

'Ja Sporty, dat heb ik al opengerukt.'

'En krijg ik nog wat?' Sporty was diezelfde ouwe kerel met wie Tim Munroe een paar maanden eerder had afgesproken in de pizzeria, na het voortijdig beëindigde etentje met zijn dochter en kleinkinderen. Alsof Sporty zijn drinkmaatje levend wilde houden in de persoon van diens dochter, sprak hij nu met Lila zoals hij met Tim Munroe zou hebben gesproken: met een schokkend gebrek aan fijngevoeligheid, wat voor ingewijden wel degelijk een vorm van fijngevoeligheid was, behalve dan dat Lila geen ingewijde was.

'Een miljoen dollar,' zei Lila. Ook zij was dronken, en ze was blij dat hij er was, want hij was ongeveer net zo'n klootzak als haar vader geweest was. Hij lachte hard en vaak, op een manier die niet alleen ongepast was voor deze omstandigheden, maar voor alle omstandigheden.

'Een miljoen?' vroeg Sporty.

'Klopt. Vijfenzeventig procent gaat naar de belasting, vijf naar de begrafenisondernemer en de laatste twintig procent pik ik in, want ik ben advocaat en zo doen advocaten dat nu eenmaal. Trouwens, het bestaansrecht van de hele juridische beroepsgroep is om geld in te pikken van mensen als jij.'

Sporty Swenzler voelde zich gekwetst. Tims dochter beledigde hem altijd, vond hij. Ze confronteerde hem met een soort humor waar hij geen raad mee wist, de ironie van een jongere generatie, die de belangrijkste reden was dat hij sinds de Cuba-crisis in verwarring en dronken was gebleven.

De kinderen kwamen de woonkamer binnen. Cathy dronk nooit en Chris alleen voordat hij achter het stuur kroop, en dan alleen nog net genoeg om het een beetje leuk te maken. Ze voelden zich niet op hun gemak en baalden ervan, zoals dat hoort bij twee nuchtere tieners die op de avond van hun grootvaders begrafenis met twee dronken volwassenen zitten opgescheept.

'Nou, hoogste tijd voor het betere spul,' zei Lila.

'Over welk betere spul heb je het, mam?' vroeg Chris.

'Ja, wat bedoel je?' vroeg Sporty Swenzler.

'Nou, dit tongstrelertje hier. Chivas Regal.' Lila trok een fles onder de bank vandaan. 'Ik heb er een hele kist van in huis gehaald. Kostte me de helft van de erfenis.' Alle anderen krompen ineen van dat grapje. 'Swenzler. Ben jij joods?'

'Schots.'

'Mijn vader Tim had een joodse moeder en een Ierse katholieke vader. Ter ere van die gemengde afkomst ga ik nu geen sjiwwe-zitten maar Chivas-zitten.' Ze moest lachen om haar eigen kostelijke grap en bracht er een dronk op uit. Niemand anders begreep waarom het zo leuk was. Cathy riep zelfs 'Mam!' en liep de kamer uit.

Chris, die geen principiële bezwaren had tegen heiligschennis, brak met zijn gewoonte om alleen voor het autorijden te drinken en nam een glas whisky aan van zijn moeder, hoewel hij stiekem vond dat scotch naar kots smaakte.

Het ging Sporty Schwenzlers verstand te boven wat er in de laatste twintig seconden allemaal gebeurd was, behalve dat er een fles Chivas op tafel stond. *'Let's do it, mama, let's fall in love,'* gromde hij als een ongeloofwaardige Louis Amstrong.

Lila bracht een dronk uit op Tim Munroe in de hemel, of waar de joden na hun dood ook naartoe gingen, dat wist ze even niet meer. Chris vroeg Sporty wat hij zich herinnerde van Franklin Delano Roosevelt. Sporty zei: 'Hij wist dat de Jappen Pearl Harbor zouden aanvallen. Hun codeberichten waren ontcijferd! Hij heeft het gewoon laten gebeuren, zodat het Amerikaanse volk hem in de oorlog zou steunen. Daarna verscheepte hij ons allemaal naar Europa en de Stille Zuidzee om daar te kreperen. FDR was een communistenvriendje en een moordenaar, dat is wat ik me van hem herinner.'

Chris vond het een onzinnig antwoord en liet het er maar bij zitten. Sporty zette zijn felle aanklacht in gedachten voort, en ten slotte gaf hij Roosevelt de schuld van Tim Munroe's dood. Hij wist dat geen van beide aanwezigen dat zou begrijpen, want ze waren joden. Hij dronk zijn laatste scotch, liep als een zombie naar de badkamer, kotste zijn dagelijkse offer aan Bacchus uit, liep terug naar de bank en viel als een blok in slaap. Lila vertelde dat Tim door slim te beleggen 75.000 dollar had nagelaten voor zowel Chris als Cathy, na aftrek van belastingen. De kinderen gingen naar bed. Lila stopte Sporty in onder een deken en gaf hem een kus op zijn voorhoofd. Ze deed alle lampen uit, scheurde de mouw van haar gewaad, ging op de grond van de woonkamer zitten en staarde tot de ochtend in het duister.

38

Sporty Swenzler werd wakker met een rothumeur en eiste inzage in het testament. Lila liet het hem zien, hij kon het niet lezen vanwege zijn hoofdpijn, ze bracht hem naar zijn aftandse auto, stuurde hem weg en voelde zich beroerd. Terug in de woonkamer ging Lila door met Chivas-zitten, met uitzondering van de bezigheden die daar gewoonlijk bij hoorden, namelijk slapen en eten.

Chris en Cathy zwierven door Californië, perplex op een manier die alleen bekend is bij mensen die veel geld hebben gekregen zonder dat ze er iets voor gedaan hebben.

Die middag kwam Sextus 'Charlie' Mann, de hovenier van de liefde, van zijn woonplaats Las Pulgas naar het huis van Lila gereden om haar het soort troost te bieden waar hij goed in was, maar toen ze hem bij de deur verwelkomde, 'We zijn bezig met Chivas-zitten' zei en terugwaggelde naar de woonkamer, bedacht hij zich. Charlie was niet preuts of kieskeurig, maar seks was voor hem toch wel iets heiligs, en smakeloos gedoe met een dronken vrouw was daarom uitgesloten.

Lisa Danmeyer en haar vader kwamen door de regen uit El Cuerpo gereden. Moe Danmeyer had deze mensen nog nooit ontmoet, maar uit respect voor de overledene had hij gehaktbrood meegebracht en voor de kinderen een citroentaart. Rond de tijd dat de Danmeyers aankwamen, dwaalde Cathy zonder regenkleding door een stormachtige Heart Valley en opende ze haar hart voor het verdriet van de regen. Chris zat in de werkkamer van zijn moeder en schreef een e-mail aan de logopediste en veelzijdige orale duivelskunstenares Jennifer Gramsci. Lila zat te dommelen op de wc. Moe had in de afgelopen vijf jaar meer rouwende gezinnen bezocht dan alle anderen bij elkaar en toen ze op de keukendeur klopten en niemand opendeed, stond hij erop dat ze naar binnen gingen, ondanks het protest van zijn dochter. Hij zette zijn eten op het aanrecht en liep de woonkamer in. Sextus Mann zat kaarsrecht op de lage bank waarop Sporty Swenzler de vorige avond in slaap was gevallen. Sextus was verdiept in een tantristische ademhalingsoefening en had de klop op de keukendeur maar half gehoord. 'Moe Danmeyer,' zei Moe Danmeyer, die zijn grote pianoverkopershand uitstak in de richting van de neergestreken hippe vogel met paardenstaart. Sextus Mann zei 'Sextus Mann' en stak zijn hand uit zonder van de bank op te staan, wat naar Californische maatstaven nog best beleefd was. 'Ook goed,' zei Moe. Hij woonde al lang genoeg in Californië om te doen alsof hij het wel best vond, maar verder wilde hij niet gaan, nu hij eenmaal met pensioen was en niets meer hoefde te verkopen.

Lisa Danmeyer vertelde Sextus Mann hoe ze heette en koos voor een pre-feministisch hoofdknikje en een flauw handgebaar, iets vriendelijks en niet al te ongemanierds waarop je kon terugvallen als je de situatie had ingeschat en besloten had dat het de moeite niet loonde.

'Mijn dochter hier is arts. De neurologe van haar ex-man.'

Sextus Mann zei: 'Ik ben een vriend van de familie.'

'Hmm. Verder nog iemand thuis?'

'Lila is even naar het toilet.'

Moe nam de woonkamer op. 'Die muur zou mooi zijn voor een piano,' zei hij tegen Lisa, alsof ze een verkoopassistente van hem was.

'Die tuin zou mooi zijn voor een hersenoperatie,' zei ze.

'Wat? Wat zeg je nou?'

'Dat was een grapje.'

'O. ja. Ik een pianoverkoper en jij een hersenchirurg. Ik snap het.'

'Sorry.'

'Nee, dat was grappig.'

Lila kwam van het toilet, zag de twee bezoekers, wist niet wie ze waren. 'We zitten Chivas,' zei ze.

Moe zei: 'Echt? Ik houd niet van Chivas.'

Lila lachte en omhelsde Moe Danmeyer. 'Ik vind je geweldig,' zei ze. 'Maar wie ben je eigenlijk?'

'Moe Danmeyer. Ik heb gehaktbrood meegenomen.' Lila Munroe hield hem nog steeds losjes in haar armen, en hij keek naar zijn dochter. 'Een erg hartelijke moeder,' zei hij.

'Bij sommige mensen doen kalmeringsmiddelen wonderen,' mompelde Lisa.

'O, nu herken ik je weer. Jij bent de dokter,' zei Lila tegen Lisa, en Lila omhelsde haar. 'Ik ben gek op vrouwen die hun vak verstaan.'

Ze sloeg weer een blik op Moe Danmeyer. Hij glimlachte naar haar. Hij was twee meter vijftien en woog 110 kilo. 'Ik ben gek op mannen van formaat,' zei Lila, en ze sloeg haar armen weer om Moe heen.

Sextus Mann zat op de lage bank en zag het gebeuren. Hij maakte zich er niet druk om, maar vroeg zich wel af welke rol hij kon spelen in het gezelschap dat boven hem uit torende; hij was in dit huis immers nog onlangs heer en meester geweest.

'Hou je van gehaktbrood?' vroeg Moe aan Lila. Tegen zijn dochter zei hij: 'Wat een vriendelijke en charmante vrouw. Een beetje gehaktbrood zou niet slecht voor haar zijn.' Tegen

Lila zei hij: 'Ik zal eens een blik in de keuken werpen. Met een beetje geluk kan ik een prima maaltje voor je maken.'

Moe liep naar de keuken. Hij vond het plezierig het heft in handen te nemen als mensen dat van hem wilden, wat nogal eens gebeurde. Hij hield ervan rond te scharrelen in andermans keuken en met bewonderenswaardige snelheid iets redelijks in elkaar te draaien. Hij wilde iets maken waar Lila een beetje nuchter van werd en dat zou voorkomen dat ze ziek werd.

De kleine lulhannes Chris Schwartz, zoals hij zichzelf graag noemde, zat boven op de werkkamer van zijn moeder en schreef een brief aan Jennifer Gramsci. 'Lieve Jennifer,' schreef hij eerst. Daarna koos hij voor 'Jennifer'. Daarna 'Hallo Jennifer'. Daarna 'Hallo'. De eerste regel luidde 'hoe gaat het met je,' totdat hij besloot om te beginnen met 'ik mis je,' maar dat was van korte duur en hij schaamde zich er meteen al voor. 'Hallo Jennifer,' begon hij. 'Hier een berichtje van Chris Schwartz, dat ik je stuur via het e-mailadres van mijn moeder.' Gezien de omstandigheden leek het hem minder gepast om zijn moeder ter sprake te brengen. 'Jennifer, heerlijke vrouw die je bent. Dit is Chris Schwartz uit Californië, op de dag na de begrafenis van mijn grootvader. Omdat hij dood is, ben ik nu in het trotse bezit van 75.000 dollar. Zodra ik terug ben in Connecticut, neem ik je mee naar Aruba.' Als afscheidsgroet probeerde Chris 'liefs', 'groetjes', 'geile groetjes', 'de jouwe', 'je dienaar', 'veel hartelijks', 'veel liefs', 'het allerbeste', 'met vriendelijke groet', 'met vriendelijke groeten', 'het ga je goed', 'het allerbeste', 'kusjes', 'heel veel kusjes', 'xo'. De 'x' was het symbool voor een kus en de 'o' voor een omhelzing, wist Chris, maar welke letter van het alfabet stond symbool voor oraal-genitaal contact? Hij kreeg ineens een idee voor een nieuw ondernemingsplan, op te zetten met zijn vriend en medekapitalist Francis Dial: ze zouden aan elk van de resterende vierentwintig letters van het alfabet een vorm van intiem lichamelijk contact toekennen, om die letters daarna los en in pakketjes van zesentwintig te verkopen op de wereldwijde afzetmarkt van gebruikers van het romeinse alfabet. Voor een kort moment voelde Chris zich overweldigd door zijn eigen genialiteit, besloot zijn e-mail aan Jennifer met: 'Waanzinnig uitgelaten, Chris,' verzond zijn mailtje en bestierf het.

Wat volgde, was een langdurig moment van verdwazing, niet alleen voor Chris, maar voor iedereen. Gedurende een periode die per definitie ondefinieerbaar was, wist niemand wat hij dacht of voelde.

Chris hoorde een klopje op de deur van zijn moeders werkkamer.

'Wie is daar?'

'Ik ben het. Je vader.'

'Dag pap.'

'Jennifer Gramsci houdt niet van je.'

'Begrijp ik.'

'Ze zal je verdriet doen.'

'Begrijp ik.'

'Liefde – dat wil zeggen, liefde van deze soort – zal je nog jaren en jaren verdriet bezorgen. Niet dat je er iets aan kunt doen. Je kunt alleen maar liefhebben.'

'Begrijp ik.'

'Je kan niet anders.'

'Pap?'

'Ja?'

'Nee, laat maar.'

Voordat Chris er erg in had, stond hij in de woonkamer en keek in de ogen van niemand minder dan Danmeyer. 'Hé, Danmeyer,' zei hij, alsof hij sprak tegen een van zijn ex-vrouwen.

'Chris,' zei ze, en ze schudde hem de hand. Het is fijn medeleven te tonen aan iemand met wie je slaande ruzie hebt gehad.

Moe Danmeyer doemde op uit de keuken met een rood aangelopen gezicht en een reusachtig dienblad met eten. Hij zette het op de salontafel, voor de lage bank waarop Lila zat. Sextus Mann was aan ieders aandacht ontsnapt en in het niets verdwenen. Op een dag als vandaag was er niemand die hem miste. Als Lila gelukkig getrouwd was geweest en haar man was overleden in plaats van haar vader, zou iemand als Sextus Mann goed van pas zijn gekomen. Maar zij was dat niet, hij was dat niet en dat was dus niet het geval, en daarom was Mann in zijn eentje naar het strand vertrokken.

Moe keek naar Chris en vroeg: 'Wie is dat?'

'De gevreesde Chris Schwartz,' zei Lisa.

'Moe Danmeyer. Hou je van gehaktbrood?'

'Vies is anders,' zei Chris.

Moe gaf iedereen te eten. Hij zag erop toe dat Lila Munroe een redelijke hoeveelheid voedsel binnenkreeg. Vrijwel onopvallend zette hij de fles Chivas buiten haar bereik.

Het toeval wilde dat Moe Danmeyer er ook al plezier in had jonge scharminkels onder zijn hoede te nemen, zoals hij ooit gedaan had met zijn dierbare scharminkel van een dochter. Het rouwende groepje ging rond de tafel zitten en onder het genot van de maaltijd vroeg Moe aan Chris: 'Zeg knul, vertel eens. Waar hou jij je zoal mee bezig?'

'Kapitalisme.'

'Klinkt goed.'

'Dankuwel, mijnheer.'

'Laat eens horen, dan.'

Chris was nog niet zo ver dat hij zijn plan voor het aan de man brengen van het alfabet al aan de openbaarheid wilde prijsgeven, en dus maakte hij zich ervan af: 'Nou, ik heb mijn niche nog niet gevonden, geloof ik.'

'Die vind je niet, mijn jong. Die moet je maken.'

'Natuurlijk. Zo werken die dingen,' zei Chris. 'U moet namelijk weten, ik heb een compagnon. Zijn naam is Francis Dial. Een paar jaar geleden lagen we op een dag wat te luieren op het gras en wierpen we een paar kapitalistische ideetjes op, gewoon als tijdverdrijf, een manier om de geest te verruimen.'

'Gebruikten jullie geestverruimende middelen?'

'In dit geval, nee.'

'Want af en toe een joint, daar heb ik niks op tegen, op zijn tijd.'

'Wie wel? Maar wat ik zeggen wilde, we kwamen op een idee: wandelende sushi. Ziet u het voor zich? Het is sushi en het wandelt.'

'De eenvoudigste ideeën zijn vaak het best.'

'Precies, want we probeerden nog wat andere combinaties uit, zoals wandelende sushi als koelkastmagneet, maar dat ging niet.'

'Want hoe kan iets nu een magneet zijn en tegelijk wandelen?'

'Dat kan helemaal niet, en belangrijker nog: dat moet ook helemaal niet. Maar goed, we hadden dus dat idee voor wandelende sushi. Maar nu komt de crux: toevallig wisten we dat we niet de eersten met dat idee waren. Dat wisten we zelfs al toen we de ontwerpfase in gingen. We wisten dat er al iemand was die wandelende sushi had gemaakt en op de markt had gebracht. Het was te koop in het type winkel dat die markt ook echt bediende, snuisterijen en hebbedingetjes. Hoe dan ook, we besloten toch de ontwerpfase in te gaan. We waren al behoorlijk ver in de ontwerpfase toen we op het idee kwamen ons eigen armzalige ideetje nog eens onder de loep te nemen, en wat bleek? We hebben de boel moeten afblazen.'

Moe Danmeyer schudde meewarig zijn hoofd.

Cathy Schwartz ploeterde langs de branding in een wit t-shirt met lange mouwen, een grijze wollen overgooier, geen sokken en zwarte instappers die langs haar enkels schuurden. Haar kleren waren nat. Het was begin maart aan de rand van de Stille Oceaan. Ze rilde over haar hele lichaam en dat kon haar niks schelen, tegen iedereen die het horen wilde, hield ze vol dat het haar niks kon schelen, al was ze bang dat er verder niemand was die het hoorde. Ze keek naar zee. Wat een zootje was het daar. De golven waren donkergrijs en wit en hoger dan zijzelf. Om het nog erger te maken, stortten de wolken tienduizenden druppels water in zee. Elke golf was samengesteld uit verwilderde watermoleculen, willoos opgejaagd tot grote vloeibare heuvels die met zinloos geweld over de aarde raasden. Cathy haatte de zee. Ze haatte het zand. Ze haatte de lucht. Ze klampte zich vast aan haar haat en liep met haar ziel onder haar arm. Het was gewoon vreselijk. Steeds diepere huiveringen doortrokken haar lichaam. Ze klemde haar kaken op elkaar. Ze struikelde over het zand en viel. Ze maakte zich helemaal klein om het rillen te doen stoppen. Ze klampte zichzelf vast, terwijl ze wel een manier zou willen weten om haar kaken los te maken, haar lichaam te ontspannen en haar ziel over te geven aan God. Ze herinnerde zich een zin uit de biografie van Edith Stein, ook wel bekend als Teresia Benedicta van het Kruis: 'Het zelf is de manier waarop het individu zijn ervaringen vormgeeft (...), de belangrijkste bron van zijn waanideeën en een gevaar dat altijd op de loer ligt.' Ze keek weer naar de druppels water. Elke druppel water was zonder zelf en liet zich bespelen door de zee; geen druppel gaf vorm aan zijn eigen ervaringen. Als ze iets anders wilde dan het leventje waarmee ze zich tot nu toe had beholpen, moest de zee haar maar eens een lesje leren. Ze stond op en liep ernaartoe. De opwinding en de schok van het koude water dat over haar voeten, enkels en kuiten stroomde, waren bijna onverdraaglijk. Ze liep een eindje verder, naar de verleidelijk opspelende golven. Ze stormden op haar dijen en heupen af. Ze hield haar armen hoog boven haar hoofd bij wijze van groet aan de roemrijke zee. De top van een golf sloeg over haar hoofd. Ze viel niet om. Haar knieën knikten, maar ze bleef met gestrekte handen staan. Daarna ging ze toch nog onderuit, niet door die golftop maar door het volle gewicht van een volgende golf, die haar lichaam tegen de grote, ruwe zandkorrels drukte en haar meesleurde, weg van de kust. Ze bleef lang onder water, in een verdwaasde extase. Haar mond en neus vonden voor een kort moment de grijze lucht, ze ademde in, en daarna werd ze weer omringd door water. Het was nooit haar bedoeling geweest zelfmoord te plegen, maar ze begreep nu wel dat ze daarmee bezig was. Ze werd woedend op haar eigen belachelijke pseudo-religiositeit. Waar ze nu op hoopte, op de bodem van de Stille Oceaan, was contact met de ziel van een andere levende persoon, zoals Chris dat soms had met zijn vader. Misschien kon haar vader door zijn sluier van zwakzinnigheid heen breken en haar langs mystieke weg bereiken. Misschien kon haar dronken moeder zich uitstrekken tot buiten de begrenzingen van haar prikkelbare huid en prikkelbare gedachten. Misschien Chris, of zelfs de hoffelijke en cynische Francis Dial... Om het waard te zijn dat enig menselijk wezen contact met haar zocht, deed ze oprecht haar best om niet in te ademen, maar het was moeilijk en het deed pijn om niet in te ademen. Terwijl ze nog één keer overvallen werd door de teleurstelling in zichzelf en haar leven inhaleerde Cathy Schwartz haar eerste theelepeltje zout water.

Rond de tijd dat ze in de semi-ouderlijke woning waren begonnen aan het gemeenschappelijk consumeren van gehaktbrood en rauwkost, had Moe Danmeyer de whiskyfles terloops buiten het bereik van Lila Munroe gezet. Moe maakte zich zoveel zorgen om het drankgebruik en algehele welzijn van Lila Munroe dat hij geen aandacht kon opbrengen voor Chris Schwartz, die steeds vaker en dieper in het glaasje keek, en ook niet voor de steeds hogere toon die Chris aansloeg en de talloze slappe, agressieve schimpscheuten, terzijdes en ongerijmdheden die Chris in de laatste vijfentwintig minuten aan het tafelgesprek had bijgedragen. En zo kon het gebeuren dat Moe aan Chris vroeg: 'Maar hoe gaat het nu eigenlijk met je vader, daar aan de oostkust?'

'Mijn vader?' vroeg Chris. 'Daar aan de oostkust?' vroeg hij. 'Moe?' vroeg hij. 'Mag ik je Moe noemen? Nee, zeg maar niks, ik weet toch al wat je gaat zeggen. Je gaat zeggen: Je mag me de naam geven die je wilt, als je hem maar niet door het slijk haalt. Nou, meneer Door-het-slijk, je vraagt naar mijn vader, en dus zal ik je over hem vertellen. Wat mijn vader betreft kan ik alleen maar afmaken waar jouw dochter, de incompetente "dokter Lisa Danmeyer", aan begonnen is. La Danmeyer heeft een puinhoop gemaakt van de bedrading in mijn vaders hoofd. Ze heeft de rode draad op de blauwe poort aangesloten en de blauwe draad op de rode poort. Dus wat moet ik? Ik kan alleen maar roeien met de riemen die ik heb. Wat ik doe, is... hoe zal ik het noemen... een verregaand experiment op het gebied van de mis-vorming, om het zo maar eens te zeggen, meneer Door-het-slijk. Ik leer mijn vader allemaal dingen die verkeerd zijn. En ik begin bij het begin. Ik leer hem dat zelfstandige naamwoorden bijvoeglijke naamwoorden zijn, bijvoeglijke naamwoorden bijwoorden, bijwoorden werkwoorden en werkwoorden zelfstandige naamwoorden. Ik leer hem zinnen als: "De slaperig donkerrood gehaktbroden de vluchten," of "De jij rennen kwiek het geel," of "Renata koelkast filosofie uurwerk keelgat waarlijk ongeveer." En spelling! Ik heb hem een spellingswijze bijgebracht die zo ingewikkeld is dat ik die niet kan uitleggen zonder mijn schoenen erbij uit te trekken, maar laat ik in elk geval zeggen dat er geen letter van waar is, waaronder veel letters uit het Cyrillische en Arabische schrift waarvan ik niet eens weet wat ze betekenen, maar mijn vader weet dat nu dus wel, hoewel hij niemand kent die het ook weet. En dan rekenen. Twee plus twee is vier, dat moet zo ongeveer het grootste obstakel zijn dat de beschaving ooit voor een creatieve en onafhankelijke geest heeft opgeworpen. Ik ben nog jong, meneer Door-het-slijk, ik ben jong en probeer mijn plek te vinden op deze rare doorgedraaide aardbol, en dat wil me maar niet lukken. Maar één ding weet ik wel: die plek is niet thuis. Toch kan ik mijn huis niet uit. Wil je weten waarom? Nee, dat dacht ik al, maar ik vertel het je toch: omdat twee plus twee is vier met zijn handen op zijn heupen voor de deuropening staat. Ik neem een aanloopje naar de deur en mijn hoofd beukt in op twee plus twee is vier. Maar als ik mijn hoofd eenmaal op twee plus twee is vier heb ingebeukt, gebeurt er iets leuks: ik zie een groepje dansende doorschijnende ballerina's. Die ballerina's zijn sierlijk, glanzend en lichtvoetig, en ze dansen een figuurtje dat overeenkomt met het patroon van twee plus twee is vijf. En dan wordt mij ineens alles duidelijk: de wiskunde, spelling, grammatica, wetenschap, geschiedenis en godsdienst die ik heb geleerd, het is in feite allemaal lulkoek, aan mij doorgespeeld door het wegkwijnende blanke mannelijke Europese westerse militair-industriële complex. En voor mij is het misschien te laat, maar ik kan nog wel proberen mijn vader te redden. Ik wil niet dat hij opgroeit tot degene die hij de vorige keer was toen hij groot was. Ik wil niet dat hij opgroeit tot iemand als jij, meneertje Door-het-slijk. Een pianoverkoper. Geweldig. Mijn volk – het joodse volk – heeft generaties lang geploeterd om een beetje geld te verdienen, voor een huisje en wat vrije tijd, en wat doe jij? Je smeert ze een of ander kolossaal akelig overbodig meubelstuk aan waarvan ze geen haar beter worden, ze denken alleen maar dat ze er beter van worden, het ziet er alleen maar voor de buren uit alsof ze er beter van worden, zodat die buren er ook een willen kopen. En nu je met pensioen bent en geen joodse mensen meer hoeft op te lichten in ruil voor zo'n waardeloze kleinburgerlijke rammelkast, ben je niet meer dan een doodsbange baviaan die zich geïntimideerd voelt door zijn eigen dochter, een dochter die haar kleinburgerlijke komaf gebruikt heeft om echt iets van haar leven te maken, wat jij niet kunt uitstaan, want je vindt het verschrikkelijk dat iemand die inferieur aan je is, nota bene een vrouw, meer bereikt heeft dan jij. Dus hoe ga je daarmee om? Je doet alsof je iemand bent die graag de touwtjes in handen neemt, hoewel je alleen maar een tiran bent. "Chris, laat eens horen wat een slap figuur je bent door mij te vertellen over die onzinnige hobby's van je." "Lila, meid, ga zitten, hou op met drinken, hou op met huilen en hou je mond." "Lisa, dochter van me, verdwijn verdomme achter het behang, zodat ik er niet aan word herinnerd hoeveel beter jij bent dan ik, dan ren ik wel naar de keuken en stel mezelf aan als een godvergeten gehaktbrood makende flikker."'

Lisa Danmeyer stond op en gaf Chris Schwartz zo hard als ze kon een klap in zijn gezicht. Chris viel achterover op de bank en belandde bij zijn moeder op schoot. Lila hield het hoofd van haar zoon met haar linkerhand tegen haar wang, streelde zijn gezicht en maakte sussende geluidjes. De telefoon ging.

Sextus Mann had een beetje over het strand gehobbeld in zijn besmeurde fluorescerende regenpak. Hij had zich ongelukkig gevoeld, wat zelden voorkwam. Het gezin Schwartz had misschien wel een uitgelezen talent om andere mensen voeling te laten krijgen met hun eigen misère. Bij Sextus Mann ging die misère alleen niet zo diep. Misère was niet wat het diepst ging bij Sextus Mann. Hij hield wel van een lekkere stevige huilbui. Het was troostend en bevredigend. Hij hield ervan om zich met huid en haar over te geven aan lichamelijke bezigheden of ervaringen: rennen, niezen, hoesten, huilen, neuken, voluit gaan, desnoods kotsen. O, de heerlijkheid om op een regenachtige dag verdrietig over het strand te lopen! Hij stopte met lopen en keek uit over de trieste grijze horizon. Onderaan zijn blikveld zag hij iets bewegen, iets vreemds in zee. Wat was het? Een groot stuk wrakhout, zo'n twintig tot dertig meter uit de kust. Wrakhout? Een mensenhand. Hij trok zijn regenpak uit en zwom met lange kalme slagen naar het lichaam. Hij voelde hoe zijn strakgespannen spieren het opnamen tegen de ontzagwekkende kracht van de branding. Hij hoopte dat die man of vrouw nog in leven was. Hij greep naar de hand van die man of vrouw. Het was een vrouw. Haar lichaam was slap. Hij trok haar met zijn linkerarm omhoog en met zijn rechterarm graaide hij naar het ruwe water, duwde het keer op keer naar achteren tot hij op het strand stond. Hij droeg de krachteloze vrouw als een brandweerman naar de parkeerplaats van het strand en leg-de haar op de cementen vloer van een huisje. Hij blies war-me lucht in haar mond en drukte pompend met zijn hand-palmen op haar borstbeen. Hij deed dat keer op keer, langer dan een minuut. Cathy Schwartz gaf over en opende haar ogen. Sextus Mann bedankte haar dat ze leefde. Cathy gaf nog eens over. Hij tilde haar in de cabine van zijn pick-up, reed haar naar het ziekenhuis, keek in haar portemonnee om een identiteitskaart te zoeken en belde Lila Munroe.

39

Lila Munroe en haar kinderen zagen zich omringd door die uitgekiende chaos van bagage op wieltjes, televisiegeluiden, afwasbaar tapijt met spiraalvormig dessin, slaapgebrek en air-conditioning: de wachtkamer van een vliegveld. Zonder zich een houding te kunnen geven, stonden ze lange tijd met zijn drieën naast elkaar, en Lila wilde een manier bedenken om ongemerkt maar zo lang mogelijk fysiek contact met haar kinderen te hebben. Ze wist dat Cathy gebukt ging onder geestelijke en lichamelijke pijn, en ze zou haar graag iets ge-ven in de vorm van aanhoudende moederlijke aanrakingen. Lila was goed in een oprecht hartelijke omhelzing, een kus op de wang, een snelle handdruk, en meteen daarna een stap naar achteren: 'blijf met die tengels van me af,' zoals ze het graag voor zichzelf formuleerde. Veel moeders – ze had het zien gebeuren op parkeerterreinen, naast de grote metaalgrijze bus die naar het tienerkamp ging, en zelfs op vliegvelden – konden onopvallend een hand op de rug van hun kind laten rusten. Ze herinnerde zich twee moeders die stonden te kletsen op de betonnen trap van een basisschool in Connecticut. Lila was een van hen en gedurende het hele gesprek streelde degene die niet Lila was in een achteloos gebaar het hoofd van haar dochter. Geen uiterlijk vertoon, gewoon strelen, een van de vele onwillekeurige bewegingen die hoorden bij de fysieke werking van het moederschap, zoiets als een darmreflex. Nu de vader van Lila dood was, herinnerde ze zich die hoofdstreling, en dat bracht haar op de gedachte dat ze wel degelijk met haar vader verbonden was geweest en dat ook altijd zou blijven. Niet dat ze gehecht aan hem was geweest, dat ze interesses of vertrouwelijkheden met hem gedeeld had, of dat ze vaak met hem gesproken had. Dat zou hij nooit gewild hebben, en zij ook niet. Ze waren niet met elkaar verbonden omdat ze vertrouwd met elkaar waren, maar omdat ze op elkaar leken. Hij had afstand tot haar bewaard en ze was met hem verbonden gebleven door hem na te doen en eenzelfde en gelijke afstand te bewaren tot hem, en die geneigdheid had zich uitgestrekt tot de hele mensheid, voorbij het duale bestel van vader en dochter.

'Zo. Hebben jullie al enig idee wat jullie met het geld gaan doen?'

'Niet echt,' zei Chris.

'Als jullie willen, kan ik helpen.'

'Het hele idee van 75.000 dollar, dacht ik, is dat je verder geen hulp meer nodig hebt.'

'Vergeet het maar, Chris. Het is eerder het tegendeel. Hoe meer geld je hebt, hoe meer hulp je kunt gebruiken. Denk eens aan een miljonair. Die moet altijd mensen om zich heen hebben: bediendes, zaakwaarnemers, accountants. Van rijkdom ben je nooit zeker. Het is een positie die je voortdurend dreigt te ontglippen en je hebt heel veel handen nodig om alles bij elkaar te houden. Rijkdom creëert een enorme dienstensector. Kom nou Chris, wat ga je doen met dat geld?'

'Zeg ik niet. Brengt ongeluk.'

'Je gaat me toch niet vertellen dat je het gaat uitgeven aan een screensaver met spreuken of wandelende sushi?'

'Nee. Iets humanitairs. Je merkt het wel.'

'En jij, Cathy?'

'Ik ga alles weggeven aan een katholiek tehuis voor mishandelde vrouwen in Port Town,' zei ze zonder haar moeder voor het hoofd te willen stoten.

'Maar schatje toch,' zei Lila.

'Wat wil je daar nu weer mee zeggen?' zei Cathy.

'Ik bedoel: ik begrijp best dat jij je mishandeld voelt. Ik zeg alleen: denk er eerst nog eens over na.'

'Denk je dat nou echt? Geloof je echt dat ik geld aan een liefdadigheidsorganisatie geef, alleen maar omdat ik me identificeer met de mensen die daarmee geholpen worden? Geloof je nou echt dat je alleen maar met andere mensen kunt meeleven als je hetzelfde hebt meegemaakt als zij? Jeetje, mam, wat ben jij bekrompen.'

'Zeg, moralistische trut,' zei Lila. 'Je kan het gewoon niet laten om de zedenprediker uit te hangen, hè? Ach, wat kan het mij ook schelen, geef dat geld maar weg. Straks word je volwassen en dan zul je nog wel merken dat overleven als volwassene zonder geld een heel wat hardere dobber is dan het overleven van de Stille Oceaan.'

'Wauw,' zei Chris. 'Da's een goeie, mam. Daarmee heb je haar flink op haar nummer gezet. Echt een manier om je eigen dochter eens goed te waarheid te zeggen.' Zoals zo vaak had Chris geen idee of hij serieus was of niet.

Lila was verdrietig. Ze had zelf geen geld van haar vader geërfd, alleen maar zijn huis in een armoedige blanke buurt van South City, en om eerlijk te zijn voelde ze zich gekwetst. Ze voelde zich zelfs dubbel gekwetst, nu haar dochter iets met dat geld ging doen wat Lila zelf nooit met dat geld zou doen.

'Tijd om afscheid te nemen,' zei de stewardess. Chris omhelsde zijn moeder en Cathy ook. Lila en Cathy zeiden tegelijkertijd 'het spijt me,' en daarna staken de twee kinderen de drempel over van de uitschuifbare slurf die naar de vliegmachine leidde.

Lila drukte haar gezicht en borsten tegen het enorme raam naast de slurf en zag het vliegtuig langzaam achteruit taxiën. Ze strekte de armen boven haar hoofd en drukte de handen op het raam als een klein kind dat haar moeder en vader ziet wegzeilen naar een romantisch paradijs.

DEEL VIER

40

Vijfenzeventigduizendair Chris Schwartz reed naar het Roosevelt Revalidatiecentrum in de grijze middelgrote gezinsauto van zijn vader, waarin hij nu al vierenhalve maand ongestraft zonder rijbewijs rondtufte. Op het moment dat hij de auto parkeerde, kuste Jennifer Gramsci buiten zijn medeweten een man in een pak van zevenhonderd dollar die ze nog nooit eerder had ontmoet. De man klampte zich uit alle macht aan zijn klembord vast. Jennifer maakte haar mond boterzacht en verrukkelijk, ze drukte haar borsten tegen hem aan en maakte er onzedige bewegingen mee. Na de kus wilde ze hem eerst een kniestoot in zijn kruis geven, maar ze bedacht zich. In plaats daarvan gaf ze hem een por in zijn ribben met een stel tongspatels die ze vasthield zonder te weten waarom. Hij liep met zijn klembord de gang uit, op weg om een keuken te inspecteren, een cardiologiepatiënt te bezoeken, een sollicitatiegesprek te voeren of een proces aan te spannen, wat maakte het ook uit.

Chris zocht Jennifer op in haar kantoortje. 'Heb je mijn e-mail ontvangen?' vroeg hij.

'Ja.'

'Waarom heb je me niet teruggeschreven?'

'Had ik geen zin in.'

'Moet je horen, ik neem vandaag mijn vader mee uit het revalidatiecentrum. Vanaf nu krijgt hij thuiszorg, die ik betaal met het geld dat ik geërfd heb. Nu had ik het idee om jou twee keer per week in te huren voor logopedie.'

'Nee, dat kan niet. Dit is een fulltime baan. Ik werk niet voor mezelf.'

'Maar dan kunnen we elkaar toch nog wel buiten werktijd zien?'

'Nee, dat kan niet.'

'Waarom niet?'

'Omdat jij een kind ben en ik een volwassene. Ik ben een werkende vrouw met verantwoordelijkheden en jij bent een middelbare scholier met een air dat totaal niet past bij het miezerige ventje dat je bent.'

'Maar je was zo lief voor me.'

'Ik was lief voor jou. Maar jij was niks voor mij. Voorzover ik al gevoelens had, kwamen ze helemaal uit mezelf. Jij bleef neutraal en passief. Het was bijna alsof je er niet was.'

'En mijn e-mail dan?'

'Dus nu ga je me ineens romantische e-mailtjes sturen? Dat had je dan eerder moeten bedenken, toen je hier voor het eerst kwam en je neus nog voor me ophaalde.'

'Wat?'

'Eruit.'

Chris stond in de deuropening van Jennifers kantoortje. Ze maakte een kort gebaar met haar hoofd dat 'eruit' betekende. Hij liep weg. Ze sloot de deur van haar kantoortje, pakte een paar pennen van haar bureau en wierp ze een voor een zo hard mogelijk door de kamer. Ze verzamelde al haar bruine krulharen bovenop haar hoofd en liet ze weer vallen. Toen greep ze een paar losse lokken, hield ze omhoog en gaf er een ruk aan, want ze wilde eruitzien als de bruid van Frankenstein. Ze gaf een schop tegen haar bureau. Ze gaf nog een schop tegen haar bureau. Ze keek in het goedkope spiegeltje op de deur van haar kantoortje en zag een reusachtige glibberige rode mier, die daarna veranderde in het spiegelbeeld van haar eigen gezicht.

41

O zondagmiddag in Connecticut! Chris Schwartz reed in de achteruit Roosevelt Lane af, met naast hem in de passagiersstoel zijn trouwe handlanger en vader. Hij deed zijn rechterknipperlicht aan en sloeg linksaf Hoover Place op. Waarna hij in zijn achteruit Hoover Place afreed. O zoete vreugd van het hartzeer! Hij gaf een dot gas en stond op de rem, gaf een dot gas en stond op de rem. Chris Schwartz combineerde de achterwaartse rijstijl van Chris Schwartz met de start-en-stoprijstijl van Chris Schwartz en de ellipsbaanrijstijl van Chris Schwartz. Dat laatste hield in dat hij volgens een willekeurig patroon van de ene naar de andere stoeprand zwenkte, en eroverheen. Hij vond het een prettig gevoel als een, twee of drie wielen van de grijze middelgrote gezinsauto door de grasberm walsten. Hij vond het fijn als zijn vader de slappe lach kreeg. O zoete raadsels des levens! O sirenes en zwaailichten! O, om op een warme zondagmiddag in maart achtervolgd te worden door een dienaar van de wet, vlak nadat je hart goddomme is doorboord met een puntige roestvrijstalen spies!

Chris bracht het voertuig midden op straat tot stilstand en genoot van die bijzondere tussentijd, het moment buiten de tijd als de smeris je heeft aangehouden en de smeris nog niet naar je autoportier is komen lopen om je te onderhouden over de heiligste principes van het maatschappelijk verkeer. De smeris die nu zijn opwachting maakte in het leven van Chris sprak vanuit zijn eigen voertuig, met behulp van een krachtige megafoon. 'Hé idioot, ga naar de kant van de weg.' Chris reageerde niet. Bernard zette grote ogen op, bracht een hand voor zijn mond en dook weg op een guitige nu-zul-je-het-krijgen manier. Niemand wist bij benadering wat er op zo'n moment omging in het revalidatiecentrum van zijn hoofd.

De smeris: 'Verdomme, zet die auto aan de kant.'

Chris: roerloze stilte.

Bernard: biddend.

De smeris: woede, felheid, actie.

De smeris liep met grote stappen naar de auto, doemde op boven Chris. 'Wat heb jij in godsnaam? Je staat hier verdomme midden op straat. Ik zei: zet je auto weg.'

Chris zei: 'Dat kan ik niet. Ik heb te veel meegemaakt.'

'Je kan het niet?'

'Ik kan het niet.'

'Stap uit.'

Chris stapte de auto uit. Bernie bleef doodstil zitten.

'Jij ook, klootzak.'

Bernie werd verdrietig, maar hij stapte niet uit.

'Eruit!' zei de smeris.

Bernie bleef zitten, huiverde, wierp een snelle blik op de smeris.

'Dat kan hij niet,' zei Chris, die naast de smeris was komen staan, een grote, breedgeschouderde en aantrekkelijke man met bruin haar en blauwe ogen. 'Hij is traag, moet u weten, en dat komt door een niet-aangeboren mentale retardatie, veroorzaakt door een metabolische coma met cardiocerebrale complicaties.'

'Wat?'

'Dat is een deel van wat ik bedoelde toen ik een minuutje geleden zei dat ik te veel heb meegemaakt. U moet namelijk weten, agent, dit is mijn vader.'

'Ga naar de kant en blijf daar staan.'

'U bedoelt dat ik naar de berm moet?'

'Ja!'

De agent, die Kenneth heette, stapte achter het stuur en zette de auto eigenhandig aan de kant. Hij boog zich langs Bernie voorover, opende het dashboardkastje, greep naar de autopapieren en constateerde dat ze drie maanden verlopen waren. Hij stapte de auto uit en vroeg Chris Schwartz om zijn rijbewijs. Chris kon weinig anders doen dan Kenneth eerlijk vertellen dat hij geen rijbewijs had, en hij legde uit dat de verzachtende omstandigheden van deze pijnlijke situatie er voor alle betrokkenen op neerkwamen dat (a) de vader van Chris achterlijk was, (b) Chris zijn vader eerder die dag uit het revalidatiecentrum had laten ontslaan, na te zijn teruggekeerd van (c) de begrafenis van zijn grootvader in Californië, waar (d) zijn zus geprobeerd had zich te verdrinken in de Stille Oceaan, en dat het daarom niet alleen nodig maar ook onontkoombaar was geweest dat Chris op een mooie en zonnige zondagmiddag in maart, waar Kenneth hem toch gelijk in moest geven, de auto van zijn vader had genomen en zonder geldige papieren in de achteruit over Hoover Place had gereden, wat Chris allemaal heel erg spijtig vond, misschien zelfs met inbegrip van die zonnigheid. En zo kon het gebeuren dat Chris en Bernie in een cel belandden, Cathy een borgtocht moest komen betalen en zij pas 's avonds naar huis werden gebracht, in een patrouillewagen waar ze met zijn drieën op de achterbank zaten en beide kinderen een hand vasthielden van hun zwijgende, raadselachtige vader.

42

Chris had geen vooropgezet plan voor de thuisrevalidatie van Bernard. Hij had geen informatie ingewonnen en er weinig over nagedacht. Hij wilde op zijn gevoel afgaan. Vader en zoon stonden aan de vooravond van een lange, ingewikkelde, aan huis gebonden en geïmproviseerde pas-de-deux, begeleid door de roep om een normaal gezinsleven.

Op de eerste ochtend van de rest van het leven van Bernard Schwartz en Chris Schwartz begon Chris, na een voedzaam ontbijt, aan een project dat hij 'de opleiding van Bernard Schwartz' ging noemen en waarvoor hij de laatste maanden van zijn eigen middelbare schoolopleiding wel wilde opofferen.

Bernard kon letters en woorden schrijven in een tempo van één letter per vijf seconden. Maar Chris besloot van meet af aan dat het beter was als zijn vader geen aantekeningen maakte van zijn deels formele en deels informele lessen, niet alleen omdat het een eeuwigheid zou duren, maar ook omdat Chris zich eraan stoorde dat het puntje van zijn vaders donkerroze tong als een slak uit zijn huisje naar buiten stak wanneer Bernie zich toelegde op – dat moest Bernie worden nagegeven – de geweldig moeilijke taak om de wereld in woorden te vatten. Chris raadde zijn vader aan de educatieve praatjes van zijn zoon gewoon over zich heen te laten komen, precies zoals hij eerder die ochtend het warme harde kraanwater over zich heen had laten komen, toen Chris had toegezien op zijn eerste post-comateuze douche in eigen huis.

'Goed. Om te beginnen is er, zeg maar, de wereld als geheel,' zei Chris tegen zijn vader. Ze zaten in de kamer die ooit Bernie's werkkamer geweest was, dezelfde kamer waar Cathy zich onlangs op een koude wintermiddag had verstopt voor Frank Dial, kort voordat ze bijna het leven had gelaten in de Stille Oceaan. 'Voor zijn eigen gemak heeft de mens de wereld in categorieën onderverdeeld, en elke categorie weer onderverdeeld in subcategorieën.'

'Wie?'

'Wat?'

'Welke mens heeft dat gedaan?'

'O dat. "De mens", dat is een voorbeeld van een categorie. Als ik over "de mens" praat, bedoel ik niet "een mens" of "dat mens". Ik verwijs niet naar één mens in het bijzonder, maar naar een kleine groep machtige en intelligente mensen die de meeste dingen zo in de loop der eeuwen bedacht hebben.'

'Ben jij zo'n mens?'

'Nee. Ik ben nog niet eens een man.'

'Ben ik zo'n mens?'

'Ja pap, nu je het zegt, jij bent inderdaad in diepste wezen zo'n mens.'

Met dat antwoord leek Bernie tevreden, al kan opnieuw niet genoeg worden benadrukt hoe weinig nu eigenlijk bekend was van wat zich werkelijk binnen de muren van zijn hersenpan afspeelde.

'Vandaag,' zei Chris, 'zal ik me beperken tot al de algemene categorieën der dingen, en verder zal ik antwoord geven op vragen die misschien bij je leven, want zelfs voor mensen zonder hersenletsel is het al moeilijk genoeg om de naakte waarheid onder ogen te zien. In de komende dagen zal ik steeds gedetailleerder op al die categorieën ingaan. Goed, ben je er klaar voor? De algemene categorieën van dingen zijn: tijd, ruimte, levende dingen, niet-levende dingen, echte dingen, nepdingen, concrete dingen, abstracte dingen, de relaties tussen de dingen, de bewegingen van de dingen, de kwaliteit van de dingen, de kwantiteit van de dingen, de macht van de dingen, hitte en kou, sport, banen en beroepen, bedrijfstakken, godsdienst, voedsel, geschiedenis, wetenschap, psychologie, gezondheid en ziekte, luchtvaartkunde, tijdschriften, adviezen, kleur en kleurloosheid, geluiden, meteorologie en klimatologie, seks, dood.'

Chris kon wel huilen, al wist hij niet goed waarom. Zijn vader keek hem met grote ogen aan. 'Zijn er tot dusver vragen?'

'Wat is een categorie?'

'Neem je me nou in de maling?'

'Nee.'

'Alle dingen die ik daarnet zei, zijn categorieën.'

'Maar wat *is* een categorie?' vroeg Bernie met de trage hortende rasperige stem die Chris op zijn zenuwen werkte. 'Die mevrouw in het revalidatiecentrum liet een pen zien en dan zei ze pen.'

'Dat kun je met een categorie niet doen. Een categorie is zoiets als een denkbeeldige plek waar je dingen bij elkaar zet die op elkaar lijken. Zo is er bijvoorbeeld de categorie bomen, en daaronder vallen alle bomen.'

'Hoe kan bomen nou een categorie zijn? Ik dacht dat bomen bomen waren.'

'Nou, elke afzonderlijke boom is een boom, maar het woord boom verwijst naar elke houtachtige plant ter wereld met een stam en bladeren.'

'Maar als je het met boom over alle bomen hebt en ik zeg boom, heb ik het dan altijd over alle bomen?'

'Nee. Als je over een bepaalde boom wil praten, dan zeg je: "Die boom daar," en dan wijs je naar die boom.' Chris wees uit het raam naar een boom in de tuin, en in plaats van naar de boom te kijken, keek Bernie naar de wijsvinger van Chris. 'Wat je ook kunt doen, is die boom een naam geven.'

'Zoals?'

'Shirley.'

'Zullen we dat nu gaan doen?'

'Wat?'

'Een boom een naam geven.'

'Hoe bedoel je?'

'We gaan naar buiten, we wijzen een boom aan en we geven hem een naam.'

'Goed.'

Chris hielp Bernie in het rode lichtgewicht Wu Tan windjack dat hij gekocht had ter gelegenheid van diens ontslag uit het ziekenhuis. Chris graaide naar zijn eigen gevoerde parka van een onbestemde kleur en ze liepen de tuin in. 'Kies maar een boom en geef hem een naam,' zei Chris.

Bernie wees naar een twaalf meter hoge grijsbruine boom met een ruwe bast en zonder bladeren, tien meter bij het huis vandaan en tien meter rechts van de voordeur. 'Die heet Bob,' zei hij. 'Nu jij.'

Chris wees naar een boom van dezelfde soort die evenwijdig daarmee stond, tien meter links van de voordeur. 'Die noem ik Lou.'

Bernie wees naar een kleine wittige mooie boom onderaan de oprit. 'Dat is Su.'

Over een majesteitelijke boom aan de andere kant van de weg zei Chris: 'Daar heb je Al.'

'Dat is Don.'

'Dat is Phil.'

'Dat is Mike.'

'Dat is Jacqueline.'

'Deze wil ik Cathy noemen.'

Chris zei: 'Niet doen.'

'Waarom niet?'

'Dat is verwarrend.'

'Waarom?'

'Je hebt een dochter die Cathy heet. Als je Cathy zegt, weet niemand over wie je het hebt, de persoon of de boom.'

'Maar ik wel.'

'Ja, maar het punt is dat woorden meestal bedoeld zijn om met iemand te praten.'

'Goed. Die noem ik Phyllis.'

Chris had nog nooit van zijn leven geleerd om bomen uit elkaar te houden; hij was een boomanalfabeet. Hij en zijn vader hielden elkaars hand vast, liepen over de oprit naar de straat en benoemden alle bomen die ze zagen. Toen ze klaar waren met het benoemen van de bomen, benoemden ze de grote en de kleine dieren. Daarna benoemden ze de grassprieten. Daarna de huizen en de andere door de mens gemaakte dingen, en daarna de wolken. Ze benoemden de lucht en het licht dat uit de lucht verdween. Ze benoemden de verre geluiden van claxons en het geluid van elkaars stem, en het geruis van de wind door de kale takken van de bomen. Toen het donker was, benoemden ze de duisternis. Toen ze de duisternis hadden benoemd, liepen ze terug naar huis, gingen eten en daarna naar bed.

'Welterusten, pap,' zei Chris.

'Welterusten, Chris,' zei pap.

43

Cathy Schwartz hield van haar wijnrode meisjesfiets met drie versnellingen. Ze hield ervan dat hij wijnrood was en dat hij zo meisjesachtig was. Ze hield van de bewegingsvrijheid, het gevoel van de wind op haar gezicht, het gevoel dat ze zichzelf met een lichte inspanning van haar benen over de aarde kon voortbewegen. Ze koesterde het mirakel van het wiel. Ze gaf zich over aan het genot van het fietsen. Ze wist dat het binnenkort afgelopen moest zijn, want ze had er zoveel plezier in dat het haar afleidde van haar levenswerk. Ze wist niet wat haar levenswerk was, zozeer werd ze door haar plezier afgeleid. Het moest binnenkort maar eens afgelopen zijn, maar nu nog even niet. Ze zou ermee stoppen als het warm werd, als Bellwether mooi werd en naar de lente begon te ruiken. Ja, de lente was het plezierigste seizoen om te stoppen met datgene waar ze zoveel plezier aan beleefde, het rijden op haar wijnrode meisjesfiets. Ze kon nauwelijks wachten op het moment dat het volop lente was en zij het mooie offer moest brengen om afstand te doen van haar fiets. Al moest ze er natuurlijk wel op letten dat ze niet te veel plezier beleefde aan dat offer.

Cathy was er wel en niet van doordrongen dat ze bijna het leven had gelaten in Californië. Ze voelde zich ellendig en ze voelde zich goed. Ze begon er zo langzamerhand aan gewend te raken dat ze zich tegelijk ellendig en goed voelde. Ze begon in te zien dat ellendig en goed de grondtoon en de boventoon van haar leven waren. Nou, *goed* was misschien te veel gezegd, niet goed maar normaal, dat wilde zeggen, normaal voor Cathy, wat zoiets betekende als niet geweldig maar oké, zozo, het kan ermee door, maar wel met het knagende besef dat er iets vreselijk fout zit, ellendig en goed. Haar bijna-doodervaring – die haar trouwens geen moment het gevoel had gegeven dat ze haar lichaam verliet en opsteeg naar het licht – speelde zeker een rol in haar beslissing om nog even geen afstand te doen van haar fiets. Voor deze ene keer gunde ze zichzelf een beetje de tijd. En dus ging ze nog even door met fietsen en alles wat daarbij kwam kijken. Ze vond het fijn zich te concentreren op allerlei zorgvuldig uitgedachte rituelen die haar nodig leken om haar fietstochten kracht bij te zetten of er iets moois van te maken. Ze had het geluk dat ze zich heel goed kon oriënteren en als ze naar een andere stad fietste of een stadsdeel dat ze nog niet kende, tekende Cathy altijd een plattegrond. Een plattegrond had iets goddelijks, want het was een blik op aarde vanuit de hemel. Een plattegrond met straten was bovendien een eerbetoon aan een belangrijke menselijke verworvenheid: de infrastructuur van het transport. Cathy hield ervan kleine stukjes wereld uit te tekenen. Ze kon goed tekenen, was ervan overtuigd dat het belangrijk was trouw te blijven aan de werkelijkheid, maar zag ook zeker de waarde in van een zwierig accent. Op haar kaart tekende ze heuvels en bomen, vijvers, huizen en schuurtjes, windmolens, kantoren die de lucht weerspiegelden. Ze gebruikte een liniaal, een kompas, een geodriehoek, een rekenliniaal en zeven kleurpotloden. Haar plattegrond was een zorgvuldig en mooi kunststuk van 25 bij 40 centimeter groot. Als reizigster had Cathy misschien haar tekortkomingen, want in de eeuwenoude strijd tussen plattegrond en territorium om de heerschappij over de menselijke geest, was de geest van Cathy geneigd partij te kiezen voor de plattegrond. Tijdens haar eerste doelbewuste fietstocht naar de Veilige Haven – het opvangtehuis voor mishandelde vrouwen in Port Town – kon ze haar ogen dan ook nauwelijks van haar plattegrond afhouden, en dat was waarschijnlijk de reden dat ze tegen een stopbord botste, met als gevolg een bloederige wond aan haar voorhoofd.

Ze had de Veilige Haven de vorige dag gebeld en gesproken met een leidster van wie ze zich de naam niet meer herinnerde en die ze ook niet had opgeschreven, maar Cathy had haar wel laten weten dat ze een grote som geld wilde schenken. Toen ze aankwam, werd ze meteen een kamer binnengeloodst waar juist op dat moment een groepstherapie begon, naar ze aannam vanwege haar status van toekomstige donor.

In een eenvoudige kamer met afgebladderde witte muren en een armoedig grijs tapijt stonden twaalf metalen vouwstoeltjes in een kring. Acht van die stoelen werden bezet door vrouwen van wie de stemming leek te variëren van zenuwachtig tot kalm. Maar Cathy zag geen wanhoop, voorzover ze dat kon beoordelen. Ze had verwacht dat de wanhoop in hun gezichten was gegrift, maar dat was niet zo. Geen blauwe plekken of littekens, geen pokdalige gezichten als teken van hun psychisch leed. Merendeels gave en vriendelijke gezichten. Er kwamen nog twee vrouwen binnen en een van hen had het gezicht dat Cathy bij iedereen van hen verwacht had: Connie Hyde, de vrouw die Cathy ontmoet had op haar eerdere toevallige bezoek aan Veilige Haven, de moeder van de jongen die op Cathy's fiets door de gang had gereden. Het gezicht van Connie was een open boek. Het was beschreven met al het slechte dat haar ooit was overkomen. Ze had een strakke, pokdalige, met littekens bedekte huid, ze had puistjes en rond haar bloeddoorlopen ogen waren vaalgele en donkere vlekken te zien.

De vrouw die samen met Connie Hyde was binnengekomen, was dik en van middelbare leeftijd, met kort grijs haar. Ze ging zitten en zei: 'Ik zie een aantal nieuwe gezichten. Laten we eerst de kring eens rondgaan om ons aan elkaar voor te stellen.'

'Ons aan elkaar voorstellen' betekende in dit geval dat je zo snel en onhoorbaar mogelijk je naam zei. De enige die zich daar niet aan hield, die er zich zelfs aan leek te storen dat anderen zo bescheiden waren, was Connie Hyde, die zo ongeveer uitschreeuwde: 'Nou, mijn naam is Connie Hyde!', alsof ze anderen uitdaagde om haar tegen te spreken.

Toen Cathy zich moest voorstellen, viel haar op hoe meelevend de andere vrouwen haar aankeken. 'Cathy Schwartz. Ik hoef geen voorkeursbehandeling,' zei ze, en meteen besefte ze dat haar verzoek om geen voorkeursbehandeling kon overkomen als een verzoek om juist wel een voorkeursbehandeling.

'Goed,' zei de grote stevige vriendelijke vrouw. Met haar grijze haar, wijde zwarte blouse, zwarte broek en zwarte gymschoenen leek ze het uniform te dragen dat geknipt was voor een leider van een groepstherapie voor mishandelde vrouwen. 'Ik ben zuster Theresa,' zei ze. Cathy was ontroerd. Teresa was de kerknaam van de joodse martelares Edith Stein, of hoe je zo'n naam ook noemde, en de manier waarop zuster Theresa haar naam zei, duidde erop dat zij, de draagster van die naam, een levend bolwerk was van barmhartigheid en medeleven, een toevluchtsoord voor mensen die verdrietig en verslagen waren. Cathy realiseerde zich niet dat er tranen over haar wangen liepen. 'Jullie mogen me Terry noemen,' zei zuster Theresa. Dat was een opmerking die Cathy minder ontroerde.

'Connie,' zei Terry. 'Vorige week liet je ons weten dat je je nu wat veiliger bij ons voelde, en dat je ons daarom wel iets van je verhaal wilde vertellen. Hoe denk je daar nu over?'

Connie keek met grote ogen naar Cathy.

'Misschien moet je ons gewoon maar iets vertellen, wat je maar wilt. Iets wat je gedaan hebt en waar je een tevreden gevoel over hebt, bijvoorbeeld.'

'Ik heb nergens een tevreden gevoel over. In mijn leven heb ik fout op fout gestapeld. Elke keer als iemand hier iets zegt, zei je vorige week, komt dat de hele groep ten goede, en daarmee is iedereen geholpen. Nou, ik vind dat je me daarmee behoorlijk onder druk zet. Ik ben hier niet naartoe gekomen om anderen te helpen. Waarom moet dat meisje huilen?'

Iedereen keek weer naar Cathy. Cathy was bang dat ze zich belachelijk maakte, maar om haar goede bedoelingen te tonen, besloot ze dat risico dan maar te lopen, wat in elk geval een persoonlijker geste was dan haar gelddonatie, waarvan iedereen waarschijnlijk wel op de hoogte was. 'Ik huil om de kracht en de goedheid van zuster Theresa.'

'Ja da-hag,' zei Connie Hyde. 'Je huilt omdat je een klap op je harses hebt gekregen.'

'O nee! Dat is van toen ik op mijn fiets hiernaar toe reed. Ik ben per ongeluk tegen een stopbord opgereden.'

'Nou herken ik je weer,' zei Connie. 'Jij bent dat meisje dat hier een paar weken geleden met die fiets naartoe kwam, zogenaamd omdat je verdwaald was. En nou ben je terug, zogenaamd nadat je tegen een stopbord bent opgereden. Je was helemaal niet verdwaald en je bent helemaal niet tegen een stopbord opgereden. En goed liegen kun je ook al niet. Dit is een opvanghuis voor mishandelde vrouwen. Jij bent hier omdat je mishandeld bent. Ik wil niet in een groep met een leugenaarster. Die fabeltjes speld je iemand anders maar op de mouw.'

'Connie, hou daarmee op,' zei zuster Theresa met een mengeling van autoriteit en medeleven die Cathy bijna deed duizelen.

Connie keek verbijsterd. Ze stond op alsof ze wilde wegrennen en ging daarna weer zitten. Ze keek om zich heen, maar zonder naar iemand in het bijzonder te kijken. Haar strakke grijsgele huid leek zich te spannen rond de harde spieren en beenderen van haar gezicht. Ze zei: 'Het spijt me, mensen. Het spijt me, Cathy. Ik ben hier nog niet zo goed in. Ik verlies nogal eens mijn zelfbeheersing. Ik kan wel eens... hoe zeg je dat? Ik ben vergeten wat ik wilde zeggen. Ik wilde iets zeggen dat de zuster ons vorige week verteld heeft, maar ik ben vergeten wat. Mijn hoofd is... shit zeg! Wat ik jullie wil zeggen, is dit: als jullie vinden dat ik de boel aan het verzieken ben, zoals nu, dan moeten jullie dat gewoon zeggen. Dat moeten jullie gewoon kunnen zeggen, net zoals daarnet zuster Terry, want ik wil nogal eens... Dat vind ik nou juist zo fijn van de zuster, dat ze zoiets gewoon kan zeggen, maar zonder dat het klinkt als een veroordeling. Ik heb het echt nodig dat iemand zoiets tegen me zegt, zelfs als het klinkt als een veroordeling. Vroeger deed mijn vader dat. Hij zei dat tegen me, en dan verkocht hij me een dreun. "Je bent stout geweest," zei hij tegen me. "Ik snap niet hoe jij mijn dochter zou kunnen zijn." Daar draaide het bij hem altijd op uit. Ik was zijn dochter niet. Volgens mij geloofde hij echt dat ik zijn dochter niet was, hoewel ik heel erg op hem leek en net zo opvliegend was als hij en dat ben ik nog steeds.

Mijn eerste man zei het ook als ik iets verkeerds had gedaan, alleen hij zei: "Je hebt het verkloot, Connie! Je hebt het verkloot, Connie!" En heel vaak zei hij tegen me dat ik het verkloot had als ik het helemaal niet verkloot had, alleen had ik er zo'n drie jaar voor nodig om daarachter te komen. Wat mij is overkomen, komt wel vaker voor, zeggen ze. Eerst werd ik geslagen door mijn vader, daarna door mijn man, en daarna door mijn tweede man, die de vader is van mijn zoontje. Ik ben een wandelend drama, boe-hoe-hoe, maar dat zeg ik alleen om de draak met mezelf te steken en niet met jou, hoe-heet-je-ook-weer die een klap voor d'r kop heeft gekregen van een stopbord. Ach wat. Ik ben driftig. Ik zeg dingen tegen mijn man waarmee ik hem razend maak, echt waar. Goed, nou kijken jullie me dus allemaal aan alsof jullie denken dat ik een zielenpoot ben. Nou, dat is dan mijn bijdrage om de hele groep te helpen, zuster. Dankzij mij voelt iedereen zich nu een stukje beter, want ze denken allemaal dat ze beter zijn dan die ongeneeslijke zielenpoot die zichzelf voor schut zet door te praten en te praten en helemaal niks te zeggen. Zeg jij nou eens wat, stopbordmeisje.'

'Ik ga dit opvanghuis een schenking doen van 75.000 dollar,' zei Cathy.

44

Voordat logopediste Jennifer Gramsci hem had gedumpt, had ze Chris nog het een en ander bijgebracht op het gebied van de spraakrevalidatie. Ze had hem gewezen op het belang van praktische communicatieve vaardigheden. De arts moest samen met de patiënt allerlei levensechte situaties nabootsen die vereisten dat de patiënt bekend was met verschillende manieren waarop de gesproken taal gestructureerd werd – zoals in een verhaal, een uitleg of een beschrijving – en ook met de regels van het maatschappelijk verkeer, zoals die van een huwelijk, een honkbalwedstrijd, een picknick of een echtelijke ruzie. De situatie die Chris het liefst nabootste was de echtelijke ruzie. Door zijn vader te trainen voor een echtelij-ke ruzie, dacht Chris dat hij hem ook voor een echtgenote trainde. Chris had de hoop opgegeven dat neurologe Lisa Danmeyer zijn stiefmoeder zou worden, deels omdat hij hoopte dat ze zijn vrouw zou worden. Nu vestigde hij zijn hoop op een stiefmoeder die net zo achterlijk was als Bernie. Niet dat de middelbare vrouwen van het Roosevelt Revalida-tiecentrum hem nu zo vrolijk hadden gestemd. Neem die dame die door haar spraakstoornis alleen maar 'proost' kon zeggen. Toegegeven, ze kon heel ver komen met dat 'proost'. Ze kon het laten klinken als 'hallo', 'tot ziens', 'het sneeuwt' of 'geef me die afstandbediening eens aan'. Maar het vreemdst was toch dat ze 'proost' zei als ze een glaasje nam.

Toch vond Chris dat 'proost' niet de helft van een echtelij-ke ruzie kon uitmaken, en toen Cathy die middag de keuken binnenkwam, probeerde hij zijn vader zo ver te krijgen dat hij Chris uitschold om alle dure dingen die hij met zijn va-ders creditcard gekocht had. Ook Frank Dial was erbij; hij keek uit het raam, negeerde iedereen en dacht na over zaken waar verder niemand iets van wist en waar ook niemand iets van zou begrijpen.

'Cathy, wat heb jij nou?' vroeg Bernie, en hij stond op.

Bernie sprak en bewoog nog steeds alsof hij zeven meter onder water stond, of zeven meter onder bloed.

'Oeps,' zei Chris.

Voor Frank Dial was dit een gemiste kans. Nog vóór Chris en Bernie realiseerde hij zich al dat Cathy de keuken was binnengelopen, niet omdat hij haar weerspiegeld zag in het raam waar hij doorheen keek (wat wel degelijk zo was), maar omdat hij het voelde aan de tinteling die over zijn huid trok. Omdat hij gekwetst en boos was, besloot hij in een opwelling haar aanwezigheid te negeren tot ze door iemand anders werd opgemerkt, om zich daarna plotseling om te draaien en te zeggen: 'Nee maar, Catherine, wat goed om je weer eens te zien.' Maar Frank werd van zijn stuk gebracht door Bernie's onverwachte vraag: 'Wat heb jij nou?' Uit Cathy's weerspiegeling in het raam waar hij doorheen keek – of eerlijk gezegd, waarnaar hij keek – kon hij niet afleiden wat Bernie bedoelde. Hij verzette zich tegen zijn behoefte om zich om te draaien en te kijken wat er aan de hand was. Hij kwam in een onmogelijke positie terecht, want hij bleef uit het raam kijken, terwijl er toch duidelijk iets met Catherine Schwartz aan de hand was. Vijf, acht, twaalf seconden tikten voorbij en de tijd kroop voort. Frank stond met zijn rug naar wat er allemaal in de keuken gebeurde. In de keuken roerde zich het hele gezin, en hij, de idioot die er niet bij hoorde, stond uit het raam te kijken.

Het werd stil in de keuken. Chris en Bernie waren verdwenen. 'Frank,' zei Cathy. Hij had zijn ogen nu dichtgeknepen en als hij op haar stem afging, stond ze iets meer dan een meter achter hem, of misschien zelfs minder. Hij wilde zich omdraaien, maar dat lukte niet.

'Ik vind het heel mooi, zoals je mijn hand beschreven hebt,' zei ze.

Maar dit meisje wist precies wat ze moest zeggen! Hij draaide zich om, vloog op haar af, pakte haar hand en kuste die. Ze keken elkaar aan. Frank zag Cathy's hoofdwond en zijn liefdevolle ogen werden groot van schrik. Als vanzelf verdween de ruimte tussen hen in en ze vielen elkaar in de armen.

Chris kwam binnengelopen met een glas extra koud water uit de badkamer en zei: 'Godskolere.' Frank en Cathy maakten zich van elkaar los, maar hielden nog wel losjes elkaars hand vast.

Bernie kwam achter hem aan met de EHBO-trommel en zei: 'Hou je mond. Dat is niet netjes van je. Waarom zei je dat?'

'Ik weet het niet. Het spijt me. Mijn excuses aan iedereen in de keuken.'

'Ik vergeef het je, broeder,' zei Frank.

'Ik vergeef het je, broer,' zei Cathy.

Chris vond het maar niks dat zijn zus juist dit moment had gekozen om een gevoel voor humor te ontwikkelen.

Bernie zei: 'Hé hallo, daar heb je Francis Dial, de jonge... jonge... neger die mijn dochter vasthoudt.'

Frank zei: 'Kijk eens wat interessant. Hiermee is definitief het bewijs geleverd dat racisme een direct gevolg is van hersenletsel.'

'Hoezo? Wat was er dan zo racistisch aan wat mijn vader zei?' vroeg Cathy, en ze liet Franks hand los.

Het was weer zover dat Cathy en Frank elkaar niet aanraakten. Frank deed voor zichzelf de sombere voorspelling dat de toestand waarin hij zijn hele leven (minus de laatste vijftien seconden) verkeerd had de rest van zijn leven zou blijven bestaan, namelijk de toestand van het niet aanraken van Catherine.

'Het enige dat ik wilde zeggen,' zei hij, 'was dat het vreemd is om een ruimte binnen te lopen en iets te zeggen over het ras van iemand die in die ruimte aanwezig is. Het was min of meer een grapje.'

Cathy zei: 'Maar ik kan er niet om lachen, wat het is een grapje over wat er met mijn vader gebeurd is.'

'Nou, om eerlijk te zijn tegenover mij, was het ook een grapje over het feit dat ik zomaar een "neger" genoemd word, waar ik me ongemakkelijk onder voel.'

'Maar wie wil er nou eerlijk zijn tegenover jou?' vroeg Chris, die zijn eigen misplaatste grapje toevoegde aan de wirwar van misverstanden en gekwetste gevoelens.

'Als ik het goed begrijp wil jij dat niet, je zus niet en ook je vader niet,' zei Frank, en hij liep de keuken uit, zodat hij zijn korte ontmoeting met Cathy beëindigde zoals hij die begonnen was, door haar te negeren.

'Ben je nou tevreden?' vroeg Cathy aan Chris, die ook wegliep.

Gedurende het daaropvolgende halve uur zat Cathy aan de keukentafel en wachtte geduldig tot haar vader de wond op haar voorhoofd had schoongemaakt en er een pleister op had geplakt.

45

Op een donderdag aan het eind van de ochtend hing Cathy Schwartz in de Veilige Haven rond, het opvanghuis voor mishandelde vrouwen. Ze was op haar geliefde wijnrode fiets hiernaartoe gekomen in de hoop wat papierwerk te kunnen verzetten in verband met haar royale schenking, maar ze kon geen papierwerk verzetten, want dat was er niet, tenzij je de cheque als papierwerk beschouwde, maar die had ze al getekend en afgegeven aan zuster Terry, de grootmoedige allesoverheersende maatschappelijk werkster die bovendien de aardigste zuster was die Cathy ooit ontmoet had, net zo onverstoorbaar en efficiënt als een reusachtig vriendelijk kantoorgebouw. Cathy had het gevoel dat niemand op Gods aarde haar met zoveel tact had kunnen uitleggen dat ze verder geen groepstherapieën in de Veilige Haven mocht bijwonen, omdat ze strikt genomen niet mishandeld was, zoals vastgelegd in de missieverklaring van de Veilige Haven. De manier waarop zuster Terry haar had afgewezen, getuigde van zoveel eerbied voor de gevoelens van Cathy en zoveel bezorgdheid om de vrouwen van wie Cathy hoopte dat ze met haar schenking geholpen waren, dat Cathy het gevoel had dat haar geld goed besteed was.

En toch was Cathy niet tevreden, was Cathy niet gelukkig, was Cathy niet voldaan. Ze had gemerkt dat ze haar vader niet al te veel of al te zeer kon helpen zonder de jaloezie van haar broer te wekken. Ze zag dat Chris op zijn eigen lukrake, onhandige en soms idiote manier goede vorderingen maakte met de revalidatie van hun vader. Nou ja, eigenlijk vielen die vorderingen nogal tegen, maar hij was er in elk geval mee bezig en als ze ouder was geweest dan zestien had ze misschien een manier kunnen bedenken om Bernie de revalidatie te geven die een volwassene nodig had en waar hij recht op had, maar ze was nog maar zestien, en met alle wijsheid en tolerantie die ze als zestienjarige kon opbrengen, besloot ze om zich niet te mengen in het revalidatieprogramma dat Chris voor zijn vader had uitgedacht. Het zou Cathy hebben getroost om haar vader te kunnen troosten, maar ze besloot dat op te offeren omwille van die mysterieuze band tussen vader en zoon, en ze deed haar best daar niet jaloers op te zijn, want ze deden het immers niet om haar te pesten. Het was zelfs niet iets wat ze déden; het was er gewoon.

Maar nu ze het offer bracht om haar vader vrijwel niet te helpen, liep ze met haar ziel onder haar arm. Niet dat ze het erg vond een offer te brengen. Maar het zinde haar niet dat haar offer zo passief was. Ze wilde een gróots offer brengen, dat gepaard ging met zware inspanningen, een heldere en afgebakende taak, een offer dat haar fysiek pijn deed, in plaats van dat ze fysiek ongeschonden op haar trieste wijnrode meisjesfiets rondzwierf door Bellwether County. Cathy was er klaar voor om zich helemaal te geven, maar niemand wilde haar.

Ze maakte haar fiets omzichtig vast aan een parkeerbord voor de ingang van de Veilige Haven. Nu de mensen haar liefde niet wilden, besloot ze een stapje terug te doen en zich om de dingen te bekommeren, zoals de kleine fiets die haar trouwe metgezel was.

'Da's een flink slot dat je daar hebt.' Aldus de blonde zoon van Connie Hyde. Hij stond op de drempel van de Veilige Haven, bij de deur van glas en metaal, een jongen van negen die zijn hangplek al gevonden had.

'Ik wil niet dat iemand hem steelt.'

'Wie zou dat dan willen?'

Cathy vroeg zich af of dat bedoeld was als een belediging aan het adres van haar fiets, maar omdat hij negen was, besloot ze van niet. 'Er zijn genoeg mensen die geen fiets kunnen betalen en er toch eentje willen.'

'Niemand wil deze,' zei hij. 'Dat donkerrood is lelijk.'

'Toen je er vorige maand op fietste, had je er anders niks op tegen.'

'Dat was binnen. Ik zou er nooit mee naar buiten gaan.'

'Er is niemand die dat van je vraagt,' zei Cathy.

'Mijn papa woont hier vlakbij.'

'Ik denk niet dat hij mijn fiets zou stelen.'

'Hij heeft al een fiets.'

'Zie je hem vaak?'

De jongen keek haar aan alsof ze iets stoms had gezegd, een beetje zoals Connie Hyde dat deed, minus de bijna totale wanhoop en de jarenlange misère. 'Ik zie hem elke dag.'

'O. Woon je dan bij hem?'

'Natuurlijk. Hij is mijn papa.'

'Ik dacht namelijk dat je bij Connie Hyde woonde.' Cathy wilde 'je mama' zeggen, maar het kwam eruit als Connie Hyde.

'Natuurlijk woon ik bij Connie Hyde. Zij is mijn mama.'

'Dus jouw mama en papa wonen bij elkaar?'

'Ja. We horen bij elkaar.'

'Ik ging ervan uit dat een vrouw die naar een... O, nou ja. Je hebt gelijk, natuurlijk. Wat weet ik daar nou van. Mijn mama en papa zijn uit elkaar.'

'Mijn mama en papa waren uit elkaar, maar dat was maar voor een maand. Nu wonen ze weer samen en mijn papa slaat mijn mama bijna nooit meer.'

'Dat is... fijn,' zei Cathy.

Connie Hyde verscheen in de deuropening. Cathy was bang dat ze weer de volle laag zou krijgen, niet omdat ze zo vrijmoedig sprak met de zoon van Connie Hyde, maar omdat ze Cathy was. Maar vandaag verkeerde Connie in andere sferen. Ze was milder, vergevensgezinder. Ze had zelfs een mildere blik in haar ogen, en Cathy vroeg zich af of ze een nieuwe manier had bedacht om make-up aan te brengen, iets waar veel behoefte aan was, want soms zijn het kleine en oppervlakkige dingen die leiden tot grondige en dramatische veranderingen in de manier waarop iemand in het leven staat.

'O, hallo. Jij bent dat grappige meisje dat tegen een stopbord aan fietste,' zei Connie, die van achteren haar armen om haar zoontje heen sloeg. 'Charlie, heb je haar soms om een afspraakje gevraagd? Charlie is gek op meisjes.'

'Charlie en ik hadden een goed en eerlijk gesprek met elkaar,' zei Cathy, alsof ze vandaag niet zonder een kleine afstraffing kon. De ogen van Connie Hyde schoten vuur, maar doofden daarna weer snel.

'Nou, het is goed om eerlijk te zijn,' zei Connie alsof ze het uit haar hoofd had geleerd. 'Charlie, zeg ik niet altijd dat het goed is om eerlijk te zijn?'

'Nee.'

'Nou, je weet uit de evangeliën dat Jezus het goed vond om eerlijk te zijn, hoewel ik even niet meer weet hoe hij dat ook alweer uitdrukte. Maar van nu af aan zal ik het je vaker zeggen, Charlie. Ik vind dit de fijnste tijd van het jaar.' Connie keek om zich heen naar de grauwe gebouwen in het zuidelijk deel van Port Town, alsof daar de tijd van het jaar aan af te lezen was.

'De lente?' vroeg Cathy.

'De vastentijd,' zei Connie. 'Om twaalf uur gaan we naar de mis in de kerk van Sint Andrew. Zin om mee te gaan?'

'Hm,' zei Cathy. Ze gingen lopen en Cathy liep mee. Ze had van de vastentijd gehoord, maar wist niet precies wat die inhield. Als ze het goed begreep, was het een periode van onthouding, en dat sprak haar wel aan. Ze was al eens naar een mis geweest, maar daar was haar niets van bijgebleven. Ze wist weinig van de katholieke kalender, of van de rituelen, de leer, de kerkgeschiedenis of de liturgie. Ze had het gevoel dat de essentie van het katholicisme haar daarom ontging, maar tegelijk vond ze dat ze haar eigen weg moest vinden. Ze moest van God houden voordat ze Hem leerde kennen, want wat was geloven anders? Als ze iets had geleerd van het leven van de joodse martelares en katholieke heilige Edith Stein, was het dat een teveel aan kennis een hindernis was op de weg naar het geloof. In het geloof had ze eindelijk een weg gevonden die maximaal profijt kon trekken van haar domheid en onwetendheid. Ze had zich vast voorgenomen niet zo iemand te worden die alles beter wist. De verhevene zal vernederd worden en andersom.

Connie, Charlie en Cathy liepen achter elkaar de kerk van Sint Andrew binnen, een gebouw dat er vanbuiten heel gewoon uitzag, maar vanbinnen een hoge, donkere, strenge, spelonkachtige en, nou... verheven indruk maakte. Connie zei: 'Vroeger was dit een kantoorgebouw. Toen kreeg de kerk een enorm geldbedrag van iemand die zelfs nog rijker was dan jij en daarna hebben ze de boel hier uitgebroken. De tussenverdiepingen zijn eruit gesloopt en alles is gerenoveerd om het een beetje op een kerk te laten lijken.'

Links van de ingang was een halfrond fonteintje in de muur gemetseld en daarboven hing een klein gemetseld kruisbeeld. Connie doopte haar vingers in het water en sprenkelde dat in de vorm van een kruis over haar gezicht en nek. Ze zei tegen Charlie dat hij hetzelfde moest doen, en dat deed hij. 'Moet ik dat ook?' vroeg Cathy.

'Waarom vraag je mij dat?'

'Omdat ik niet weet hoe het werkt.'

'Ben je geen katholiek?'

'Ik zei toch dat ik joods ben.'

'O shit, helemaal vergeten. Wat stom dan dat ik je heb meegevraagd.' Connie wilde iets anders zeggen, maar bedacht zich. 'Of nee, eigenlijk is het zo gek nog niet dat ik je heb meegevraagd. Laat dat wijwater maar zitten. Schuif aan bij mij en Charlie. Het komt erop neer dat je opstaat als iedereen opstaat, en dat je gaat zitten als iedereen gaat zitten. Straks komt er een moment dat de mensen naar voren lopen, en dan krijgen ze druivensap en een koekje van de pastoor,' zei ze met een knipoog naar Charlie. 'Dat koekje en die druivensap kun je beter overslaan. Je wilt niet weten wat erin zit.'

Cathy wist dat Connie een grapje maakte ten koste van de kerk, al wist ze niet wat of waarom. 'Mag je zoiets wel zeggen?' vroeg ze.

'Een jood vraagt een katholiek of je zoiets wel mag zeggen,' zei Connie, maar ze riep zichzelf tot de orde, want het was de vastentijd. 'Eigenlijk best een goeie vraag. Of ik zoiets mag zeggen. Misschien niet.'

'Wat is de vastentijd?' vroeg Cathy.

'Dat is de tijd waarin je boete doet voor je zonden en iets opgeeft wat je normaal gesproken graag doet.'

'Wat geef jij op?'

'Nou, mensen die ik dom vind werken normaal gesproken nogal op mijn zenuwen, maar nu geef ik dat op, en wat ik ook opgeef, is dat ik boos word op mensen die op mijn zenuwen werken.'

'Is dat dan iets wat je normaal gesproken graag doet?'

'Nou, volgens zuster Terry heb ik het heel snel in de gaten als mensen dom zijn. Meestal geeft ze me gelijk, maar misschien is het niet eens zo goed om meestal gelijk te hebben, want dat is een soort van hoogmoed, en dat is slecht. Niet dat zuster Terry ooit zal zeggen dat ze iets goed of slecht vindt, want dat mag niet van haar opleiding tot maatschappelijk werkster, maar iedereen weet heus wel wanneer zuster Terry iets goed of slecht vindt, dus eigenlijk is ze een leugenaarster, op een aardige manier dan.'

'Nou, je doet nu in elk geval aardig tegen mij,' zei Cathy.

'Dat doe ik omdat ik je anders een dreun zou verkopen. Nee, geintje.'

'Mama slaat mij nooit. Alleen als ik het verdiend heb,' zei Charlie. Cathy vroeg zich af of Charlie niet een beetje achterlijk was voor zijn leeftijd.

Ze liepen door het gangpad van de kerk en halverwege het altaar vonden ze een lege bank. Connie Hyde zakte naast die bank op een knie, maakte een snel gebaar in de buurt van haar gezicht, en ging op het bankje zitten. Charlie deed hetzelfde.

Cathy vroeg: 'Moet ik dat ook doen? Wat betekent dat?'

Connie zei: 'Je stelt veel vragen die iemand dom zou noemen als die iemand het niet voor de vastentijd had opgegeven om te zeggen dat iets dom was.'

Cathy keek naar de nepwelvingen van het plafond en vroeg zich af wat dat allemaal te betekenen had. Connie keek naar Cathy, die het hoofd in haar nek legde, zodat Connie haar keel zag. Connie hoopte dat dit meisje buiten de kerk nooit op die manier haar keel zou laten zien. Ze stelde zich voor hoe ergens in het havengebied die keel tegen het blad van een mes aanliep, of nee, tegen het gekartelde blad van een lintzaag. Ze stelde zich voor hoe die zaag door die blanke gladde keel sneed. Ze probeerde zichzelf ervan te weerhouden om zich dat voor te stellen, maar dat lukte niet. Connie zou haar keel nooit op zo'n manier laten zien, zelfs niet in de kerk. Als ze naar het plafond wilde kijken, deed ze dat alleen met haar ogen, niet met haar hele hoofd. Om te overleven, vond ze, kon een mens zich niet veroorloven om aardig te zijn. Aardig zijn was iets voor dommeriken, zoals dit joodse meisje, dat waarschijnlijk op jonge leeftijd vermoord zou worden, gewoon omdat ze zo aardig was. Connie wist dat het slecht van haar was om dat te denken. Of nee, niet slecht, ongepast. Ongepast voor een christen. Sterker nog, ze wist dat het er niet eens om ging dat het ongepast was. Waar het dan wel om ging, daar kon ze de vinger niet op leggen.

Cathy zag twee donkerrode linten die drie verdiepingen hoog aan het plafond hingen. De pastoor dook op van ergens achter in de kerk – of misschien was het voor in de kerk – gekleed in een plechtig wit gewaad met lange mouwen dat tot aan de grond reikte en een extra lange donkerrode sjaal die hij om zijn nek en over zijn buik had hangen, alsof de pastoor zelf een kerk was in de vorm van een mens, gekleed in overeenstemming met de kerk van steen. Hij stak zijn armen in de lucht, zodat ze een boog vormden of een ondiepe kom waarin God zoete wijn of wijwater kon gieten. Hij vertelde het een en ander, en er kwam een man in een pak naar voren die las uit het boek Jesaja. 'Bedrog' was een woord dat telkens terugkwam en Cathy had het gevoel dat ze het moest onthouden, al wist ze niet waarom. De pastoor kwam terug naar het podium en las voor uit het Evangelie volgens Matteüs. Cathy luisterde en keek vanuit een plekje in haar binnenste, een duizelingwekkend aandachtig plekje, de kleine kern in haar ribbenkast die alleen bereikbaar was voor gewaarwordingen en gedachten die door de onverzettelijke lagen vlees, spieren en ribben wisten heen te dringen. Tegen de tijd dat zinnen in de Engelse taal daar waren aangekomen, klonken ze als in een andere taal, misschien wel Latijn. Ze stond op en ging zitten, stond op en ging zitten, deed mee met het publiek. De pastoor vroeg alle aanwezigen met hem te bidden en moedigde de mensen aan om te vertellen waar ze God om wilden vragen. 'Dat Dan weer helemaal beter wordt,' zei een vrouw. 'Hulp voor mensen die verslaafd zijn aan drugs of alcohol,' zei een man. 'Een bijzondere intentie,' zei een man, en een andere man en een vrouw zeiden het hem na. Cathy vroeg zich af wat die bijzondere intentie was, en wat er zou gebeuren als ze God met een bijzondere intentie om iets vroeg, in termen van wat ze kon zien, horen, voelen of weten. Ze zou God nooit op die manier om iets durven te vragen, maar het raakte haar dat mensen die echt in de problemen zaten dat wel durfden. Ze hoopte dat Connie Hyde iets zou vragen, maar dat deed ze niet. Ver bij Connie vandaan hoorde ze andere mensen zachtjes hun vraag aan God prevelen. Overal in Port Town, in Bellwether County en in kerken door heel Amerika werd op dat moment de mis gevierd, en overal ter wereld waar de mis werd gevierd, prevelden mensen zachtjes wat ze van God wilden; duizenden, miljoenen mensen spraken tegelijk tot God met stemmen die verdronken in de galmende kerkakoestiek, en die zich verenigden tot één grote smekende onverstaanbare gekwelde stem. Die enkele ontzagwekkende stem drong door tot de kleine kern, het aandachtige zenuwcentrum achter Cathy's ribben. Cathy wilde dat iedereen die iets zei, kreeg wat hij wilde, maar ze wist dat de meesten van hen alleen maar meer van hetzelfde kregen, of misschien zelfs iedereen. Wat waren de mensen toch stakkers; God moest hen wel een treurig zootje vinden. Connie zag Cathy huilen, pakte haar hand, voelde dat hij nat en week was als die van een ongeboren zoogdier uit zee, en liet hem weer los. De pastoor zei: 'Onze Vader in de hemel, uw naam worde geheiligd.'

Het duizelde Cathy, zozeer zelfs dat ze tijdens het sacrament moest gaan zitten. Ze vond het onvoorstelbaar wat zich voor haar neus afspeelde: mensen die zich vleselijk met God verenigden, die seks hadden met God, als je afging op de postcoïtale kalmte en uitputting die van hun gezicht viel af te lezen als ze van het altaar wegliepen en terugkeerden naar hun bank. Cathy was volkomen van slag, maar op een geweldig boeiende manier.

Toen de mis voorbij was, gaf ze Connie en Charlie een spichtig kusje en verontschuldigde zich. Ze voelde zich mooi, bijna vroom; ze had het gevoel dat ze voor alles openstond en wilde zich daar nog even niet voor afsluiten. Ze voelde de behoefte zich te verenigen met de fiets die haar zo dierbaar was. Ze rende naar haar fiets, een paar huizenblokken verderop, bevrijdde hem van zijn kluisters en klom er schrijlings bovenop. Ze fietste in een razende vaart naar de haven, om in de buurt te zijn van het reusachtige water. Ze was niet bang voor het water. Jezus was een zeeman, had ze geleerd uit de bijbel of een of ander popliedje, en terwijl ze op haar wijnrode fiets langs de kust reed, voelde ze de vochtige lucht van Long Island Sound op haar gezicht.

Ze fietste langs de rand van het zuidelijk deel van Port Town. De mis had haar vervuld van een gevoel waarvan ze vaak dacht dat God het voor de mensheid wilde verbergen – een gevoel van blijdschap – en nu vroeg ze zich af of ze die blijdschap voor zichzelf wilde houden of zou verspreiden. Het was niet christelijk of katholiek zo'n blijdschap voor jezelf te houden, maar ze wilde haar ook niet kwijt. Ze was bang hier om zich heen te kijken, want misschien zag ze wel een ontzettend ellendige sloeber die vanwege zijn ontzettende ellende een vacuüm vormde waarin prettige gevoelens ontbraken, met als gevolg dat haar eigen prettige gevoelens die kant op werden gesluisd en aan Cathy ontsnapten.

Ze wist aan Port Town te ontkomen. Ze hoefde alleen nog maar een aantal boomrijke straten door en dan was ze thuis.

46

Op het moment dat Cathy kwam aangefietst met bij zich de ongeschonden bloem van haar religieus ontwaken, was Francis Dial om mysterieuze redenen de enige levende ziel in huize Schwartz. Niet alleen was Frank aanwezig in huize Schwartz, maar hij stond zelfs in de deuropening van huize Schwartz en keek naar het deel van de wereld dat zichtbaar was vanuit het bijzondere perspectief van huize Schwartz, waar hij niet alleen werd omlijst door de voordeur, maar door het hele huis, want links en rechts strekte zich een evenredige hoeveelheid van de lichte woning uit, en Frank zelf leek het kleine donkere hoofd en de borstkas van een magnifiek wezen met stralende vleugels van twee verdiepingen hoog.

Ineens verlangde Cathy ernaar haar fiets op het gras te gooien en op hem af te rennen, maar dat deed ze niet, want ze had haar redding ongetwijfeld te danken aan de liefdevolle omgang met haar fiets. Ze keek naar het zonlicht dat speelde over het knappe gezicht van Francis Dial en deed drie pogingen om haar fietsstandaard met haar voet omlaag te duwen. Ze voelde zich vrij en vrolijk, maar ze was bang dat ze haar gebruikelijke ontoegankelijke zelf zou zijn voor ze bij Frank was en contact met hem zou maken. Ze ploeterde met het slot, morrelde aan het slot. Laat dat verdomde slot toch zitten. ZET HEM NETJES OP SLOT. Zo. Cathy vloog in razende vaart op Frank af. Frank leunde tegen de deurstijl en had geen flauw idee wat er gebeurde en wat er te gebeuren stond. Ook Cathy wist dat niet, al vloog ze in een tempo van vijfentwintig kilometer per uur op Frank af. Haar lippen botsten op die van hem. Ze deinsde achteruit, vroeg zich af wat ze aan het doen was, had daar geen antwoord op en dook daarna met haar mond die van hem binnen. Het leek wel of ze huilde, maar het was geen huilen. Het leek wel of Frank lachte, maar het was geen lachen. Ze duwde hem door de stralende voorgevel van het diepe donkere huis naar binnen. Ineens lagen ze op het tapijt, op de vloer van de vroegere werkkamer van haar vader, waar ze zich ooit voor Frank verstopt had, uit schaamte voor de manier waarop hij haar hand op papier beschreven had.

'Waar zijn Chris en mijn vader?'

'Aan het vissen.'

'Vissen?'

Ze lagen op de grond en Frank kuste Cathy. Een van hen begon met de wederzijdse worsteling om zich van elkaars kleren te ontdoen, zonder dat nog duidelijk was wie nu eigenlijk wat deed. Het deel van Cathy dat (meestal kritisch) commentaar leverde op wat Cathy deed, was vrijwel verdwenen. Het weinige dat ervan overbleef, wilde weten – toen ze naar de pezen van zijn bovenarmen greep en in zijn magere schouders beet, toen er een druppel bloed vloeide en er een schok door hem heen ging, toen ze die schok voelde als een kramp die door haar eigen lichaam trok – waarom het niet juist Gods wil was dat ze dit deed en dit voelde, nadat Hij was ingegaan tot het lichaam van Connie Hyde en Cathy naar Zijn kerk had geleid. En daarna wist niemand meer wie nu welk geluid maakte, of wiens vlees een traktatie was voor wie, als een sappige tropische vrucht of een boterzachte cake. Als er daar op de vloer in Bellwether, Connecticut nog steeds een Cathy was die los stond van Frank, was dat geen verlegen vrome Cathy die zich achter haar eigen ribben verschool en van daaruit alles in de gaten hield. Ze was aan het verwilderde eind van haar zenuwen, en verder dan dat, ze was doorgedrongen tot het lichaam van Francis Dial en voelde het genot dat ze hem gaf. O wat een knappe man, wat een heerlijk gevoel, wat een vreselijke man, hij drukte haar op de grond, hield haar gevangen en deed haar pijn, ze zou zich nooit meer uit zijn greep kunnen bevrijden. Waar waren ze eigenlijk? Ze keek om zich heen. Ze lagen ergens achter of naast de bank, half op het tapijt, half op de harde vloer, en ze voelde een dikke poot van de bank in haar onderrug drukken. Daarna vergat ze weer waar ze was, en ze schrok ervan dat ze niet meer wist waar zij eindigde en hij begon. Ze moest aan dat vreselijke gevoel ontsnappen. Ze deed haar ogen weer open en zag achter het vensterraam een edelhert voorbijrennen. Tegelijk overviel haar een fysieke sensatie die zo onverdraaglijk fijn was dat ze moest schreeuwen om er een eind aan te maken. Toen kwam er een eind aan. Het drong tot haar door dat Frank haar tegen de zijkant van de bank beukte. Toen kwam ook daar een eind aan. Ze wilde huilen, maar er kwamen geen tranen. Haar rug drukte tegen de zijkant van de bank. Van voren was ze nog steeds één geheel met Francis Dial. Haar achterhoofd drukte tegen een muurplint en ze lag met haar wang op de houten vloer, een strook van ongeveer dertig centimeter breed tussen het tapijt en de muur. Ze keek naar de uitgesleten zwarte en bruine houtnerven. Ze bestudeerde de piepkleine rimpels in een van Franks vingers, die toevallig binnen haar gezichtsveld kwam. Ze voelde zich eenzaam. Ze bewoog zich niet en sprak niet, en hetzelfde gold voor Frank. Ze bleven lange tijd roerloos en zwijgend liggen op de vloer van haar vaders vroegere werkkamer. Ze verklaarde zichzelf voor gek dat ze seks en God door elkaar had gehaald. In beide was ze een beetje teleurgesteld. Beide hadden een hartstocht bij haar gewekt die sterker was dan ze ooit voor mogelijk had gehouden, maar als ze probeerde te begrijpen wat die hartstocht betekende, of als ze een verwoede poging deed dat gevoel terug te halen, dan lukte dat niet.

'Ik hou van je,' zei Frank. Cathy vond dat een belachelijke opmerking.

47

Een avond laat in de lente, Bellwether, Connecticut, v.s. Boven het harde zwarte asfalt voor het huis van de familie Schwartz hing een zachte zwoele lucht. Chris en Bernard legden het hoofd in de nek en keken naar de hemel, die bevlekt was met sterren.

'Hoe heten die sterren?' vroeg Bernie.

'Eentje ervan heet Serieus.'

'Welke?'

'Weet ik niet.'

'Laten we namen voor de sterren bedenken, zoals we dat gedaan hebben voor de planten... struiken.... bosjes... bomen.'

'Daar heb ik nu geen puf voor.'

'Heb je iets te roken?'

'Mijn god, doe toch niet altijd zo afhankelijk. Een kwartiertje geleden vroeg je me dat ook al.'

'Echt waar?'

'Soms denk ik wel eens dat je hersenletsel heel wat minder is dan je me wil doen geloven.'

Chris keek naar het hoofd van zijn vader, dat beschenen werd door de maan en de lamp boven de huisdeur. Een paar strengen van zijn weerbarstige grijze haar bewogen heen en weer op het zachte lentebriesje. De horizontale en verticale rimpels op zijn voorhoofd leken dieper dan eerst, net als de rimpels die bij zijn neusvleugels begonnen en zijn mond tussen twee haakjes leken te plaatsen. Zijn kin en zijn natte ogen hadden iets weemoedigs. Het viel niet mee om de zoon te zijn van een man.

'Ik ga wel naar binnen om te kijken of ik ergens een verdwaalde sigaret kan opsnorren.' Chris liep via de achterdeur naar binnen, hoorde stemmen in de keuken en ging een kijkje nemen. Hij bleef in de deuropening staan en zag Frank en zijn zus met dampende bekers en hun hoofden vlak bij elkaar aan de keukentafel zitten. Normaal gesproken zou hij met een sarcastische opmerking zijn binnengestormd. Maar nu werd hij weerhouden door een gevoel dat misschien iets met volwassenheid te maken had. Hij liep weg en schudde zijn hoofd. Wat hij onder ogen had gekregen, maakte iets bij hem wakker waar hij te moe voor was, en dus verborg hij het ergens in zijn binnenste, op een plek waar het niet door zijn gedachten kon worden verstoord, hoewel het geen plek was van waaruit het zijn gedachten niet kon verstoren, want zo'n plek bestond niet.

In zijn kamer vond hij een pakje mentholsigaretten dat hij een jaar geleden had gekocht om mee te nemen naar een feestje en er vrouwen of desnoods meisjes mee te versieren. Wat leek dat lang geleden! Hij was sindsdien bijna nooit op feestjes gevraagd, en daarvoor trouwens ook niet.

Hij nam het pakje mee naar de oprit en gaf zijn vader een sigaret. Bernie hield de extra lange sigaret in de palm van zijn rechterhand, die nog steeds niet precies deed wat Bernie's hersens wilden en dat ook nooit meer zou doen. Hij balde een vuist, zodat de sigaret aan twee kanten anderhalve centimeter naar buiten stak, het tabakseinde door zijn gevouwen pinkje en de mentholfilter naast zijn onderste duimknokkel. 'Geef eens een vuurtje,' zei hij, terwijl hij zijn vuist voor het gezicht van zijn zoon hield.

'Neem je me nu in de maling?'

'Wat?'

'Waar haal je eigenlijk het idee vandaan dat je rookt?'

'Ik begrijp de vraag niet.'

'Waar haal je het idee vandaan dat je sigaretten rookt?'

'Je wilt weten waar ik mijn ideeën vandaan haal?'

'Weet je dat dan?'

'Cathy zegt dat ideeën van God komen.'

'Cathy kan de pot op.'

'Chris.'

'Sorry, pap.'

'Dokter Danmeyer zegt dat ideeën elektrische im... im... prikkels zijn in je lichaam.'

'Ongelooflijk hoe moeilijk het is een normaal gesprek met jou te voeren.'

'Sorry, Chris.'

Chris zag het gezicht van zijn vader in het licht van de maan, de lamp en zijn eigen projectie, en hij kon het verdriet, het verlangen en misschien ook de angst ervan aflezen. Bernie's aandoenlijke en erbarmelijke hulpeloosheid had hem doodmoe gemaakt, en hij was ook doodmoe van zijn verlangen om hulp te bieden aan deze man, die altijd van hem gehouden had maar hem bijna nooit had geholpen.

'Goed dan,' zei Chris. 'We beginnen langzaam en voorzichtig. Als je echt wilt leren roken, moet je de meesters van de kunst nadoen. Doe je vuist eens open.'

Bernie opende zijn handpalm en de sigaret viel op de grond. Chris raapte hem op en stak hem tussen Bernie's tanden. 'Goed, ik zie dat je nog steeds wat coördinatieproblemen hebt met je hand, en dus beginnen we met de manier van roken van Clint Eastwood, waar de hand vrijwel niet aan te pas komt.' Chris kneep zijn ogen tot spleetjes en stond op de oprit te grijnzen. Hij trok zijn lippen naar achteren en ontblootte zijn tanden. 'Zo kijkt Clint Eastwood.'

'Weet je op wie je nu lijkt?'

'Nou?'

'Marlene Dietrich.'

'Wie is dat?'

'Een Duitse filmactrice met een zware hese stem en een enorme... eh... enorme... eh... seksuele aantrekkingskracht.'

'Nou, dat kan kloppen. Nu je het zegt, geloof ik dat de westerns van Clint Eastwood eigenlijk een verbeelding zijn van de Duitse mythologie en moraal, maar dan geprojecteerd op de vlakten van het Noord-Amerikaanse continent.'

'Hoe weet je dat?'

'Dat weet ik niet, maar ik heb ontdekt dat als ik allerlei jargon aan elkaar plak, de meeste mensen me wel willen geloven.'

'Echt waar?'

'Nee. Ze denken dat ik uit mijn nek klets, wat op zichzelf wel weer grappig is.'

'Echt waar?'

'Nee.'

Ze stonden in de roerloze avondlucht en keken naar het

zwarte asfalt van de oprit. Vader en zoon dachten beiden helemaal nergens aan, alsof ze mediteerden. Ongeveer een kilometer noordwaarts hoorden ze piepende banden en daarna een harde klap.

'Nog meer coma's voor Danmeyer,' zei Chris.

Hij keek weer naar zijn vader, concentreerde zich op het gezicht van zijn vader.

'Als je het goed vindt, wil ik je nu graag die Clint Eastwood/Marlene Dietrich techniek zien toepassen, vader,' zei Chris. 'Maak van je mond een spleetje, steek die peuk in je waffel en laat maar eens zien, die grijns.'

'Hoe maak ik van mijn mond een spleetje?'

'Je maakt hem zo breed mogelijk en je doet je tanden een beetje van elkaar.'

'Ik dacht dat spleetje een vies woord was voor vagina.'

'Nee, dat bedoel ik niet. Kom op vent, open die bakkes van je.'

'Welke bak?'

'Je kaken, man. Trek die kaken van elkaar.'

'Ik raak erg in de war van al die schuttingtaal.'

'Kom op, vriend. Stop hem erin.'

'Zijn dat vieze praatjes die je me nu vertelt?'

'Niet dat ik weet, maar wat weet ik nou?'

'Waarom praat je zo raar tegen me?'

'Laat me je iets belangrijks leren over het menselijk gedrag. Als mensen iets doen of zeggen, doen ze dat meestal zonder speciale reden, dus met dat soort vragen kom je niet zo ver in het leven. Laat mij die sigaret nu maar in je mond stoppen, goed? Straks raak ik nog achterop met mijn hele lesprogramma.' Bernie deed zijn mond open en Chris stak de sigaret tussen zijn lippen. 'Nou grijnzen als een cowboy, bandiet, desperado, Duitse nachtclubzangeres.' Bernie brieste door zijn neusgaten en plooide zijn gezicht tot een idiote grimas. Met zijn baard van twee dagen oud en zijn hangende oogleden zag hij eruit als een kapotte afgedankte waterspuwer. 'Ho maar, ho maar. Dat werkt dus niet,' zei Chris. 'We proberen de Dean-o, de methode Dean Martin. Dat lijkt me wel iets voor jou. Het vraagt om een totale gezichtsontspanning.' Chris deed zijn vader voor hoe hij zijn gezicht moest ontspannen. Hij schudde even met zijn hoofd, pruttelde een beetje met zijn lippen en bracht een paar klinkers voort. Bernie deed hem zo goed mogelijk na. 'De tanden doen dit keer niet mee. Het is lippen voor en lippen na. Je moet die sigaret gewoon laten hangen, op deze manier.' Chris stak de peuk in zijn eigen bakkes en zei: 'Kijk, als je praat, hoef je alleen maar het natuurlijke vocht van je lippen te gebruiken om dat ding op zijn plaats te houden, en tegelijkertijd doe je je best om zoveel mogelijk je hele gezicht te ontspannen.' Tijdens het spreken bewoog de sigaret op en neer. 'Mond open en proberen maar.'

'Ik wil zelf de sigaret in mijn mond steken,' zei Bernie. 'Ik vind het niet prettig als jij dat doet.'

Chris gaf de sigaret aan Bernie, die hem in zijn mond stak. 'Laat nou maar eens zien, die Dean-o,' zei Chris.

'Ik wil gewoon roken.' Chris duwde een doosje lucifers in de hand van zijn vader. Bernie duwde het terug. 'Geef me een vuurtje.' Chris gaf hem een vuurtje en wilde al het huis binnensluipen en de deur met een knal achter zich dichtslaan, toen Cathy en Frank hand in hand naar buiten kwamen.

'Wat een prachtige avond,' zei Frank.

Verzaligd inhaleerde Bernie de rook van zijn sigaret. Op dezelfde manier inhaleerde Cathy de buitenlucht. Chris was geen deskundige op het gebied van menselijke relaties, maar hij wist dat Cathy en Frank het met elkaar gedaan hadden, en dat besef maakte hem razend. Cathy keek voorzichtig naar de drie mannen die om haar heen stonden. Frank voelde zich gelukkig. Bernie genoot van zijn sigaret. Ze bleven zwijgen en hoorden het geluid van sirenes, op weg naar het verkeersongeval, ongeveer een kilometer naar het noorden.

Frank maakte zich zorgen om zijn moeder, die secretaresse was en vaak tien uur per dag moest werken; Cathy vroeg zich af wat er na de dood met de ziel gebeurde; Chris hoopte dat er een bekende bij het ongeval betrokken was; Bernie ging op in zijn sigaret; Cathy en Frank keken elkaar nieuwsgierig aan; ze probeerden allebei te raden wat de ander dacht; Frank hoopte dat Cathy net zo veel van hem hield als hij van haar; Cathy wist hoeveel hij van haar hield en hoopte dat ze net zo veel van hem kon houden; Chris keek naar zijn beste vriend en zijn zus en was jaloers, boos, verontwaardigd; Bernie dacht aan zijn ex-vrouw Lila Munroe en overwoog hoe fijn het zou zijn weer met haar getrouwd te zijn, maar hij voelde wel aan dat hij nooit meer zou trouwen en nam als troost een trekje van zijn sigaret. Chris zei iedereen gedag en ging naar binnen. Hij klom de trap op en liep naar het raam van zijn kamer die uitkeek over de oprit. Nu hij weg was, had hij het gevoel dat de anderen zich wat meer konden ontspannen. Ze stonden dichter bij elkaar en spraken. Overal waar Chris kwam, verspreidde hij ongemakkelijke gevoelens.

Hoe kon die lul van een Frank het hem aandoen om zijn zus te neuken? Hoe kon dat katholieke wicht het hem aandoen om zijn beste vriend te neuken? Welke afschuwelijke vereniging van lijven en lichaamssappen had plaatsgevonden in hetzelfde huis waarin Chris zich nu lijfelijk ophield? Ze was niet alleen zijn zusje, maar ook het zustertje, dus hoe durfde ze eerder met iemand naar bed te zijn geweest dan hij?

Chris ging op bed liggen en vroeg zich af wanneer hij zou veranderen. Hij staarde naar het platte eindige firmament van zijn plafond. Er werd van hem verwacht dat hij ooit opgroeide. Maar hoe moest hij dat doen? Hoorde een geestelijk trauma die ontwikkeling juist niet te versnellen? Hoorde iemand dan niet merkbaar wijzer of gekker van verdriet te worden als zijn ouders waren gescheiden en zijn vader permanente hersenbeschadiging had opgelopen? Maar er gebeurde niets. Of beter gezegd, er gebeurde van alles, maar Chris bleef gewoon zichzelf. Hij vroeg zich af welke ernstige persoonlijke calamiteit hem moest treffen om hem wijzer te maken.

48

Het werd zomer. Lila Munroe was niet echt een advocate. Ze was gewoon niks. Ze reed in de auto naar El Cuerpo, Californië, de woonplaats van Morris Danmeyer. Er was iets gaande tussen haar en Danmeyer, maar daar zou ze vanmiddag een punt achter zetten, want ze hield niet van autorijden. Bovendien was hij een onderontwikkelde dominante sukkel. Maar het belangrijkst was toch dat autorijden, niet alleen van haar, maar ook van hem. Het was gewoon zonde van de tijd om van Heart Valley naar El Cuerpo te rijden en andersom. Het deed er niet toe wie in de auto zat en wie thuis zat te wachten tot de auto in zicht kwam. Tijdens zo'n rit kon er niet gedacht of gewerkt worden, en ontspannen kon ze zich ook al niet, of het nu Lila zelf was die reed of Moe Danmeyer, gepensioneerd pianoverkoper, kok, verhalenverteller, knuffelbeer, klootzak die haar altijd de baas wilde zijn. Als hij naar Heart Valley kwam, werd Lila hoorndol van het thuis zitten wachten en vloog ze van hot naar her zonder iets gedaan te krijgen. Jawel, ze was een rijke machtige vijfenveertigjarige advocate die evenveel gekweld werd door de romantische liefde als een onzeker twaalfjarig meisje met een te grote beugel en te kleine borsten, behalve dan dat die twaalfjarige verzot was op de liefde maar er doodsbang voor was, terwijl Lila een hekel had aan de liefde en alle verwachtingen die daardoor werden gewekt. Des te erger dat zij en niet Moe Danmeyer die dag in de auto zat. Haar rit naar El Cuerpo was één langdurig bijna-ongeluk. Het moest maar eens afgelopen zijn; het was over en uit tussen Munroe en Dan-meyer.

Beste seks in jaren. Nou ja, beste seks in jaren, de atletische seks met Sextus Mann even niet meegerekend. Maar dit viel in een andere categorie: de beste postcoïtale bescheidenheid, of liever gezegd, de beste postcoïtale aandacht voor het feit dat ze niet van postcoïtale aandacht hield, de beste postcoïtale ik-lig-hier-aan-mijn-kant-van-het-bed-en-zit-je-niet-te-dicht-op-de-huid-maar-ben-toch-in-de-buurtbescheidenheid.

Dus als ze daar een punt achter wilde zetten, waarom zat ze dan weer in de auto? Ze zat weer in de auto omdat Danmeyer voor een cultuurbarbaar nog redelijk fatsoenlijk was en als hij al geen respect bij haar wekte, dan wekte hij toch tenminste bij haar de behoefte om te doen alsof. Omdat ze in de afgelopen maanden zo vaak intiem met elkaar waren geweest, in elk geval lichamelijk, vond zelfs Lila dat een telefonische afhandeling ongepast was. En dus reed ze het godganse eind naar zijn huis om vijf minuten met hem te praten en daarna weer het godganse eind terug te rijden. Ze maakte zich geen illusies dat de terugweg makkelijker zou zijn; haar hele zaterdag was hoe dan ook verpest, geruïneerd, weggegooid, tijdsverspilling, een on-dag, zo ongeveer alsof ze een dag eerder stierf dan in de sterren stond geschreven.

Ze beklom de zes redwoodkleurige traptreden van Moe Danmeyers veranda. Hij was zo eigenzinnig geweest om zijn voordeur te laten weghalen, zodat iedereen die zijn huis in wilde, eerst om moest lopen naar de veranda aan de achterkant. Ze wist niet eens hoe je zoiets deed, een voordeur weghalen. Een deur was van zichzelf toch al iets dat was weggehaald? Misschien had hij haar voor de gek gehouden met dat verhaal. Voor een kerel die in feite een dikke brallerige behaarde scotchslurpende bulderbast was, had hij een opvallend subtiel gevoel voor een humor die haar ook wel eens ontging. Het was bloedheet in El Cuerpo en Lila hoopte maar dat ze hier geen zonnesteek zou oplopen.

Moe verwelkomde haar in een zwart-wit geruite plusfour, een shirt van zwarte badstof en de marineblauwe plastic sandalen die hij sinds zijn pensionering droeg. Het was altijd zomer in huize Danmeyer. Hij opende de glazen schuifpui en blokkeerde de doorgang naar zijn woonkamer. 'Je bent gekomen om het uit te maken,' zei hij.

'Nou, nee,' zei ze. Het was ongelofelijk dat hij haar nu al te slim af was; een onvoorstelbaar belachelijke man die zijn toevlucht nam tot de belachelijkste tactieken die de mensheid kende.

'Ach, hou toch op,' zei hij. 'Ik ben veertienduizend jaar oud. Al meer dan een miljoen vrouwen hebben het met mij uitgemaakt. Mijn eigen vrouw heeft het met me uitgemaakt, vijf minuten voordat ze doodging. Dat was haar idee van een goede mop.'

'Nu moet je niet je overleden vrouw erbij gaan slepen. Dat is niet eerlijk. Ik heb een ex-man die in coma heeft gelegen,' zei Lila niet ter zake.

'Ze had een hersentumor, wat grappig is als je bedenkt dat onze dochter nog maar net aan haar studie neurologie was begonnen.'

Ze had een hekel aan situaties waarin het leek alsof mannen slimmer waren dan vrouwen, en met 'situaties' bedoelde ze elke keer dat ze iets had met een man.

'We wisten allebei dat ze nog maar kort te leven had, want ik stond op het punt haar te euthanaseren, of hoe je dat ook noemt, en ze zegt: "Ik maak het uit met je." "Wat?" zeg ik. "Ik kap ermee. Je staat op het punt me te vermoorden en dat vind ik reden genoeg om bij je weg te gaan." Waarop ik zeg: "Maar we hebben die beslissing toch samen genomen?" En zij zegt: "Nou ja, ik was je ook wel spuugzat." Mijn vrouw gaat sterven en ze wil er een komische act van maken. Ik ben er helemaal klaar voor om haar de morfine toe te dienen, en zij neemt me nog een keer te grazen met iets wat mijn pet te boven gaat. Mijn dochter heeft hetzelfde gevoel voor humor, maar dan erger.'

Lila voelde hoe de moed haar in de schoenen zonk en zei: 'En dat vertel je me nu omdat je wilt dat ik medelijden met je krijg. Je wilt liever dat ik blijf uit medelijden dan dat ik wegga.'

'Wie heeft het over medelijden? Ik probeer je iets te vertellen over mijn ruime ervaring met dames die het met mij uitmaakten. En de meesten van hen hebben het niet overleefd.'

'Is dat een dreigement?'

'Ik geef je alleen de feiten. En dat er een zeker eigenbelang meespeelt, is iets wat ik onder ede niet zou ontkennen.'

'Het is een dreigement.'

'Ik heb maar één vraag: als je hiernaartoe bent gekomen om het uit te maken, waarom draag je dan dat sexy topje en die afgeknipte korte broek, die je geen centimeter korter had moeten knippen, want dan was het een riem geweest?'

'Het is bloedheet.'

'Vertel mij wat.'

'Ik heb geen plezier in deze relatie. Ik heb er meer ellende van dan plezier.'

'Dat is een heel goede reden om het uit te maken. Maar voordat je bij me weggaat, nu eerst een laatste nummertje.'

'Je wilt nu nog een nummertje maken?'

'Een mooie gedachte, maar dat bedoel ik niet. Ik wil een nummertje voor je spelen op de piano.'

'Nee. Ik moet gaan.'

'Weet je wat?' vroeg hij, en hij zette een stap naar achteren. 'Ik ga daar gewoon piano zitten spelen. Het liefst zou ik je daarbij op schoot nemen, maar je kunt tijdens het spelen ook op de veranda blijven staan of zelfs naar je auto lopen en wegrijden, als je dat liever hebt, want dan hoef je in elk geval niet te zien dat ik vijf glazen scotch achteroversla als je vertrokken bent.'

Nog steeds op schertsende toon. Dat had ze niet verwacht. Chagrijn, dat begreep ze en daar kon ze mee omgaan. Sextus Mann was chagrijnig geweest toen ze hem verteld had dat ze geen seks meer met hem wilde. Depressiviteit, dat begreep ze en daar kon ze mee omgaan. Toen ze Bernard Schwartz vertelde dat ze bij hem wegging, had hij op zijn rug op hun bed in de slaapkamer gelegen, zijn ogen afgedekt met zijn rechterhand en zijn linkerarm zo ver mogelijk uitgestrekt of uitgegooid over de volle breedte van het bed, met een wezenloze blik in zijn ogen, roerloze ledematen, en zonder dat er ook maar enig geluid ontsnapte aan welk lichaamsdeel ook, de aanblik en de uitstraling van een dode, een gedenkwaardige momentopname waaraan ze zelfs nu nog minstens een keer per week terugdacht en die ongetwijfeld een belangrijke plaats zou innemen in haar laatste gedachte op aarde. Maar hoe kon je bij iemand weglopen die de andere kant op liep om piano te gaan spelen?

Idioot die hij was, begon Moe Danmeyer een liedje te spelen dat 'No Greater Love' heette. Hij had grote dikke vingers die het klavier overal tegelijk leken te bespelen. Hij had op provisiebasis samengewerkt met de beste pianostemmer van heel Midden-Californië, en ondanks zijn amateuristische inzet en pedaalgebruik resulteerde dat in de weelderigst denkbare combinatie van klanken. Het was niet zozeer de melodie van 'No Greater Love' die hij speelde, maar dikke vette akkoorden van wel twaalf of vijftien noten tegelijk die achter het ritme aansjokten en in de verte aan de melodie deden denken, waar ze de spot mee wilden drijven, waar ze geen gelijke tred mee hielden en zelfs onderuit wilden komen, zo leek het. Het was gewoon een lachertje, zoals hij 'No Greater Love' speelde, zoals het ook een lachertje was hoe hij omging met het feit dat ze hem verliet. Toen Moe klaar was met het lied, stond Lila op de drempel, leunde tegen de deurstijl en tikte met haar voet op de grond, niet op de maat, maar uit ergernis.

'Geef me verdomme een scotch,' zei ze. 'Een kleintje maar, want over vijf minuten stap ik in de auto. En als je mij die scotch hebt gegeven, moet je het niet wagen weer aan die piano te gaan zitten.'

'Waar wil je dan dat ik ga zitten?' vroeg hij, terwijl hij een glas in schonk.

'Gewoon. Op een stoel of bank.'

'En waar ga jij dan zitten?'

'Ik ga niet zitten. Ik drink mijn borrel hier, waar ik sta – dank je – en ik zal je in het kort uitleggen waarom ik bij je wegga, en daarna wil ik graag een fatsoenlijke reactie.'

'En als we dat nu eens doen terwijl je bij mij op schoot zit?'

'Hou op met die geintjes! Zie je dan niet dat ik boos ben?'

'Goed. Sorry. Ik wil gewoon niet dat je bij me weggaat.'

'Maar wil je dan helemaal niet weten *waarom* ik bij je wegga? Wil je dan niet weten waarom ik zo ontevreden ben over onze relatie, zodat je tegen me kunt zeggen dat je wilt veranderen, dat je beter je best wil doen?'

'Niet echt. Ik heb liever dat je bij me blijft, ook al voel je je ellendig.'

'Hou nu toch eens op!'

'Zeg, meisje. Eerst maak je het uit, en daarna ga je me commanderen. Dat kan echt niet, hoor.'

'Waarom ga je dit gesprek niet met mij aan?'

'Zoals ik al zei, ik ben honderdvijftig jaar oud, ik ben een man en ik woon in El Cuerpo, Californië, op een steenworp afstand van de Californische hoofdstad. Als je over je relatie wilt praten, dan moet je naar de kust. Neem een kerel die half zo oud is als ik, stap in een cabriolet met uitzicht over de Stille Oceaan en praat dan fijn over je relatie. Voor het gesprek dat jij wilt, moet je iemand hebben die geboren is na 1960, en dat doe je in Heart Valley, of in een van die kuststeden waar dat gebruikelijk is. Als het om zo'n gesprek gaat, zitten we hier al zo ongeveer in het Midwesten. Ik dacht dat je zei dat je over de veertig was. Je zei er niet bij dat je je kon aanstellen als een meisje van vijftien. Hou je er niet van om heen en weer te pendelen? Heb je iets tegen mijn bierbuikje? Stink ik uit mijn mond? Kun je niet lachen om mijn grapjes? Goed, rot dan maar op en droom rustig verder. Ik wil geen vriendin van vijftien. Dat is kindermisbruik.'

Lila zei een tijdje niets. Ze huilde. Ze nipte aan haar scotch. 'Je hebt me daarnet beledigd.'

'Klopt.'

'Je stinkt inderdaad uit je mond.'

'Weet ik.'

'Dat komt door al die scotch.'

'Ongetwijfeld.'

'Gebruik mondspoeling.'

'Goed.'

'Poets eens wat vaker je tanden.'

'Goed.'

'Nu kom ik bij je op schoot zitten.'

'Goed.'

Dat deed ze. De bank waarop ze zaten, stond vlak naast de piano. Hij stak zijn linkerhand uit en speelde een paar lage tonen, terwijl zijn rechterhand onder haar donkerrode topje glipte.

'Je bent niet goed bij je hoofd, wist je dat?' zei ze. 'Als ik jou was, zou ik mij niet vertrouwen.'

Ze hadden nog een fijne tijd op de bank tot de zon onderging.

49

Drie uur voordat de zomer begon in Californië, begon hij in Connecticut. Terwijl haar moeder in noordelijke richting reed om het uit te maken met de vader van haar vaders neurologe, deed Cathy verdomme een plasje voor een zwangerschapstest. Cathy was erg veranderd sinds ze regelmatig naar de mis ging en aan seks deed. Op zo ongeveer elk denkbaar terrein was ze vrijer geworden. Ze stond in de tuin en wachtte op de uitslag van dat wonder van de medische wetenschap en de farmaceutische doelgroepmarketing. Een van de terreinen waarop ze vrijer was geworden, was die van de moraal. De moraal kon haar de pot op, had ze twee minuten geleden besloten. Het staafje van de zwangerschapstest stond boven in de badkamer en Cathy stond buiten in de tuin. Ze stond in min of meer zondige staat tegen de witte berkenboom die haar vader buiten haar medeweten Cathy had genoemd, maar die hij op advies van zijn zoon had omgedoopt tot Phyllis, naar niemand in het bijzonder, waarmee hij bewezen had dat hij abstract kon denken. Het was warm op deze twintigste juni en Cathy drukte haar gezicht tegen de ruwe papierachtige bast van Phyllis. Ze voelde een intimiteit met de natuur die ze nog niet eerder had ervaren, of het moest die ene keer zijn dat de Stille Oceaan haar bijna had verzwolgen, of die tien of twaalf keer dat zij en Frank Dial zo heftig hadden geneukt dat ze op dat moment of vlak daarna even niet meer wist waar ze was. Maar nu genoot ze van haar rustige samenzijn met de boom, kort voordat ze zou weten of ze zwanger was.

Ze liep de trap op naar de badkamer boven. 'De badkamer boven' klonk haar nu als een leugen in de oren. Zelfs de trap waaraan ze haar hele gewicht toevertrouwde, leek haar een leugen. Het hele idee van 'een huis in de voorstad' was een leugen, of een flauwe grap; geen grap van God, maar een grap die de mens met zichzelf uithaalde, de mens met zijn onuitputtelijke voorraad onbedoelde humor.

Een halfuur later vloog ze met haar wijnrode fiets de korte oprit van Franks huis op. Niet dat ze zich hierop verheugde. Dat was ook al zo'n grap van de mens: taal als communicatiemiddel. Cathy tilde haar wijnrode fiets op en smeet hem tegen het twee verdiepingen hoge huis waar Frank woonde. Aan de andere kant van het huis was Franks moeder Renata in de tuin bezig. Ze had een wijde comfortabele joggingbroek en een bloemetjes t-shirt aan en ze hoorde de wijnrode fiets niet tegen de matbruine bakstenen van haar huis kletteren. Renata Dial wist niet wat er te gebeuren stond. Frank wist niet wat er te gebeuren stond. Cathy wist wat er te gebeuren stond, maar ze kende de gevolgen niet.

Terwijl Cathy buiten stond en met een schuldig gevoel haar fiets opraapte, zaten Frank en Chris binnen tegenover elkaar naar een folksong te luisteren. Ze hadden de kleinste van de twee zitbanken door de woonkamer van Franks moeder gesleept en tegenover de grootste geplaatst. Frank zat op de grootste zitbank en Chris zat op de kleinste, een tweezitsbankje. Tussen hen in stond de salontafel en op die salontafel stond Franks draagbare cassettespeler met zijn kleine draagbare speakers. Chris en Frank bogen zich voorover, keken naar het apparaat, luisterden samen naar een liedje en leverden fluisterend commentaar. Ze hadden geen idee dat Cathy over ongeveer tien seconden hun gezamenlijke isolement zou doorbreken met een mededeling die hun leven op zijn kop zou zetten.

Chris vroeg: 'Zingen ze nu *Sea Lion Woman* of *See the Lyin' Woman?*'

Frank zei: 'Het is een ramp om met jou naar zwarte folkmuziek te luisteren.'

Cathy kwam binnen. Frank en Chris keken haar aan. Chris liep zo snel mogelijk de kamer uit. Cathy deed haar mededeling en Frank dacht terug aan de talloze weken en jaren die aan haar mededeling vooraf waren gegaan als een tijd waarin minder dan vijftig procent van wat hem overkwam ellendig was geweest. Hij had het idee dat nu en gedurende de rest van zijn leven meer dan vijftig procent van wat hem overkwam ellendig zou zijn en ellendig zou blijven. Cathy was er met haar mededeling in geslaagd het geheel van de tijd zoals Frank die kende in twee afzonderlijke tijdperken te verdelen, gescheiden door een kloof die slechts in één richting kon worden overbrugd. Niet dat hij dat Cathy kwalijk nam. Hij wist dat de tijd niet door die mededeling in tweeën was gedeeld, maar door de onbedoelde bevruchting die had plaatsgevonden na ongeveer tien minuten neuken, en dat deze mededeling daar alleen maar het onvermijdelijke gevolg van was. Zijn eerste reactie was om zijn kleine draagbare cassettespeler met kracht op de grond te smijten. Tot verbazing van hen beiden zagen ze de onderdelen alle mogelijke kanten op schieten of met een grote boog door de donkere woonkamer vliegen. Cathy was nieuwsgierig naar wat Frank daarna zou doen. Dit was een interessant moment in Cathy's leven, en ze had er bijna lol in.

Als je je geplaatst zag in de positie van Chris Schwartz, stond je nu ineens in de keuken van Frank Dial zonder precies te weten wat er in de woonkamer gebeurde, maar wel met een donkerbruin vermoeden, en op hetzelfde moment dat je iets hards op de vloer van de woonkamer hoorde uiteenspatten, stond je echt van jezelf te kijken, want voordat je er erg in had, liep je door de achterdeur naar buiten en probeerde je een gesprek aan te knopen met de vreselijke moeder van Frank Dial.

Was het overdreven om te zeggen dat er een doem lag op Chris in zijn relatie tot vrouwen? 'Dag Renata,' zei hij, om redenen die alleen God kon begrijpen.

Renata zat op haar knieën en Chris zag haar iets raadselachtigs met de aarde doen, wat vrouwen ook wel 'tuinieren' noemen. Haar hoofd kwam met een ruk omhoog en na hem een blik te hebben toegeworpen, liet ze het weer langzaam zakken.

'Het spijt me, mevrouw Dial, het was niet mijn bedoeling u Renata te noemen, maar ik werd nogal afgeleid, van de wijs gebracht, uit het lood geslagen, zo u wilt, door alle vreemde dingen die er binnenshuis gebeuren tussen uw zoon en mijn zus, zonder nu precies te weten wat.' Zouden we de plank nu echt misslaan door te beweren dat Chris eigenlijk helemaal zichzelf was als hij op deze manier tegen een (meestal oudere) vrouw sprak, namelijk dat hij zich halsoverkop in het gesprek stortte, alle zelfbeheersing liet varen en zichzelf verloor in een soort explosieve jazz, een vrije improvisatie op het thema van de 'conversatie'?

'Chris, ik ben aan het tuinieren,' zei Renata Dial bot. Als hij de zoon van Renata Dial was geweest, vond Chris, was hij al lang neergestort in een poging de ijzige muren van haar strenge vesting te beklimmen. We zullen misschien wel nooit te weten komen waar hij het lef vandaan haalde om door te praten.

'Wat gaat u daar planten? Gladiolen? Forsythia's? Chrysanten? Tulpen? Rozen? Madeliefjes? Seringen? Lelies? Afrikaantjes? Fresia's? Magnesia's? Ik ben dol op tuinieren. Doe het al jaren. Weet er alles van. Kan ik ergens mee helpen? U zegt het maar.'

'Ga weg.'

Chris torende zwijgend boven Renata Dial uit, zijn luidruchtigste weerwoord tot nu toe.

'Wat sta jij hier nou nog?' vroeg ze.

'Ik denk na.'

'Zeg, doe me een lol.'

'Wat voor lol?'

Voor de tweede keer kwam haar hoofd met een ruk omhoog en liet ze het weer langzaam zakken.

'Ik denk na,' zei Chris. Hij wist niet zeker wat Renata deed – schoffelen, dacht hij – maar ze deed het krachtiger dan eerst. 'Van de drup terug in de regen, dat is zo ongeveer de strekking van mijn gedachten,' ging hij verder. 'Ik bedoel, om hier weg te gaan en het huis weer binnen te lopen, want als ik me niet vergis, gebeuren daar heel vreemde dingen waarvan ik het fijne niet eens weet.'

Renata vloog overeind en keek Chris recht aan. 'Jij bent om gek van te worden! Het verbaast me niks dat je vader een beroerte heeft gekregen.'

'Ik heb in elk geval niet zo'n kutwijf van een moeder.'

Renata, die zo'n dertig centimeter kleiner was dan Chris, liet haar metalen schoffeltje vallen en gaf hem een pets in zijn gezicht. Chris lachte. Ze gaf hem nog een pets, dit keer harder. Hij maakte een sierlijke draai om zijn as en eindigde met gespreide handen, als in een Broadwaymusical. Hij probeerde zijn ondraaglijke angst en woede de baas te worden met een imitatie van Fred Astaire, en zei: 'En nu dansen, Ginger!' Ze stampte met haar voet. Hij stampte met zijn voet en maakte voor de tweede keer een zwierig handgebaar. Ze duwde hem opzij en liep naar binnen. Hij huilde.

Frank verzamelde de meeste onderdelen van de draagbare cassettespeler die hij op de grond had gesmeten. Sommige onderdelen liet hij maar liever liggen. Cathy zag hem ernaar kijken, ergerde zich eraan dat hij ze niet opraapte en deed het toen maar zelf. De manier waarop ze met de vernielde cassettespeler omgingen, zag Cathy als voorteken van de manier waarop zij en Frank met de zwangerschap zouden omgaan. Het beloofde weinig goeds, maar ook weinig kwaads.

Frank Dial ging weer op de grote of grootste bank zitten en Cathy tegenover hem, op de kleinere, lagere, minder comfortabele bank, alsof Frank een sollicitatiegesprek met haar voerde. Ze spraken met elkaar over de scheiding van kerk en staat, al wisten ze geen van beiden waarom. Het had iets te maken met het recht op abortus, en misschien ook met wat Frank 'mijn besluitvormingsproces' noemde, in één adem met 'jouw baarmoeder'. Anders dan de katholieke kerk had Cathy geen principiële bezwaren tegen abortus. Toch vond ze het niet zozeer ondenkbaar als wel een vreemd en naar idee dat de foetus uit haar baarmoeder kon worden opgezogen. Ze gebruikte letterlijk die woorden 'uit haar baarmoeder opgezogen', want dit was de nieuwe, vrije Cathy, bezield door God en seks. Ze klampte zich niet langer vast aan het onechte meisjeachtige fatsoen dat ze voor waarachtige vroomheid had aangezien. God had haar tot leven gewekt, en in de afgelopen maanden had ze besloten dat het haar belangrijkste roeping was om te leven, terwijl dat idiote fatsoen, dat haar eeuwig en altijd als een mens zonder begeertes wilde afschilderen, alleen maar een poging was om te voorkomen dat ze leefde. En nu ze het leven letterlijk met zich meedroeg, kon ze niet toestaan dat dit leven op brute en mechanische wijze uit haar zachte rode buik werd verwijderd.

Frank bedacht dat zo'n zwangerschapstest niet betrouwbaar was. Hij vond dat Cathy naar de dokter moest, of beter nog, dat ze naar een andere stad moest verhuizen, ver weg, om jarenlang niks meer van zich te laten horen.

Voordat dit allemaal voorbij was, zouden alle betrokkenen nog talloze keren van gedachten veranderen, vaak binnen het tijdsbestek van een minuut. Cathy zag dat wel aankomen en besloot ter plekke, op het kleinere en minder comfortabele bankje, dat het er alleen om ging wat ze zelf wilde. Ook daarover zou ze nog talloze keren van gedachten veranderen.

Renata Dial kwam de woonkamer binnengestormd. Ze had daarnet Chris Schwartz een klap verkocht. 'Waarom staat die bank daar?' vroeg ze.

'Dat heb ik gedaan, moeder.'

'Waarom?'

'Omdat Chris en ik tegenover elkaar wilden zitten.'

'Jouw vriend Chris is niet langer welkom in mijn huis,' zei Renata. 'Dus zet die bank maar terug.'

'Maar wacht, ik ben nog niet klaar,' zei Frank, die vanmiddag net als alle anderen de grenzen van het fatsoen opzocht. 'Ik wil de bank daar laten staan, zodat ik zo lang mogelijk naar Catherine Schwartz kan kijken, want ik hou van haar.'

Renata Dial wist dat jongens vanaf een zekere leeftijd alles deden om hun moeder te choqueren. Jongens grepen elke gelegenheid aan, schakelden alle omstanders in, deinsden er zelfs niet voor terug lichtzinnig om te springen met de gevoelens van hun rare vriendinnetjes, als ze de kans zagen hun moeder te choqueren, al was het maar voor vijf seconden, hoe vaak ze ook van hun moeder hadden gehoord dat ze altijd beleefd moesten blijven, vooral tegen hun moeder.

'Catherine Schwartz is zwanger van mijn kind,' zei Frank.

'Catherine, is dat waar?'

'Ja, mevrouw Dial. Ik ben zwanger, en ik heb besloten om het kind te houden.'

'Laat ik een sapje voor je inschenken,' zei Renata, en ze maakte zich uit de voeten. Even later in de keuken speet het haar dat ze niet wist hoe ze had moeten reageren, en dat ze het nog steeds niet wist. Wat moest ze in godsnaam zeggen tegen deze twee kinderen, van wie de een haar zoon was en de ander dat rare meisje in wier onderbuik hij zijn penis had gestoken en zijn sperma had geloosd, terwijl het in dit stadje wemelde van de rijke en losbandige blanke meisjes, zodat er ongetwijfeld nog heel veel andere onderbuiken ter beschikking hadden gestaan van deze knappe en welbespraakte zwarte knul.

Renata liep terug naar de woonkamer met twee grote glazen cranberry-appelsap en vroeg: 'Weet je het zeker?'

'Zwangerschapstest,' zei Frank.

'Jullie vertellen me dit op grond van alleen maar een zwangerschapstest?'

'Ik ben een maand over tijd. En trouwens, die zwangerschapstest is voor 97 procent betrouwbaar, mevrouw,' zei Cathy, die haar dat percentage gewoon onder de neus wreef, want dat was de manier waarop de nieuwe Cathy zoiets deed.

Renate zei: 'Als je echt zwanger bent, zal ik elk besluit steunen dat jij en mijn zoon hierover nemen. Maar jullie moeten er goed over nadenken en er zo openhartig mogelijk met elkaar over praten, hoe oppervlakkig jullie liefde voor elkaar ook is – want laten we wel wezen, we hebben het hier over de voorbijgaande bevlieging van twee tieners – en alleen dan kunnen jullie tot een besluit komen waar jullie allebei vrede mee hebben, en dan bedoel ik het besluit om het kind niet te houden.'

'Onze liefde is niet oppervlakkig. Ik hou van hem en hij houdt van mij. Ik weet dat hij een baan zal zoeken om voor ons kind te kunnen zorgen en zodra we oud genoeg zijn, gaan we trouwen.'

'Francis, is dat wat jij en Cathy hebben besloten?'

Frank knikte. Hij had het gevoel alsof hij in een smalle diepe afgrond viel, terwijl zijn handen en voeten met metaalkleurige tape op zijn rug waren vastgebonden.

Chris Schwartz kwam onverschrokken de kamer binnenlopen. 'En je studie dan?'

'Hou je mond,' zei Renata. Ze ging een sapje voor hem halen. Ze herinnerde zich nog nauwelijks wat er kort tevoren in de tuin tussen hen tweeën was voorgevallen. Ze kwam terug, ging naast Cathy op de kleinere bank zitten en legde haar hand op Cathy's knie, wat in de minimalistische lichaamstaal van Renata Dial een monumentaal gebaar was. Chris Schwartz zat op de grotere bank, naast zijn onhandelbare beste vriend Frank Dial. Ze waren allemaal stil. Chris probeerde iets grappigs te bedenken om hen op te vrolijken of te pesten. Renata vroeg zich af wat er was terechtgekomen van de man die háár bezwangerd had, een man die ze lang voor Franks geboorte uit haar leven had gebannen. Frank en Cathy dachten terug aan de verschillende keren dat ze seks hadden bedreven. Chris zei: 'Voorwaar, een onbevlekte ontvangenis.' Hij kreeg te horen dat hij zijn kop moest houden.

50

Het was een zwoele zomeravond en toen Chris van de Dials naar huis was geslenterd, werd hij overvallen door een verlangen waar mensen met levenservaring meestal wel raad mee wisten. Chris wilde levenservaring, en dan vooral op de twee terreinen waar hij het minst van wist: geld en vrouwen. Van beide wist hij niets. Vanuit de gedachte dat je uit boeken veel kon leren, had Chris wel eens geprobeerd iets te lezen over geld of vrouwen, maar het enige dat hij slaapverwekkender vond dan een boek over geld was een boek over vrouwen. Boeken over armoede of mannen, daar kikkerde hij juist weer van op. Als hij een boek over mannen had gelezen, of over armoede, gaf hem dat zoveel energie dat hij niet wist waar hij het zoeken moest. Boeken over mannen én armoede ging hij uit de weg, want die zouden hem te veel aangrijpen, en dan was hij bang dat hij zich asociaal zou gaan gedragen.

Hij was er eigenlijk op tegen, maar toen hij thuiskwam, nam hij toch maar een glaasje goede scotch. Een goede scotch was een van de dingen die hij gekocht had van de 75.000 dollar die zijn opa hem had nagelaten. (Wat hij verder tot nu toe gekocht had: een middelgrote Amerikaanse auto die hij niet kon laten registreren omdat hij geen rijbewijs had, en die daarom zonder nummerborden stond te schitteren in de garage van zijn burgermanswoning; een maandvoorraad comfortabele sokken.)

Het was één grote ellende. Iedereen maakte belangrijke veranderingen in zijn leven door, behalve Chris. Cathy was zwanger, Frank werd op achttienjarige leeftijd vader, Bernie was achterlijk, Lila was verliefd op een grote joodse knuffelbeer die ook nog eens de vader was van de droevige neurologe Lisa Danmeyer. Maar wacht eens even, er was nog iemand die misschien wel net zo'n saai leventje leidde als hij: de droevige neurologe Lisa Danmeyer. Hij belde haar op.

'Danmeyer.'

'Wie is daar?'

'Schwartz.'

'Schwartz wie?'

'Haha, heel leuk. Ik bel om te vragen hoe het ermee gaat.'

'Nou, Schwartz, vanmorgen heb ik een dode gereanimeerd, vanmiddag heb ik een been geamputeerd, en vanavond heb ik de hersens van een mens door die van een varken vervangen. Niks bijzonders, dus eigenlijk.'

'Dat dacht ik al.'

'Wat dacht je al?'

'Bij mij precies hetzelfde!'

'Wat is precies hetzelfde?'

'Geen zier te beleven!'

Lisa slaakte een zucht. Het was te belachelijk voor woorden, maar ze voelde zich op haar gemak bij Chris Schwartz. 'Hoe bedoel je, geen zier te beleven?' vroeg ze.

'Om mij heen gebeurt van alles, maar ik blijf gewoon dezelfde sukkel die ik altijd geweest ben. Wil je met me naar bed?'

'Nou, goed.'

'Echt?'

'Nee.'

'Wreed, hoor.'

'Weet je wat, Schwartz? Als een van ons beiden tachtig wordt zonder het te hebben gedaan, dan mag je het met me doen.'

'Gaaf, zeg.'

Kon het zijn dat Danmeyer al bijna was bezweken voor de verleidingskunsten van Chris Schwartz, liefdeskampioen? Met anderhalve scotch achter de kiezen en La Danmeyer in gedachten gaf Chris zich over aan een kort moment van hartstochtelijke zelfbevlekking, wat uitliep op een moment van diep doorvoelde walging dat 0,67 seconden duurde. Maar in het geval van een diep doorvoelde walging is 0,67 seconden al bijna een eeuwigheid. De belangrijkste vraag waar jongemannen al sinds mensenheugenis mee worstelen, is wat men aanmoet met de opeenstapeling van talloze momenten als deze, en er is nog nooit iemand met een enigszins bevredigend antwoord gekomen.

Wanneer men dit universele probleem ook nog eens combineerde met de algehele lamlendigheid van Chris Schwartz, leidde dat tot een aanhoudende verwarring en onmacht, onderbroken door korte perioden van een uitzinnige bedrijvigheid die meestal op niets uitliep. Hij was licht aangeschoten, zwolg in zijn eigen weemoed en had het gevoel dat hij iets moest doen waar de mensheid baat bij had. Hij zat in zijn hoekje van zijn comfortabele slaapkamer in Bellwether, Connecticut, wierp een futloze blik op zijn computerscherm, slaakte een zucht en opende een nieuw document. Hij koos een neutraal font en typte: 'Voorlopige aantekeningen voor een voorstel betreffende de eerste website ter wereld die zich bezighoudt met het thema van de rassenvermenging, ter beoordeling voorgelegd aan Francis Dial.'

'In deze zorgelijke en zorgwekkende tijden,' schreef Chris, en hij nam nog een flinke slok whisky, 'zijn we op een punt aangekomen dat rassenvermenging – dat wil zeggen, de voortplantingsactiviteiten van twee mensen van verschillend "ras" – niet langer een activiteit is die beperkt blijft tot de willekeurige gril van her en der een stelletje, minzaam getolereerd door de samenleving als geheel. Waarom? Welnu, door onze roekeloze en blinde toewijding aan de toegepaste wetenschap als middel om onszelf te verheffen, hebben wij als mensheid onze traditie van wantrouwen, haat en geweld verruimd met een vernietigende technologie die zo efficiënt is dat hij ons van onze ergste vijand dreigt te verlossen, namelijk onszelf.

Voordat ik verderga met dit voorstel, moet ik toegeven dat ik me hier niet op mijn best toon, want ik ben dronken, mijn hoofd doet pijn omdat jouw moeder mij vanmiddag twee keer een klap heeft gegeven, en bovendien bestaat de kans dat La Danmeyer verliefd op mij wordt, misschien zelfs vanmiddag nog. Ik wil bovendien graag van dit moment gebruikmaken om te erkennen dat ik me eigenlijk nog nooit op mijn best heb getoond, en daarvoor is geen excuus mogelijk.

De stand van zaken die ik in de eerste alinea ter sprake bracht, voordat ik mijzelf onderbrak om op te merken hoe waardeloos die alinea was, laat ons eigenlijk geen keuze: we zullen de rassenvermenging als grondbeginsel moeten aanvaarden; we moeten de rassenvermenging stelselmatig inzetten als middel om de populatie te vergroten; we moeten de verdiensten van de rassenvermenging wereldwijd propageren en stimuleren, en in alle wereldmarkten projecten starten die daartoe een aanzet geven.

In het licht van mijn beperkte capaciteiten als scotchdrinker en spreekbuis van de rassenvermenging, geloof ik afdoende antwoord te hebben gegeven op de vraag: Waarom nu? Dat gezegd hebbende, en zonder slapende honden wakker te willen maken, blijf ik zitten met de dringende vraag: Waarom rassenvermenging? Het antwoord is vrij eenvoudig en wordt pas ingewikkeld en verwarrend als ik degene ben die het moet uitleggen: conflicten tussen mensen zijn het gevolg van het valse onderscheid dat samenlevingen door de eeuwen heen hebben gemaakt tussen twee groeperingen die ik voorlopig zal aanduiden als "wij" en "hen". Dat onderscheid is willekeurig en gebaseerd op oppervlakkige fysieke kenmerken zoals huidskleur, en het zal slechts verdwijnen als het onmogelijk wordt mensen nog langer uit elkaar te houden. De creatie van een enkel ongedifferentieerd ras van mulatto's komt daarom goed van pas.

"Rassenvermenging voor de wereldvrede" – zowel het beginsel als de website – zal ongetwijfeld veel vijanden maken. Maar als de geschiedenis van de Amerikaanse rassenverhoudingen ons iets leert, dan is het dat zelfs de meest verstokte blanke racist minstens één zwarte kent met wie hij graag seks wil. Een van de belangrijkste interactieve onderdelen van de website voor rassenvermenging is dan ook het zogeheten verlanglijstje, waarop elke bezoeker ten hoogste twintig personen van een ander ras kan opgeven met wie hij of zij graag seks wil, waarna een van onze medewerkers Rassenvermenging het adres en telefoonnummer van die personen zal verstrekken, in ruil voor een bescheiden kostendekkend honorarium van vijfhonderd dollar per adres.

Daarnaast zal de website een ontmoetingsplaats zijn voor een wereldwijd netwerk van steuncomités voor gemengde stellen en hun nageslacht.

Niemand zal verwachten dat de website voor rassenvermenging meteen een doorslaand succes is. Een belegger die een snelle duit wil opstrijken, zal waarschijnlijk verder moeten kijken dan www.rassenvermenging.org. Maar een belegger die bereid is risico's te nemen, op de langere termijn denkt en op zoek is naar een vorm van belastingontduiking waarmee hij tevens zijn sociale geweten kan sussen, doet er goed aan deze gelegenheid met beide handen aan te grijpen en deel te nemen aan deze baanbrekende gebeurtenis voor de wereldwijde beweging tot rassenvermenging.

P.S.: Frank, tot zover ben ik gekomen. Wat dacht je ervan? Hartelijke groet, Chris.'

Chris knipte en plakte zijn benevelde plannetje in een e-mailbericht en stuurde dat aan Frank Dial. Daarna ging hij op zijn buik op bed liggen en viel in slaap.

51

'Wat heeft die jongen met je uitgehaald?' vroeg Connie Hyde aan Cathy Schwartz in een eethuisje in Port Town.

'Had ik je dan al over Francis verteld?'

'Dat hoefde niet. Ik kan hem van je gezicht aflezen. Dus dat is zijn naam? Francis? Hoe komt het toch dat de gewelddadigste mannen altijd van die vriendelijke namen hebben? De mijne heet Gary.' Connie Hyde zei dat op luide fluistertoon, want Gary kon elk moment binnenkomen. Cathy was nieuwsgierig naar Gary, een heuse vrouwenmishandelaar. Het eethuisje stond in een slechte buurt van Port Town. Cathy vond dat de beste buurt van Port Town nog altijd slechter was dan de slechtste buurt van Bellwether, wat dat verder ook mocht betekenen. Cathy was vaak de eenzame en verbitterde toehoorder van haar eigen absurde gedachten, waarvan de meeste teruggingen tot ver voor haar zwangerschap en dus niet te wijten waren aan de hormonencocktail die de barkeeper van haar klieren in de elliptische longdrinkglazen van haar aders goot, of waar die verdomde hormonen ook rondhingen. (Ze besefte dat het woord 'verdomd' vaker dan ooit door haar hoofd speelde, alsof Satan contact met haar zocht door zijn meest betrouwbare communicatiemedium, die ultieme uiting van de eenzaamheid, onzuivere gedachten.)

'Hoe bedoel je dat je hem van mijn gezicht kunt aflezen?'

'Ik wilde je al eerder vragen waarom je na die ene keer nooit meer op groepstherapie bent geweest.'

'Ik mag niet meer komen van zuster Terry omdat ik, nou ja, je weet wel, niet mishandeld ben.'

'Je gaat me toch niet vertellen dat ze die onzin geloofde?'

'Dat is geen onzin. Ik ben nog nooit van mijn leven door iemand geslagen.'

'Je had een blauw oog en een snee op je voorhoofd.'

'Ik ben tegen een stopbord opgereden.'

'Je houdt me voor de gek.'

'Nee hoor.'

Connie keek geïrriteerd. Haar gezicht was misschien vaak in elkaar getimmerd, maar Cathy vond dat het nog steeds een heel gevoelig instrument was waaraan al haar emoties waren af te lezen. Sterker nog, haar gezicht was een strak gespannen doek met altijd wisselende kleuren, en ondanks die niet erg soepele huid bood het een grote verscheidenheid van gelaatsuitdrukkingen, van giftige woede tot meelijwekkende vervoering.

'Ik ben in verwachting,' zei Cathy, alsof haar iets gevraagd was.

Connie's gezicht doorliep een reeks van emoties om tenslotte uit te komen op een bemoeizuchtig medeleven. 'Wat ga je nu doen?'

'Ik wil het kind houden en het zelf opvoeden, en als Frank me daarbij wil helpen, dan mag hij dat.'

'Met al dat geld van jou moet het wel lukken, denk ik.'

'Nou, zoveel geld heb ik niet.'

'Hoe kun je je anders veroorloven in een groot huis in een buitenwijk te wonen?'

'Ik zei niet dat het groot was.'

'Willen je ouders je dan niet helpen?'

'Mijn vader zit nog steeds met de gevolgen van zijn coma. Ik denk niet dat hij ooit nog een baan zal vinden, behalve dan bij McDonald's of zo.' Connie's mond vertrok, een onwillekeurige reactie op de minachting waarmee Cathy over McDonald's sprak. 'Ik ga mijn moeder niet om geld vragen. Ik heb een behoorlijk bedrag van haar vader geërfd, maar...'

De serveerster onderbrak Cathy om haar bestelling op te nemen. Terwijl ze daarmee bezig waren, zei een man: 'Dag, dames, en jij ook dag, Connie.' De serveerster zei hallo en Connie bloosde. Een grote man met grijze haren ging naast Connie op het bankje zitten. 'Doe mij maar twee eieren met volle prammen, ik bedoel hele dooiers,' zei hij tegen de serveerster. 'Spek, drie pancakes, gebakken aardappeltjes, wit geroosterd brood, koffie, sinaasappelsap.' De man had lange puntige bakkebaarden, een groot rond tevreden gezicht en rechthoekige witte tanden.

'Cathy, dit is Gary Hyde,' zei Connie.

Cathy zei: 'Aangenaam kennis met u te maken. Wat een geweldig gevoel voor humor hebt u.'

Voor een kort moment verscheen er een verdrietige blik

in Gary's ogen. Hij stak zijn reusachtige droge hand naar Cathy uit. Toen ze hem aannam, voelde ze dat zijn hand net zo glad was als de hare, en ze werd overvallen door een diepe en intuïtieve afkeer van Gary. De serveerster schreef de laatste bestellingen op en liep weg.

'Waar is die knul van me?' vroeg Gary aan Connie.

'In de Veilige Haven tot we gegeten hebben.'

'O, je bedoelt in het opvanghuis,' zei Gary.

'Tot we gegeten hebben.'

'Connie kan onmogelijk eten en moeder zijn tegelijk.'

'En welke twee dingen kun jij onmogelijk tegelijk?' vroeg Cathy aan Gary.

'Twee dingen die ik in elk geval wel tegelijk kan, is praten met een jong ding en mijn vrouw in haar kont knijpen.'

Connie zei: 'Gary!'

Gary glimlachte.

Cathy vroeg: 'Zijn dat je echte tanden of moest je een kunstgebit toen iemand ze eruit had geslagen?'

'Wat is dat verdomme voor een grietje? Ik hoef dat niet van haar te pikken.'

'Auw!' zei Connie. 'Hou op met knijpen. Ik waarschuw je. Dat is toevallig het grietje met wie ik nu graag omga. Gedraag je of hou anders je kop.'

Even wist geen van de drie mensen aan tafel wat ze moesten zeggen of waar ze moesten kijken.

Connie zei tegen Cathy: 'Dus, wat dat geld betreft.'

'Welk geld?'

'Dat je geërfd hebt van de vader van je moeder.'

'Nee, dat heb ik niet.'

'Maar dat zei je net. Godverdomme, wat gebeurt hier toch allemaal? Alles loopt in het honderd.' Ze keek naar Gary.

'Wat zit je mij nou aan te kijken?'

Cathy was bang dat Gary haar als voorwendsel zou gebruiken om Connie een pak slaag te geven, en dus zei ze: 'Nee, nee, het is mijn fout. Ik zei inderdaad dat ik geld geërfd heb van mijn grootvader. Het slaat misschien nergens op, maar ik ben nu eenmaal opgegroeid met het idee dat het onbeleefd is over geld te praten.'

'Cathy is in verwachting,' zei Connie.

Gary zei: 'Nou, gefeliciteerd. Het spijt me dat ik zo vervelend tegen je deed. Het slaat misschien nergens op, maar ik ben nu eenmaal opgegroeid met het idee dat je maar beter onbeleefd kunt zijn.'

'Ik blijf me verbazen over jouw gevoel voor humor,' zei Cathy.

'Cathy wil het kind houden en zelf grootbrengen, of de vader haar daar nu bij helpt of niet. Ze gaat de erfenis gebruiken voor de opvoeding van haar kind. Ze heeft daar al een leuk huis in Bellwether voor, en een invalide vader. Cathy, is de hypotheek van dat huis al afbetaald?'

'Ja.'

'Heeft je vader een goede ziektekostenverzekering?'

'Ja.'

'Dus je kunt het geld vrij besteden.'

'Over wat voor bedrag praten we hier eigenlijk?' vroeg Gary.

'Gary!'

'Nee, dat geeft niet, Connie. Ik stel het heel erg op prijs dat Gary zo eerlijk voor zijn nieuwsgierigheid uitkomt. Gary, mijn grootvader heeft me een miljard dollar nagelaten.' Sinds Cathy zwanger was, begon ze zich merkwaardig genoeg een beetje als Chris te gedragen en ze wist zeker dat ze een jongen kreeg. Onder haar hersenpan welden woorden op alsof taal een hormoon was.

De serveerster bracht het eten. Er werd gegeten en men vroeg elkaar dingen door te geven. Cathy wierp een blik op Gary. Ze kende niemand die zo'n grof gezicht en zo'n grillige huid had als hij. Hij keek onbeschaamd en met een hongerige blik terug, vond ze, al wist ze niet of het geilheid, hebzucht, moordzucht of eetlust was.

Aan het eind van het ontbijt zei Gary: 'Het spijt me dat ik je vroeg om hoeveel geld het ging. Dat zijn mijn zaken niet.'

'Dat geeft niet. Ik gaf er ook alle aanleiding toe,' zei Cathy. Cathy had het gevoel alsof ze over iets heel anders spraken dan geld. 'Moeten we nu niet naar het opvanghuis voor mishandelde vrouwen om Charlie op te pikken?' vroeg ze, en voegde er meteen aan toe: 'O, sorry, het was niet mijn bedoeling om het zo te noemen. Ik bedoel, dat is het natuurlijk wel, maar het was niet mijn bedoeling om, nou, een of andere toespeling te maken op wie dan ook.'

'Dat ik Cathy mishandeld heb, bedoel je?' vroeg Gary.

Connie gaf hem een por in zijn zij.

'Auw!'

'Hoorde je wat je daarnet zei?'

'Wat? Maar het is toch waar?'

'Je zei "dat ik Cathy mishandeld heb". *Cathy*, zei je.'

'Waar heb je het over?'

'Je gebruikte per vergissing haar naam in plaats van die van mij.'

'Echt?'

'Echt, dombo.'

'Maar ik bedoelde jou.' Gary richtte zich tot Cathy. 'Ik bedoel, het is waar dat ik Connie heb mishandeld, maar ik heb een cursus gevolgd. Nu breekt ze mijn ribben en zit ik er gewoon bij zonder iets terug te doen, omdat ik van haar hou, en omdat ik diep inadem en tot tien tel, en meer van dat soort geintjes.'

De serveerster kwam met de rekening en Cathy betaalde.

'Nee, dit is voor mijn rekening,' zei Gary.

'Maar ik heb al betaald. De volgende keer mag jij.'

'Hoor eens, je mag dan rijk zijn, in Bellwether wonen, een kind krijgen en een rijke opa hebben, maar je bent en blijft een meisje en dus hoor jij de rekening niet te betalen. De rekening betalen, dat is iets voor een man.'

'Maar wie van ons moet dan betalen?' vroeg Cathy, die

meteen al overwoog thuis aan Chris te gaan vertellen wat ze hier gezegd had.

'Hah-hah-hah,' zei Gary chagrijnig en hij schudde zijn hoofd, op de zogenaamde of niet-zogenaamde manier van 'je vraagt erom en dan zul je het krijgen ook'.

Ze liepen over straat door de ergste achterbuurt van Port Town en haalden de kleine op bij het opvanghuis. Cathy was de eerste die hij omhelsde. Met een teder gebaar klampte hij zich vast aan zijn moeders bovenbeen en hij gaf zijn vader een hand. Die laatste leek zich gekwetst te voelen door die afstandelijkheid en zei: 'Ik heb hem geleerd mij op deze manier te begroeten.'

'Wat een mooi trucje,' zei Cathy.

'Zeg eens, ik ben het zat door jou te worden beledigd,' zei Gary tegen Cathy. 'Waarom moest ik haar dan zo nodig ontmoeten?' vroeg hij aan zijn vrouw.

'Omdat ze zo interessant is. Het is interessant om iemand als zij te leren kennen. Ze is joods, ze heeft belangstelling voor de katholieke kerk en ik vind haar aardig.' Tussen haar en Gary vond een vorm van communicatie plaats die ze niet helemaal voor de buitenwereld wisten te verbergen.

'Ik moest maar eens gaan,' zei Cathy. 'Ik heb mijn vader nog een wandeling door het park beloofd.'

'Hé, moet je horen,' zei Gary. 'Ik heb eerlijk gezegd geen flauw idee wat me overkwam. Ik ben behoorlijk bot tegen je geweest, geloof ik, en dat spijt me. Zand erover?'

'Goed, geen probleem. Ik ben zelf ook best bot geweest,' zei Cathy, 'al had je dat ook grotendeels verdiend.' Ze gaf hem een plaagstootje tegen zijn arm. Wat een gek zwanger meisje was ze toch!

'Zeg, als we die fiets nou eens achter in mijn stationcar gooiden? Dan zetten we je thuis af.'

'Goed,' zei Cathy, die voelde dat ze een fout maakte, al wist ze niet welke.

Gary parkeerde zijn stationcar op Cathy's oprit, stapte uit

en opende het achterportier. Hij hielp Cathy niet met uitladen, maar toen ze haar fiets te pakken had, boog hij zich wel naar voren, gaf haar een kus op de wang en stootte daarbij zijn knie tegen een pedaal.

'Auw.'

Hij stapte weer in. Hij, Connie en de kleine Charlie keken toe hoe Cathy naar de voordeur liep en haar fiets tegen de zijkant van het huis zette. Cathy zag dat ze vanuit het donkere interieur van de auto naar haar bleven kijken. Ze haalde de sleutels uit haar rugzak, opende de deur en stapte naar binnen.

DEEL VIJF

52

Chris en zijn vader waren in de keuken, waar ze als voorbereiding op de komende familiebrunch tientallen armelui's bananenroomsoesjes maakten. Chris had een schoonmaakbedrijf ingehuurd om het aangekoekte stof, het roet en de schimmel van de kamerplanten en levenloze objecten te schrapen, vuil dat zich in de loop der maanden had opgehoopt omdat Chris en Cathy de passieve en stilzwijgende afspraak hadden gemaakt om geen huissloven te worden. Het huis rook nu naar een combinatie van bleekmiddel, ammonia en allesreiniger met dennengeur, met hier en daar een tweeledig accent van lichaamszweet en wierook, die Cathy die ochtend met alle geweld 'in alle belangrijke geurcentra van het huis' had willen branden, als onduidelijk en misplaatst eerbetoon aan de rituelen van de katholieke kerk.

Lila Munroe en Morris en Lisa Danmeyer zaten op dat moment in een middelgrote huurauto en reden naar het huis. Cathy Schwartz en Francis Dial zaten in een kamer van het huis; Chris wilde er niet aan denken in welke kamer en wat ze daar deden. Chris wilde tegenwoordig zelfs liever helemaal niet meer denken, maar denken deed hij. Zonder ophouden bracht zijn hoofd de ene na de andere gedachte voort – denken, denken, denken, denken, in een tempo van één gedachte per seconde – en dat was de ergste marteling die ooit iemand ergens ter wereld voor welk doel dan ook bedacht had. De meedogenloosheid en de schijnbare willekeur van zijn pijn, angst en verwarring kon door geen grootinquisiteur, geen Pol Pot, geen directeur van de CIA zijn uitgedacht, want het grootste verschil met de hele wereldgeschiedenis van politiek gemotiveerde martelingen was dat de gedachten van Chris ongemotiveerd en doelloos waren, een reflexbeweging als ademhalen of praten.

Chris probeerde zich te concentreren op de twee dingen die hem te doen stonden: 1. een reusachtige hoeveelheid armelui's bananenroomsoesjes maken; 2. erop toezien dat zijn vader de keuken niet in zijn geheel met een dikke laag zure room bekladde. Zure room was een van de drie ingrediënten van armelui's bananenroomsoesjes, en de andere twee ingrediënten waren bananen en wit fabrieksbrood; je hoefde er de oven niet voor aan te zetten. Het recept van armelui's bananenroomsoesjes was niet alleen het lekkerste recept dat Chris kende, het was ook het enige recept dat hij kende, en het maakte deel uit van een plannetje waar Chris al een tijdje op broedde: een receptenboek dat tegelijk een maatschappelijke aanklacht was. Behalve bananenroomsoesjes voor armelui dacht hij daarbij ook aan bananenroomsoesjes voor loonslaven (een broodkorst), bananenroomsoesjes voor daklozen (een bananenschil) en bananenroomsoesjes voor doden (een hap modder).

Het was begin augustus; de dubbele dreiging in de vorm van *père* Danmeyer en *mère* Munroe was naar de oostkust gevlogen en kwam nu naar de zondagsbrunch gereden in die glanzende machine van alledag, een middelgrote huurauto. *Fille* Danmeyer zat op de kunstleren achterbank, en het enige waar Chris Schwartz zich die dag op verheugde, was de aanblik van die voortijdig uitgebluste neurologe.

Chris keek naar zijn vader, die zijn obscene tong uitstak en een kwak zure room op een snee brood probeerde te smeren. Bernie droeg een net en nauwsluitend zilverkleurig synthetisch overhemd en een flodderige hiphopbroek, die Chris voor hem had uitgezocht. Chris moest grinniken. 'Dat gaat gesmeerd, pap.'

'Dankjewel, zoon.'

'We gaan toch niet sarcastisch doen, pap?'

'Nou, jij hoeft toch niet te doen alsof ik zes ben.'

'Ik heb er juist zo'n lol in om hier met jou dit maaltje te fiksen, dus ik mag doodvallen als mijn enthousiasme overkomt als sarcasme.'

Bernie's gezicht werd rood omdat hij niet begreep wat Chris tegen hem gezegd had. Chris voelde aan zijn water dat zijn vader een van die woedeaanvallen kreeg waar hij in deze levensfase wel vaker last van had. Bernie gooide het botermes op de grond en begon met zijn linkervoet te stampen; met zijn rechtervoet viel vanwege de beroerte niet te stampen. Chris sloeg zijn armen om zijn vader heen.

'Blijf van me af.'

'Wat is er, pap?'

'Ik weet dat ik eruitzie als een idioot, maar hierbinnen,' zei Bernie langzaam en zonder aan te wijzen waar hierbinnen was, 'ben ik een volwassen gescheiden man. Mijn ex-vrouw komt vandaag langs met haar nieuwe minnaar. Mijn zoon grijpt elke ge... ge... kans aan om me voor gek te zetten. Die... die... – hoe noem je dat? – die "opleiding" van mij is een schijnvertoning. Je maakt van mij je troetel... dier. Je doet niet aardig tegen me. Je doet gemeen. Ik heb je opgevoed tot een jongen die gemeen doet en nu voed jij me op tot een... een gek, iemand die jij kunt uitlachen.'

Nu moest Chris blozen, omdat hij begreep wat zijn vader tegen hem gezegd had.

De deurbel ging.

'Hoe zie ik eruit?' vroeg Bernie.

'Tja, inderdaad nogal achterlijk,' zei Chris, en hij liep de keuken uit.

Terwijl zijn vader zich verscholen hield in de keuken en met hyperpuberale wanhoop en woede naar zijn kleren en lichaam keek, deed Chris de deur open. Moe Danmeyer en Lila Munroe blokkeerden het uitzicht. Ze maakten een deprimerend zomerse indruk. Lila was zongebruind en haar weelderige krullen schitterden in een natuurlijke coupe soleil. Ze droeg een luchtig jurkje met een patroon van levensgrote turquoise en rode bloemen. De kleine blonde haartjes op haar dijbenen glinsterden in het zonlicht. Chris walgde ervan en wilde het liefst bij haar op schoot kruipen. Ze omhelsde hem, kuste hem, kroelde door zijn haar en begroette hem inniger dan ze in twintig jaar gedaan had. En daar had je Moe Danmeyer met zijn brede holle borstkas. Hij schuurde met zijn vuist langs Chris' wang en zei: 'Hé, kleine vroegwijze brulaap, hoe is het met je?'

Chris zei: 'Hé, grote dikke kale harige proletarische klootzak, niet zo brutaal, graag.'

Moe voelde zich bedroefd en oud, maar Lila had de woorden van haar zoon niet gehoord en keek nieuwsgierig om zich heen wat er zoal veranderd was aan het huis waarin ze tien jaar had gewoond. Of beter gezegd, ze meende te kunnen zien dat het een en ander veranderd was, maar herinnerde zich helemaal niets van hoe het eruit had gezien toen zij er nog woonde.

Toen de ouwelui eenmaal de woonkamer waren binnengeloodst, deed de onbegrijpelijke verschijning van lieftalligheid en deskundigheid haar intrede in huize Schwartz: la Danmeyer zelf. Ze keek chagrijnig en lusteloos, waarmee ze volgens Chris precies aansloot bij zijn persoonlijke gemoedstoestand. Ze droeg een grijs t-shirt, een wijde spijkerbroek en sandalen van een kleur die Chris onmogelijk kon vaststellen, zozeer was hij ingenomen met de wonderen der natuur die haar tenen waren. Ze zagen eruit als kleine prehistorische bergorganismen: knokig, lang, scheef, grijs en met blaren, behalve de gescheurde en beschimmelde nagels, die dik en geel waren. 'Godallejezus!' zei Chris.

'Je haalt me de woorden uit de mond,' zei Lisa, en ze gaf

hem een kus op de wang. Chris kreeg een geweldige stijve. Hij had zichzelf beloofd om zich in haar aanwezigheid als een volwassene te gedragen, maar op elk moment dat ze voor hem stond, kostte het hem moeite zich daaraan te houden. Hij nam de fabelachtige La D bij de hand en voerde haar mee naar de keuken. 'Kom,' zei hij, en hij liet dat woord niet langer in de lucht hangen dan voor een heer betamelijk was, 'naar de keuken, dan kan ik je mijn voedselbereidingsproject, mijn receptuur, mijn schuine mop voor lekkerbekken, mijn brunch, mijn armelui's bananenroomsoesjes laten zien, en behalve dat ook jouw gewezen patiënt en mijn meest geslaagde lekkernij, Bernard Schwartz. Och La D, dit is het mooiste moment van mijn leven.'

'Maar niet van het mijne.'

'Jouw nukken zijn voor mij een bron van inspiratie.'

'Ik heb nog nooit iemand ontmoet die zo belachelijk is als jij.'

Het jonge hart van Chris sprong op van vreugde en werd getroffen door de onuitsprekelijke droefheid van het raadsel van het bestaan.

Bernard Schwartz stond doodstil in het midden van de keuken en staarde naar de muur, terwijl zijn bultige borstkas zich aftekende onder de glimmende zilverkleurige stof van zijn overhemd.

'Bernard, hoe is het met je?'

'Ik ken jou niet.'

'Ik ben je dokter uit het ziekenhuis.'

'In dat geval moet je me toch eens uitleggen: wat is me overkomen? Wat is me overkomen?'

'Je hebt twee medicijnen geslikt die je niet met elkaar mag combineren, omdat dat ernstige bijwerkingen geeft. Je hebt een beroerte gehad.'

'Wat is me overkomen?' Bernie trilde helemaal. Hij pakte een stukje besmeerde boterham met banaan en smeet dat tegen de muur. Hij greep het ene na het andere stukje en smeet ze tegen de muur.

Lisa Danmeyer maakte er een eind aan door van achteren haar armen om hem heen te slaan. 'Goed, Bernard. Er is in jouw leven iets heel ergs gebeurd. Maar kan ik je op dit moment ergens mee helpen? Vertel me wat ik voor je kan doen.'

'Ik kan deze kleren niet uitstaan. Ik zie eruit als een... idioot. Ik wil graag iets aantrekken dat in... in... orde is. Het kost me een uur om mezelf aan te kleden. Ik zou graag willen dat je me helpt om kleren uit te zoeken die in... in... orde zijn.'

'Goed, Bernard. Dat kan ik voor je doen.' Lisa wierp een boze blik op Chris en gebaarde hem dat hij moest helpen zijn vader de trap op te krijgen naar de slaapkamer.

Cathy, Frank, Lila en Moe zaten bij elkaar in de woonkamer. 'Als iemand water wil of sinaasappelsap, dat haal ik dat,' bood Cathy aan. Alle aanwezigen grepen deze kans om sinaasappelsap te drinken met beide handen aan. Toen Cathy weg was, werden er dingen gezegd als 'hoe was jullie vlucht?' en 'prima'. Cathy kwam terug, waarna ze allemaal afwezig van hun sinaasappelsap nipten.

'Wat hebben jullie zoal uitgevreten?' vroeg Lila, die naar Cathy en Frank keek.

'Nou, Frank heeft me zwanger gemaakt, als je dat soms bedoelt.'

Moe lachte; hij dacht dat Cathy een grapje maakte. Lila vroeg of ze een grapje maakte.

'Maar Lila, heb je mij dan ooit wel eens ergens een grapje over horen maken?'

'Ik heb liever dat je me mam noemt.'

'Mám?'

Lila moest een beetje huilen. 'Maar schatje, wanneer heb je dat ontdekt?'

'Wat maakt het nou uit wanneer ik het ontdekt heb?'

'Ik bedoel, hoe ver ben je nu? Hoeveel maanden?'

'Drie.'

'O. Drie. Dus dat wil zeggen... dus daarmee wil je zeggen...?' Lila zat in een stoel aan de andere kant van de kamer. Ze boog zich zo ver mogelijk voorover: ze zat niet zozeer op haar stoel als wel ervoor, op haar hurken.

'Ik heb nog een week om te beslissen, maar ik denk dat ik het kind wil houden.'

Lila stond op en viel haar dochter om de hals. Cathy bleef zitten. Hun bovenlijven beschreven een hoek van negentig graden ten opzichte van elkaar. De nietige zachte roze vochtige Dial-Schwartz foetus lag achterover in Cathy's baarmoeder, voorzover bekend zonder zich ergens bewust van te zijn. Lila wilde de greep op haar dochter niet loslaten.

'Mam, waarom kom je niet naast me op de bank zitten? Frank, misschien kun jij met de vriend van mijn moeder praten, dan praat ik met mijn moeder over onze baby.'

Francis stond op. De vrouwen zaten op de bank en spraken fluisterend over de baby. Cathy vond het goed dat haar moeder haar bij de arm pakte en haar warme hand op Cathy's buik legde, en ze vond dat zelfs fijn. Het verbaasde Cathy dat haar moeder zo mild en enthousiast reageerde, hoe geïnteresseerd ze was in de baby.

'Ken je mijn dochter?' vroeg Moe aan Frank.

'Ik heb haar wel eens ontmoet.'

'Ik was vijfentwintig toen ze geboren werd. Ik was twintig toen haar oudere zus werd geboren, maar ze is als tiener overleden als gevolg van een overdosis drugs en een verkeersongeval.'

'Wauw.'

'Hoe bedoel je, "wauw"?'

'Ik dacht vroeger altijd dat je pech hebt gehad als je een zwarte bent, en dat maar weinige blanken pech hebben gehad. Maar tegenwoordig heb ik het idee dat iedereen pech heeft gehad.'

'Welke pech heb jij gehad?'

'Wat ik net zei. Dat rassengedoe.'

'En verder?'

'Mijn vader is er al voor mijn geboorte vandoor gegaan.'

'En verder?'

'Is dat dan niet genoeg?'

'Wat dacht je van het kind?'

'Welk kind?'

'Het kind waarvan jouw vriendin de komende winter gaat bevallen?'

'Wat is daarmee?'

'Beschouw je dat als pech hebben?'

'Dat weet ik niet.'

'Want als dat zo is, kun je dat maar beter tegen haar zeggen.'

'Maar u kent mij niet eens.'

'Daar hoef ik jou niet voor te kennen.'

'Iets anders wat ik de laatste tijd geleerd heb, is dat mensen van ongeveer uw leeftijd altijd doen alsof ze veel meer weten dan mensen van mijn leeftijd, en dat ze pas tevreden zijn als ze die verbluffende wijsheid mensen van mijn leeftijd hebben ingepeperd. Maar bezien in het licht van de geologische tijdrekening zouden mensen van uw leeftijd eens wat vaker hun bek moeten houden.'

'Hé!' riep Moe uit, zodat iedereen ervan opschrok. Hij kwam overeind. 'Ik ben het zat door alle zeikerige kleine snotneuzen in dit huis te worden beledigd. Er zijn nu eenmaal regels, en een daarvan is dat je niet zomaar van alles uitkraamt tegen een onbekende die ouder is dan jij. Je moet een beetje respect tonen. Maar als je liever grof doet, miezerige klootzak, dan zeg je het maar. Ik kan grof zijn op een manier dat jij op handen en voeten de deur uit kruipt en wenste dat je vandaag niet wakker was geworden. Dus laat me nu eerst maar eens weten of grof zijn inderdaad de kant is die je op wilt.'

Bernie Schwartz kwam in een pak de kamer binnen. Het was hem niet helemaal duidelijk wie de grote man was die in zijn woonkamer stond te schreeuwen.

'Bernard Schwartz, Morris Danmeyer,' zei Lila Munroe.

Chris duwde zijn vader verder de woonkamer in.

'Pap, waarom moest je zo schreeuwen?' vroeg Lisa Danmeyer, die tussen Chris en zijn vader door naar binnen glipte.

'Gebrekkige omgangsvormen,' zei Moe.

'Nou, jij durft wel,' zei Lisa.

Bernie schudde Moe de hand. 'Wie bent u precies?'

Moe vond het vreselijk dat hem gevraagd werd wie hij was. Hij vond het vreselijk dat hij 'gebrekkige omgangsvormen' gezegd had en dat hij daarmee een sarcastische opmerking van zijn dochter had uitgelokt. Hij wist dat zijn woede-uitbarsting terecht was geweest. Hij wist hoe beleefd en plezierig hij met anderen kon omgaan, hoe onfatsoenlijk en nerveus ze soms ook waren. Voor het eerst in de maanden dat hij met Lila Munroe omging, vroeg hij zich af of hij daar goed aan deed.

Alsof de totale hoeveelheid relationele ambivalentie in het gecombineerde gedachtegoed van deze twee mensen altijd hetzelfde was, werd Lila op hetzelfde moment bevangen door een grenzeloze liefde voor haar man Moe. Ze bedacht hoe onverdraaglijk deze familiereünie zou zijn als hij er niet bij was geweest. Ze vond zijn uitval terecht en noodzakelijk, en ze beschouwde het zelfs niet eens als een uitval, maar als een terechte afstraffing van dit ongeregelde zootje. Ze keek hem liefdevol aan en probeerde de angst en ergernis waarmee hij haar blik beantwoordde voor iets anders aan te zien.

Als een pater familias stelde Chris Schwartz iedereen voor om te gaan zitten. Lila en Cathy zaten nog steeds bij elkaar op het tweezitsbankje. Moe zat weer in de luie stoel, maar Chris had Bernie tussen Moe en Frank in gezet, op een houten stoel. Hij en Lisa sleepten nog twee stoelen bij. Het asymmetrische groepje zette zich ertoe om nog voor de brunch met elkaar aan de praat te raken. Lila Munroe's poging ging als volgt: 'Wie van jullie weet nog niet dat mijn dochter een kind verwacht van Frank Dial en dat ze het hoogstwaarschijnlijk wil houden?'

Bernie stak zijn hand op. Lisa Danmeyer zei: 'Wat? Ben je gek geworden?' Cathy gaf haar moeder een klap in het gezicht. Lila nam die klap voor lief. Ze was blij dat ze het gezegd had, en blij dat iemand aan Cathy gevraagd had of ze gek was geworden.

Cathy zei tegen Lisa: 'Wie ben jij om mij te vragen of ik gek ben geworden? Wat mij betreft, heb jij onze familie bepaald geen dienst bewezen.' Ze gebaarde met haar hoofd in de richting van de verwarde Bernard en realiseerde zich hoe vals haar opmerking was, ingegeven door wrok. 'Jij bent twee keer zo oud als ik en het is wel duidelijk dat jouw twijfelachtige medische loopbaan ten koste is gegaan van intimiteit, liefde en een eigen gezin. En nu beoordeel je me volgens je eigen maatstaven van wat normaal is, en daar voel ik me persoonlijk dus totaal niet door aangesproken.'

Frank zei: 'Sorry dat ik het zeg, maar ik vraag me zo langzamerhand af of ik eigenlijk nog wel besta. Heb ik iets gemist, of heb jij het woord Frank de laatste tijd zelfs helemaal niet meer in de mond genomen? Ben je eigenlijk ooit nog van plan om zelfs maar naar me te kijken?'

Cathy en haar moeder keken naar Frank alsof hij een vlieg was.

'Heeft iemand zin in een armelui's bananenroomsoesje?' vroeg Chris. 'Als je er eenmaal aan begint, kun je er niet meer mee ophouden.'

'Niet aan beginnen,' zei Bernie.

'Die Bernie! Hij zit me echt op m'n nek vandaag. Dat lijkt mij een goed teken, en u, dokter Danmeyer?'

Cathy zei: 'Hou je kop, Chris. We zijn hier in gesprek.'

Chris vroeg: 'Iemand zin in een champagnecocktail?'

Moe, Lila en Frank staken hun hand op. Chris liep de kamer uit. Cathy stond op om hetzelfde te doen, maar Lila greep naar haar arm en trok haar weer naar beneden, op de bank.

Cathy wenste dat haar moeder dat soort dingen altijd al had gedaan.

'Cathy, wil je hier dan liever niet meer over praten?'

'Wat ik wil, is dat iedereen erkent dat ik bij mijn volle verstand ben en dat ik in staat ben hier zelf een beslissing over te nemen. En ja, Frank, klootzak die je bent, ik wil dit graag met jou bespreken en ik vind het belangrijk dat je hier een stem in hebt, maar het enige dat ik tot dusver van jou gezien heb, is dat je stilletjes in een hoekje zit te broeden of volkomen hysterisch doet, terwijl ik toch alleen maar van je vraag dat je jezelf verdomme nu eens een keertje vermant, zodat ik wat die zwangerschap betreft tenminste nog iets aan je heb, liefste van me.'

Toen Cathy 'liefste van me' zei, besloot Frank om alles te doen wat ze wilde, en de stemming in de kamer leek er ietsje op vooruit te gaan.

'Bernie, hoe is het nou met jou, lieverd?' vroeg Lila, die een tweede liefkozend woordje in de strijd wierp in de hoop dat de stemming er tweemaal beter van werd.

'Wil je mij alsjeblieft geen lieverd noemen?' vroeg Bernie. 'Eerst heb je me in de steek gelaten en mijn hart gebroken, en nu kom je hier met je nieuwe vriend aanzetten. Je hebt gedaan wat je nodig vond, maar noem me geen lieverd.'

'Goed gesproken, ouwe reus,' zei Chris, die in de deuropening stond met een reusachtige karaf champagnecocktail in zijn ene hand en een bord met armelui's bananenroomsoesjes in zijn andere. 'Dat soort hatelijke dingen zei je vroeger nooit. Ik hou wel van die nieuwe openheid.'

Bernie zei: 'Hou je kop, Chris.'

Chris voelde zich gekwetst.

'Sorry, Chris,' zei Bernie. Er liep een traan over zijn wang. Moe boog zich naar hem toe en legde een hand op Bernie's schouder. Bernie duwde die hand voorzichtig van zich af. Cathy stond op, ging bij haar vader op schoot zitten en sloeg haar armen om hem heen. Ze kuste zijn hoofd en verbaasde zich erover hoe mooi zijn gezicht was, getekend door verdriet. Frank stond op en legde zijn handen op de schouders van zijn zwangere vriendin. Lisa pakte Chris bij de hand, kneep er even in en gebaarde hem om bij Bernie, Cathy en Frank te gaan staan. Chris pakte een hand van zijn vader en hield hem vast. Er liepen nog steeds tranen over Bernie's wangen. Lisa hield haar handen vlak voor haar gezicht, in een gebaar dat op bidden leek. Moe en Lila schonken champagnecocktails voor elkaar in.

Er volgde een rustig en ontspannen gesprek waarin niemand iets wilde uitvechten en niemand iets wilde bewijzen. Lisa Danmeyer keek op haar horloge, slaakte een zucht, zei dat ze aan het werk moest, en de brunch kwam ten einde.

Frank en Cathy trokken zich terug in Cathy's slaapkamer en bedreven de liefde. Chris en Bernie zaten tegenover elkaar. Ze zagen de armelui's bananenroomsoesjes uitdrogen en de bubbels uit de champagnecocktails verdwijnen. Ze keken toe hoe het licht zich uit de woonkamer terugtrok en de schemering oprukte.

Moe Danmeyer en Lila Munroe hadden een *bed and breakfast* genomen in Bellwether en zaten op de weelderig gestoffeerde stoelen in hun kamer. Ze spraken nog wat na over de brunch. 'Dit was een soort test voor ons,' zei Lila.

Moe zei: 'Ik geloof dat we die goed doorstaan hebben. Het komt allemaal vast en zeker op zijn pootjes terecht.'

53

Niet lang nadat de brunch was afgelopen, kwam een andere rampzalige familiebrunch regelrecht op huize Schwartz af. Gary, de gewelddadige man van Connie Hyde, reed in zijn oude bruine rechthoekige stationcar de bebouwde kom van Bellwether, Connecticut, binnen. Hij wist wat hem te doen stond en ging er recht op af, maar tegelijk ergerde hij zich aan zijn vrouw en zoontje. Connie Hyde zat zich naast hem op de voorbank op te winden. Hun zoontje Charlie zat op de achterbank en speelde met een superheldenpop. Het was belachelijk, maar die stompzinnige rijke trut Cathy Schwartz had Connie met haar rare ideeën over liefdadigheidswerk en katholicisme weten te vertederen. Connie had niet het idee dat dit meisje verdiende wat haar nu te wachten stond. Connie probeerde haar plannetjes te verzoenen met wat ze zou doen als ze alleen maar een werktuig was van de christelijke naastenliefde, maar het probleem was dat ze niet wist wat ze moest doen om zo'n werktuig te zijn. Of misschien wist ze heel goed wat ze moest doen, maar ergerde ze zich er groen en geel aan. Er werd van haar verwacht dat ze arm en nederig bleef. Er werd van haar verwacht dat ze zich tot het eind van haar leven zonder protest in haar nederige en ellendige leventje zou schikken, en pas daarna stond haar iets beters te wachten. Maar ze had het gevoel dat sommige mensen niet alleen in de hemel, maar ook al op aarde iets beters kregen. Een mooi voorbeeld daarvan was Jezus. De mensenzoon. De jodenkoning. Jezus werd op aarde aanbeden, en degenen die hem niet aanbaden, hadden zo'n geweldige hekel aan hem dat ze daarmee in feite toegaven hoe machtig hij was. En als je er goed over nadacht, was Jezus gemeen voor zijn eigen familie. Op een gegeven moment sprak hij een heleboel mensen toe, en zijn moeder en zijn broers stonden te wachten tot ze hem te spreken kregen, en hij vroeg: 'Wie is mijn moeder en wie zijn mijn broers?' Hoe aardig is dat? En iemand anders die het op aarde veel beter had dan Connie en die ook al naar de hemel ging – en die het alles bij elkaar dus beter voor elkaar had dan Connie – was de vrome Cathy Schwartz. Cathy woonde hier op aarde in haar comfortabele huis met haar zorgzame ouders, haar zachte kussens en haar duizenden potjes vochtinbrengende crème. En als ze eenmaal allemaal in de hemel zaten, wilde Connie wedden dat zij de voeten moest gaan wassen van mensen als

Cathy, en tegen die tijd zou ze waarschijnlijk zo gek zijn van hemelse gelukzaligheid dat het haar zelfs niks meer kon schelen.

Connie geloofde wel degelijk in wat ze van het Nieuwe Testament geleerd had, maar als je dat allemaal wegnam, was ze in de kern toch meer iemand in de geest van het Oude Testament. In de geest van Job, om precies te zijn. Connie was geen werktuig van het christendom, maar een werktuig van God om het geloof van mensen als Cathy op de proef te stellen, mensen die zeiden dat ze van God hielden en hem aanbaden, maar die ook gelukkig waren, voorzien van hun natje en droogje, zodat ze eigenlijk nauwelijks wisten met wat voor God ze nu eigenlijk te maken hadden. Mensen als Cathy kregen nooit te horen dat God ook een God van bloed was, of van vuur, kakkerlakken, hondenvlees of een dode foetus. Mensen als Cathy bleven beperkt in hun religieuze ervaringen. Maar dankzij Connie Hyde zouden vooral bij Cathy nu de schellen van de ogen vallen. Connie was dan misschien niet de meest verheven persoon op aarde, maar ze begreep dat haar een nederige taak was toebedeeld, ze was iemand die voor God het vuile werk opknapte. En als ze daar echt in geloofde, zou ze waarschijnlijk regelrecht naar de hemel gaan, maar ze geloofde er niet in. Ze wilde gewoon een wat gemakkelijker leventje voor zichzelf, en daarom wilde ze iets afpakken van Cathy, die – laten we eerlijk zijn – alles op een gouden schaaltje kreeg aangereikt en niet eens het besef of het fatsoen had om daarvoor dankbaar te zijn. En bovendien, als ze niet met Gary meedeed, zou hij haar vermoorden, of erger nog, verlaten.

Charlie Hyde, de achtjarige zoon van Connie en Gary, zat op de achterbank, droeg geen veiligheidsgordel zoals zijn vader en moeder en was verzonken in een fantasiewereld die hij had opgebouwd rond een buigzame plastic pop. De pop – een jongeman in een strak felgekleurd uniform en met bijzondere krachten – vloog over het vrijstaande huis van Cathy

Schwartz. Hij kon met zijn röntgenogen door de muren kijken en hij zag Cathy, die in de keuken met haar vriendelijke vader en moeder chocoladekoekjes stond te bakken. De pop voorzag met zijn buitenzintuiglijke vermogens dat deze vriendelijke familie in de problemen zou komen, al wist hij niet precies hoe, zodat hij ze ook niet met zijn bijzondere krachten kon afwenden. De superheldenpop kon alleen maar afwachten. De pop had zijn leven gewijd aan het bestrijden van de misdaad en het redden van fatsoenlijke mensen uit gevaarlijke situaties, maar wat hem nog steeds de meeste moeite kostte, was het afwachten.

'Ik heb hier een Egg McMuffin,' zei Connie. 'Wie had daarom gevraagd?' Stilte. 'Dus als ik het goed begrijp, heb ik dat uit mijn duim gezogen? Ik heb alleen maar gedroomd dat iemand dat wilde? Dus ik ben naar de balie gelopen en ik heb iets besteld waar in feite niemand om gevraagd heeft, waarna ik ervoor betaald heb met mijn eigen centjes, waarvoor ik de hele week heb moeten werken, terwijl niemand erom gevraagd heeft en niemand het wil?'

'Hou godverdomme nou eens je kop,' zei Gary.

'Voor de miljoenste keer, wil je dat woord niet gebruiken waar hij bij is?'

Charlie dook op uit zijn fantasiewereld en zei: 'Misschien heeft Cathy er wel zin in.'

'Ja, Gary, laten we die Egg McMuffin maar aan haar geven,' zei Connie venijnig.

Gary zoog lang en bedachtzaam aan het rietje van zijn Sprite en voelde het koolzuur opborrelen naar zijn keel. 'Je werkt toch wel mee? Als je niet meewerkt, dan lukt het me niet. Ik heb je hulp nodig. We hebben het er al vaak genoeg over gehad en je hebt ermee ingestemd, en nu we eindelijk op het punt staan om het te doen, zodat we een nieuw leven kunnen beginnen in New Mexico, zit je hier ineens te kletsen over "centjes waarvoor ik de hele week heb moeten werken", terwijl je nota bene net je ontslag hebt genomen, en "laten we die McVerrekte Muffin aan Cathy geven", zodat ik me hier op het allerlaatste moment zit af te vragen of je wel voor de volle honderdtien procent gaat meewerken, want dat is wat we nodig hebben als we willen dat het lukt.'

'Absoluut. Ik sta voor de volle honderdtien procent achter jouw geniale gekkenwerk.'

'Ik waarschuw je!'

Gary's luide stem maakte dat Charlie uit zijn fantasiewereld wakker schrok. Hij keek uit het raam, slaakte een zucht en droomde weer verder. Zijn superheldenpop zei bij zichzelf: 'Er is zoveel kwaad op deze wereld en helaas, ik ben maar in mijn eentje.'

54

Terwijl de bruine stationcar steeds dichterbij kwam, zat Bernard Schwartz op het gras in de voortuin met zijn rug tegen de boom die hij nog niet zo lang geleden Phyllis had genoemd. Phyllis was hem tot troost. Hij genoot van de ruwe smalle grijsbruine bast van Phyllis, die hij in zijn rug voelde, en hij hield van de zachte hoopgevende geur die ze afgaf. Hij keek naar het gras. Als onderdeel van een doorlopend experiment of geheime oefening deed hij zijn best om zoveel mogelijk afzonderlijke grassprieten tegelijk in gedachten te houden. Dat was heel wat anders dan de officieel goedgekeurde oefeningen, waarin hij een plaatje moest beschrijven van een vrouw achter een aanrecht, of zogenaamd een reisbureau moest bellen, of een recept moest lezen en daarna bij een supermarkt de ingrediënten moest kopen. Hij hield zichzelf aangenaam bezig door het beeld van een grasspriet in gedachten te houden, maar het diende nergens toe. Het was een manier van kennen waar hij plezier in had, en verder niets.

Hij keek omhoog en zag twee wolken. Een kleine wolk en

een grote wolk. De kleine wolk bewoog in de richting van de grote. Dat deed hem nergens aan denken. Hij keek naar het hek dat het gras en de weg van elkaar scheidde. Hij keek naar de zwarte vogel op het hek. De vogel keek terug. Hij hield zijn kopje scheef. Hij keek olijk, of misschien had zijn hele glimmende zwarte lijfje wel iets olijks. Bernie kon er niet over uit hoe alert die vogel was, hoe ongelooflijk aandachtig. Bij wijze van experiment probeerde Bernie de vogel in gedachten te houden, of beter gezegd, hij probeerde de gedachten van de vogel in gedachten te nemen. De vogel wipte een paar keer heen en weer over het hek en vloog daarna weg, en in zekere zin deed Bernie dat ook. Hij zag zijn mensenlichaam op de grond tegen de boom zitten en steeds kleiner worden. Hij steeg op langs de bovenverdieping van het huis. Achter een van de ramen zag hij twee blote mensen roerloos op bed liggen. Een van hen was zijn dochter, een meisje dat hij ontzettend lief vond, Cathy. De ander was haar vriendje Francis. Hun benen lagen tegen elkaar, haar zachtroze been en zijn donkerbruine been, en Bernie's vogelverstand was daar wel mee ingenomen. Achter het andere raam zag hij die lieve en grappige jongen, zijn eigen zoon Chris Schwartz. Chris stond voor een spiegel, keek naar zijn eigen spiegelbeeld en trok gekke gezichten. Hij trok beurtelings dezelfde drie gekke gezichten. Het eerste gezicht leek op het gezicht van iemand die verdrietig was, het tweede gezicht op dat van iemand die blij was en het derde gezicht op dat van iemand die boos of zelfs boosaardig was. Hij hield elk van die gezichten een paar seconden vast en ging daarna over naar het volgende gezicht. Hij draaide zich af van de spiegel, keek uit het raam en zag een kleine zwarte vogel die daar op een vreemde manier rondfladderde. 'Dag pap,' zei hij, keek om naar de spiegel en versnelde de opeenvolging van gezichten: verdrietig blij boos, verdrietig blij boos: de gevoelens die alle mensen overal ter wereld door alle eeuwen heen gevoeld hebben, samengevat, gerangschikt en omvat door de vlakke rechthoek die aan de muur hing van de kamer van zomaar een jongen in Bellwether, Connecticut.

De zwarte vogel Bernie vloog over de tuin van het huis, over de straat die aan de tuin grensde, over het groene struikgewas aan de andere kant van de straat, en dan weer terug naar de tuin, waar zijn eigen lichaam met wazige en halfgesloten ogen tegen de boom rustte. Hij zag Frank naar buiten komen, een blik werpen op het mensenlichaam van Bernie, en daarna de tuin oversteken.

Bernie liet de gedachten van de vogel los en keerde terug tot zijn eigen gedachten, tevreden en moe. Hij keek om zich heen en probeerde zich voor te stellen dat de dingen die hij zag van hem waren. Het hele idee dat iets 'van jou' was, had de overgang van zijn oude naar zijn nieuwe bestaan nauwelijks overleefd. Voorzover hij begreep wat het betekende dat iets 'van jou' was, leek het hem een valse voorstelling van zaken. Er was niets van hem: zijn huis niet, de inwoners van dat huis niet, de kleren die hij droeg niet, en ook niet de woorden die uit 'zijn' mond kwamen, of ergens uit 'zijn' lichaam, een lichaam dat niet van hem was, net zomin als het leven waardoor het bezield werd. Nee, het leven dat zijn lichaam bezielde was niet van hem, en ten slotte was hij tot de conclusie gekomen dat het zeker gold voor alle andere dingen waar mensen op doelden als ze over zijn leven spraken, of over het leven van wie ook: de totale som van alles wat hij gedaan had en alles wat hem overkomen was, of van alles waaraan andere mensen dachten als ze aan 'Bernard Schwartz' dachten. Zelfs zijn hoop voor de toekomst was niet van hem, hoeveel waarde hij er ook aan hechtte. Hij hoopte altijd bij die jongen Chris en dat meisje Cathy te kunnen blijven. Hij viel in slaap.

55

Toen Cathy de deurbel hoorde, vloog ze de trap af, want ze
dacht dat Francis was teruggekomen om haar nog een laatste kus te geven voordat hij naar huis ging om zijn moeder
te helpen met het avondeten. Hoewel ze zichzelf nog steeds
niet als een ware gelovige beschouwde, had ze God nu tenminste gedeeltelijk in haar leven aanvaard en het gevolg was
dat ze zich met een opvallend gemak door het huis bewoog.
Op deze late zondagmiddag leek het haar heel goed mogelijk
dat zowel God als de kiemcel Dial ongeveer tegelijkertijd bezit van haar hadden genomen. Dat was geen kwestie van
godslastering – ze geloofde niet dat ze de nieuwe Messias in
haar baarmoeder droeg – maar kwam voort uit het idee dat
aardse liefde en hemelse liefde op elkaar leken, elkaar mogelijk maakten en misschien zelfs met elkaar verbonden waren, in voor- en tegenspoed, tot de dood hen scheidde.

Het eerste dat Cathy zag toen ze de deur opendeed, was
de gespannen en doodsbenauwde blik van Connie Hyde. Ze
schrok ervan. Wat Connie zag, was een blozende gelukzalige
glimlach die verbleekte tot een frons, en dat vond ze zo kwetsend dat ze zich in staat voelde om niet alleen gehoorzaam,
maar ook met een ongelooflijk venijn aan Gary's plannetje
mee te werken. 'Dag vriendin,' zei ze op suikerzoete toon.

'Connie?'

'Ken je Gary en Charlie nog?'

'Kom binnen.'

'Dank je.'

'Wat komen jullie hier doen? Of nee, sorry, zo bedoel ik
dat niet. Ik bedoel, ben je hier speciaal voor mij naartoe gekomen, of waren jullie...'

Connie deed een stap opzij en Cathy zag het pistool in
Gary's rechterhand, dat hij op de grond richtte. Cathy's
adem stokte in haar keel. Hij zei: 'Rustig, rustig. Laten we
gewoon kalm blijven, dan is dit zo gepiept.' Hij klonk non-

chalant en opgewekt. 'Wie is er verder nog thuis, behalve jij?'

'Ik weet niet wat je allemaal van plan bent,' zei Cathy, 'maar ik vind het walgelijk dat je je zoon hierin betrekt. Charlie, wat vind je van dat pistool van je vader? Wat denk je eigenlijk dat hij ermee gaat doen?'

Cathy keek naar Charlie, die zich in allerlei bochten wrong achter de benen van zijn moeder, en daarom merkte ze pas wat Gary in zijn schild voerde toen hij de koude harde loop van zijn pistool tegen haar tanden en tandvlees drukte en daarna langs haar verhemelte naar binnen duwde, tot achter in haar keel. Ze kokhalsde en gaf over, en Gary was al bijna geneigd de trekker over te halen en haar hersens tot moes te schieten. Maar hij liet zijn pistool zakken tot aan zijn middel en richtte het op Cathy. 'Dus nu weet je het,' zei Gary op luchtige, bijna zangerige toon. 'Ik maak je verdomme kapot. Dus terug naar mijn vraag. Wie is er thuis, behalve jij?'

'Niemand.'

'Als er andere mensen in huis zijn en jij hebt me daar niet over verteld, dan zijn ze er geweest.'

'Ik geloof dat mijn broer boven is.'

'Roep hem naar beneden.'

Chris was opgehouden met gezichten trekken voor de spiegel en lag op bed, waar hij zich lusteloos overgaf aan zijn favoriete en minst favoriete bezigheid, denken. Hij hoorde Cathy onder aan de trap zijn naam roepen, en omdat ze dat nog nooit van haar leven gedaan had, wist hij dat er iets vreemds aan de hand was. Later zou hij zichzelf vervloeken dat hij naar buiten liep voordat hij daarop had doorgedacht, hij zou zich afvragen wat al dat denken nu eigenlijk opleverde; niet veel, zou hij dan denken.

Hij stond boven aan de gestoffeerde trap met zijn hand op de gladde mahoniehouten leuning. 'Chris,' zei Cathy, 'deze man gaat me met zijn pistool neerschieten als jij niet naar beneden komt. Het spijt me.'

'Wie zijn die mensen?'

'Dit is Connie Hyde uit het opvanghuis voor mishandelde vrouwen. Dit is Gary, de man die haar mishandelt. Dit is hun zoon Charlie, die ze zo nodig moesten meenemen om hier te gaan doen wat ze van plan zijn, zoals ons beroven en daarna met dat pistool vermoorden bijvoorbeeld.'

Chris zag nu het pistool en bedacht dat hij zich in veiligheid kon brengen door de gang door te rennen naar de kamer van zijn vader, de deur op slot te draaien en de politie te bellen. Cathy zou het waarschijnlijk niet overleven, maar verleidelijk was het wel, al deed hij het toch maar niet. In plaats daarvan vroeg hij: 'Even uit nieuwsgierigheid, wat voor pistool heeft u daar eigenlijk? Ik ben zelf nogal een wapengek, ondanks mijn grote onwetendheid en doodsangst. Ik heb een abonnement op *Soldier of Fortune*, dus misschien vindt u het leuk boven op mijn kamer wat oude nummers met mij door te nemen voordat u ons hele gezinnetje uitmoordt. Ik ben echt gek op grote harige psychopaten als u. Mijn zus hier is zwanger, dus misschien kunt u het bloedbad beginnen met een vruchtafdrijvende schotwond in haar buik.'

Gary schoot en Cathy viel neer. Gary richtte het pistool op Chris. 'Kom die trap af,' zei hij. Chris stommelde de trap af. Cathy stond op, bibberend. Gary had niet op haar gericht, maar op de muur achter haar.

Chris bibberde ook en zijn tong kon niet ophouden met ratelen. 'Gaat u ons beroven? We hebben vandaag een speciale aanbieding van geschroeid vlees met kogelsplinters, verbrijzelde botten en bloederige doorzeefde organen. Waarmee kan ik u van dienst zijn, o dappere hooggeachte heer?'

De vijf mensen die in huis waren, stonden allemaal in de kleine hal tussen de voordeur en de trap. 'Ik zal jullie vertellen hoe het gaat,' zei Gary. 'Terwijl ik hier sta en jullie onder schot hou, gaat Connie het hele huis door en zoekt alle waardevolle spulletjes bij elkaar, en die legt ze in de auto.'

Chris zei: 'Wat? Sinds wanneer is er iets mis met kinderarbeid? Zo'n jongen kan echt bergen werk verzetten. Zonde van de tijd.'

Gary gaf Chris met zijn grote linkervuist een hengst tegen zijn kaak. Het hoofd van Chris knakte achterover. Er verschenen druppels bloed op zijn bovenlip en tandvlees, die daarna begonnen te vloeien. Hij streek met zijn tong langs zijn voortanden, voelde dat één tand loszat en omdat het ontzettend pijn deed eraan te komen, hield hij zijn tong daarna zo ver mogelijk uit de buurt, behalve als hij praatte.

'Hoeveel geld hebben jullie in huis?' vroeg Gary aan Cathy.

'Niet veel.'

'Hoeveel?'

'Ik heb vijftig dollar. Jij, Chris?'

'Honderd. Wil je ze hebben, Gary? 't Is je van harte gegund, hoor.'

'Jullie hebben honderdduizenden dollars op de bank en maar vijftig op zak? Wat is dat voor lulkoek?'

'Ik heb geen honderdduizenden dollars op de bank.'

'Je hebt me laatst verteld dat je bulkt van het geld. En als je nu tegen me staat te liegen, dan maak ik je af.'

'Nou, om te beginnen was het lang geen honderdduizend, en daarbij heb ik het hele bedrag aan het opvanghuis geschonken. Maar weet je, je doet maar gewoon waar je zin in hebt. Naar de hel ga je toch al.'

Connie keek verbijsterd, en daarna woedend. 'Wil je soms beweren dat je ál je geld aan zuster Terry hebt gegeven, en aan dat belachelijke opvanghuis waar nog nooit iemand mee geholpen is? Wat heb jij verdomme voor beschermd rijkeluisleventje geleid? Dit is het stomste wat ik ooit van mijn leven gehoord heb.'

'Het verbaast me niks dat een trut als jij totaal niet in staat is de vrijgevigheid van mijn zus op waarde te schatten,' zei Chris, die een gerechtvaardigde maar weinig praktische uitlaatklep voor zijn vrouwenhaat had gevonden.

'Mijn god. Dat is toch niet te geloven,' zei Gary. 'En ik dacht dat je bulkte van het geld. Godskolere. Nou goed, zoek maar wat spulletjes bij elkaar en breng ze naar de auto, Con. En ik hoop voor jullie beiden dat het nog wat leuks oplevert.' Connie liep de hal uit en Charlie ging haar achterna. Gary bleef staan en richtte zijn pistool op Chris en Cathy. 'Ga naast elkaar op de trap zitten,' zei hij. 'Godverdomme, wat een afgang.'

Geen van beiden verroerde zich.

'Ga op de trap zitten!'

Ze gingen zitten. Gedurende enige tijd sprak geen van drieën een woord, terwijl ze luisterden naar het gerommel van Connie in de woonkamer. Ze kwam terug met een hoop geluidsapparatuur.

'Mooi geregeld is dat,' zei Connie. 'De vrouw mag hier met de spullen sjouwen.'

'Kan ik er dan op vertrouwen dat jij die lui onder schot houdt? Niet dus.'

'Hoe maak ik die deur open?'

'Charlie, houd die deur eens voor je moeder open.'

Charlie opende de voordeur en liep met Connie mee naar de auto.

'Wat een interessante pedagogische aanpak,' zei Chris, die uit zijn mond bloedde. 'Wat heb je eigenlijk voor toekomstverwachtingen voor je zoon?'

'Als hij maar niet zo'n stomme softe kloothommel wordt als jij.'

'Stomme softe kloothommel. Hm. Met een beetje geluk wordt hij net zo welbespraakt als zijn vader.'

Cathy snoof. Ze kuste haar broer op de wang en pakte zijn hand vast.

Bernie zat buiten in het gras, ving daar het laatste zonlicht op en had Connie vanonder de boom met een hoop geluidsapparatuur het huis uit zien lopen. Nu zag hij haar teruglopen naar het huis, en hoewel hij niet kon horen wat ze zei, begreep hij uit haar gebaren dat ze boos was op de kleine jongen die meeliep.

Connie ging naar binnen. 'De katholieke kerk betekende de dood voor Edith Stein, Sint Teresia Benedicta van het Kruis!' siste Cathy haar toe.

'Ik heb geen flauw idee waarover je het hebt.'

'De joodse vrouw over wie ik je vertelde, die een katholieke heilige is geworden.'

'En?'

'Als de kerk zich ermee had bemoeid, hadden de nazi's haar nooit vermoord. Ze had haar leven gewijd aan het katholicisme, maar de kerkleiders staken geen vinger uit om haar te redden. Mooie club waar jij lid van bent.'

'Nou en? Wat kan mij dat nou schelen?'

'Maar waarom nam je me dan mee naar de kerk?' Connie zei niets. 'Waarom deed je dat? Waarom moest je me zo nodig meenemen? Zodat je me hier kon komen beroven? Jij hebt mij in aanraking gebracht met God. En nu kom je mijn huis binnen en zet je een pistool tegen mijn hoofd. Is er dan helemaal niets heilig voor je? Helemaal niets op de wereld? Je zoon, bijvoorbeeld? Je hebt een goed hart, Connie. Je bent een van de aardigste mensen die ik ken.'

'Ach, hou je smoel toch. Wat weet jij daar nou van. Jij hebt hier in Bellwether je beschermde leventje geleid. O, dat is waar ook, je ouders zijn gescheiden, boe-hoe-hoe. Je vader is ziek, boe-hoe-hoe. Maar er is je nog nooit écht iets ergs overkomen. Je bent nog nooit écht voor het blok gezet. Dus dan hoef je ook die hoge toon niet tegen mij aan te slaan, huppelkutje.'

Bernie kwam door de geopende voordeur naar binnen. Chris riep: 'Pap!' Gary draaide zich om en zag Bernie. Chris sprong op en deed een greep naar Gary's vuurwapen. Gary draaide zich weer terug en Chris zag de bliksemsnelle beweging van zijn pistool, hoorde een luide knal en daarna niets meer.

56

De kleine bruine stationcar kwam tot stilstand op een be-
dompt stuk asfalt, grenzend aan de lange industriële kloof
die bekendstaat als Interstate 95, een snelweg langs de oostkust van Amerika. Garry Hyde, een van de ongelukkige kinderen Gods, kon niet verder rijden omdat zijn vrouw hem
van opzij op zijn hoofd timmerde. Hij balde zijn vuist, haalde eerst uit in de richting van het zijportier achter Connie,
zoals hij op jonge leeftijd geleerd had, en legde haar het zwijgen op met een harde hoekstoot op haar rechteroor, of beter
gezegd door haar rechteroor.

Connie kon de daaropvolgende minuut niets zeggen of
doen. Hun slordig voorbereide roofoverval was op een regel-
rechte ramp uitgelopen. Nadat hij Chris Schwartz te grazen
had genomen, was Gary in paniek geraakt; hij had Connie
en zijn zoon bij de lurven gegrepen en was ervandoor gegaan. Ze hadden duizend dollar aan geluidsapparatuur, maar
dat was bepaald niet genoeg om een nieuw leven te beginnen in een nieuwe stad, vooral niet als de politie je zocht we-
gens moord. Connie was nu zachtjes aan het jammeren.
'Eerst moest ik haar van jou bedriegen, en nu heb je er ook
nog een puinhoop van gemaakt,' zei ze. Gary schaamde zich
en maakte een schijnbeweging, alsof hij haar nog een klap
voor haar hoofd wilde geven. Connie gaf geen krimp. 'Sla
maar,' zei ze. 'Sla maar, sla maar, sla maar! Charlie, goed kijken hoe je vader zo hard mogelijk met zijn vuist tegen mijn
kop ramt!' Gary zette de auto in zijn vooruit. Connie greep
naar zijn rechterarm en zei: 'Stop!' Gary zette de auto in zijn
vrij. Connie opende het portier, stapte uit, opende het achterportier, pakte de hand van Charlie en trok hem naar buiten. Tegen Gary zei ze: 'Vanaf nu sta je er alleen voor.' Zij en
Charlie liepen hand in hand weg. Ze had acht dollar op zak.
Hij had zijn superheldenpop op zak. Ze tilde Charlie op en
droeg hem vijftien passen met zich mee, totdat hij te zwaar

voor haar werd en zij hem weer neerzette. Ze liepen over een uitgestorven straat, langs de rand van het licht dat verspreid werd door een geopend maar doodstil benzinestation. Connie vroeg zich af in welke plaats ze nu eigenlijk waren terechtgekomen.

'Waar gaan we naartoe?' vroeg Charlie.

'Weet ik niet.'

'Wat gaat papa doen?'

Connie versnelde haar pas, ging daarna langzamer lopen en stopte. Ze keek naar Charlie. Ze draaide hem om en liep met hem mee terug naar de auto, die nog steeds op dezelfde plek stond. Connie opende het achterportier en zette Charlie op de achterbank. Zelf ging ze naast haar man op de voorbank zitten, maar zonder naar hem te kijken. Met dezelfde krachtige hand waarmee hij haar geslagen had, pakte hij haar bij een mouw en trok haar naar zich toe, om haar met beide armen te omhelzen. Zodra hij haar losliet, schoof ze op naar het randje van haar stoel, zo ver mogelijk bij hem vandaan, en keek naar buiten. Gary startte de auto, reed langzaam naar de oprit en voegde in tussen de honderdduizenden anderen die over de snelweg naar het westen reden.

57

Toen ze na alles wat er gebeurd was in het ziekenhuis was terechtgekomen en voor het eerst een moment voor zichzelf had, zocht Cathy weer naar God. De eerste plek waar ze zocht, was in haar eigen hart. Daar was Hij niet. De tweede plek was in het hart van Frank. In plaats van daar God te vinden maakte ze verschrikkelijk ruzie met hem, moest ze hardop huilen waar hij bij was. En nu dwaalde ze rond door gangen die naar ammoniak, talkpoeder en urine roken, allemaal luchtjes die God op aarde had gebracht met een bedoeling die Cathy's verstand nog jarenlang te boven zou gaan.

Ze liep door de gangen, zocht naar de ziekenhuiskapel en dacht terug aan de manier waarop ze haar broer in gevaar had gebracht. Ze was naïef geweest, een rijk en onnozel meisje dat een beschermd leventje had geleid, zoals Connie of Gary nog onlangs over haar gezegd had, of misschien had ze het zelf wel gezegd.

Cathy vond de kerk, de kapel, het godshuis binnen het ziekenhuis, het huis van ziekte, trauma en dood. Ze opende de deur. Het was een schemerige ruimte met tapijt op de vloer. Geluiden werden er gedempt door een zacht gezoem dat samenging met de zoete lucht die er hing. Cathy bleef vlak bij de deur staan. De deur achter haar, opgehangen aan het geduldigste scharnier ter wereld, viel steeds verder dicht. Er was geen mens. Cathy liep niet verder naar binnen. Er hing een gordijn naast de deur en ze stapte erachter. Het onttrok haar van top tot teen aan het oog. Ze sloeg haar handen voor haar ogen en genoot van haar onzichtbaarheid.

De deur van de kapel viel met een klik in het slot en ging meteen weer open. Cathy's vader Bernard stond in de deuropening, verdwaasd. Cathy stapte achter het gordijn vandaan en hij schrok. 'Wat deed je daar?' vroeg hij.

'Niks. Ik wilde eerst gaan bidden, maar nu niet meer.'

'Wat is dat?'

'Bidden?'

'Ja, bidden.'

'Praten met God.'

'In woorden?'

'Ja.'

'Ik zou... dat... niet kunnen.'

'Het kan ook op andere manieren.'

'Hoe... dan?'

'Weet ik niet.'

'Kan God ook terugpraten?'

'Ik geloof niet dat je dat van Hem kunt verwachten.'

'Vraag je... God wel eens... om iets?'

'Soms.'

'En helpt dat?'

'Nee.'

'Waarom bid je dan?'

'Om Hem te laten weten dat ik om Hem geef.' Onbedoeld ontsnapte er een schor lachje aan haar lippen. Bernie fronste zijn wenkbrauwen.

'Waar wilde je voor bidden?'

'Dat God zich over Chris ontfermt.'

'Dat is lief van je.'

'Nee, dat is het niet.'

'Kun je mij voordoen hoe je moet bidden?'

'Wat?'

'Kun je mij voordoen hoe je moet bidden?'

De problemen in Cathy's leven waren anders dan de problemen van een jaar eerder: de tekortkomingen van de liefde, de tekortkomingen van de moraal, het geweld waarmee inbreuk was gedaan op haar eigen familie, de zelfvernietigende werking van het menselijk lichaam, een kind dat daar allemaal mee te maken kreeg.

Haar vader keek haar smekend aan. Ze nam zijn hand en voerde hem mee door het gangpad naar het altaar. Ze stopte, zocht een bankje op en trok hem met zich mee. Ze knielde en hielp hem om hetzelfde te doen. Ze bracht zijn handen voor zijn gezicht.

'Ik ben bang,' zei hij.

'Zeg mij maar na. Onze Vader.'

'Onze Vader.'

'Die in de hemel zijt.'

'Die in de he... he...'

'Hemel zijt.'

'Hemel zijt.'

'Uw naam worde geheiligd.'

'Uw naam worde geheiligd.'

'Uw Rijk kome.'

'Uw Rijk kome.'

'Uw wil geschiede op aarde zoals in de hemel.'

'Uw wil geschiede op aarde zoals in de hemel.'

'Geef ons heden ons dagelijks brood.'

'Geef ons heden ons dagelijks brood.'

'En vergeef ons onze schuld.'

'En vergeef ons onze schuld.'

'Zoals ook wij aan anderen...'

'Zoals ook wij aan anderen...'

'Zoals ook wij...'

'Zoals ook wij...'

'Zoals...'

'Zoals...'

58

Per vergissing had iemand een tweede lijk in de kist van Chris Schwartz gelegd, naast dat van hem. Of misschien was het niet 'zijn' kist, maar de kist van degene naast hem. Het was heel goed mogelijk dat enkele heren van het kerkhof die kist nu met behulp van katrollen lieten zakken in een kuil die helemaal niet voor Chris gegraven was. De bedroefde mannen en vrouwen die in zwarte kledij toekeken, hoorden misschien wel bij die ander.

Chris had graag geweten of die andere persoon in de kist een man of een vrouw was. Nu hij vanwege zijn dood niet meer kon kijken en zich niet meer kon bewegen, was dat onmogelijk te achterhalen. Chris hoopte dat degene die tot het einde der tijden naast hem in de kist lag een vrouw was, en dan liefst een mooie jonge vrouw die in de kracht van haar leven was geveld, zonder enige verminking. Omdat hij vermoedde dat een dergelijk geluk niet voor hem was weggelegd, stelde hij zich erop in dat het hoogstwaarschijnlijk een man was. Als het een man was, hoopte hij voor zichzelf dat het Frank Dial was. Niet dat het ook te hopen was voor Frank. Voor Frank was het te hopen dat het iemand was aan wie Frank een hekel had, zoals Gary, de gast die Chris vermoord had. Ja, niet alleen had Chris het geluk om op zeventienjarige leeftijd te sterven, hij moest zijn krappe rustplaats ook nog eens delen met zijn eigen moordenaar.

Hij voelde iets op zijn hand. De andere persoon in zijn kist had zich bewogen. Voor Chris kwam de kwestie nu hierop neer: wat was erger, een dode vrouw of een levende man?

Er ging een lichtje aan.

'Chris?' zei een stem die hij zelfs vanuit de dood nog herkende: die van de neurologe Lisa Danmeyer. Zij lag naast hem in de kist. Chris werd bevangen door een geweldige blijdschap, gevolgd door een geweldig verdriet dat ook Danmeyer dood was, of levend begraven.

'Chris,' zei Lisa. 'Je bent niet dood. Je ligt in het ziekenhuis. Je bent met de kolf van een pistool buiten westen geslagen, en nu heb je een hersenschudding. Maar je bent er goed vanaf gekomen.'

'Goed klaargekomen?'

'Goed ervan afgekomen.'

'Waarom lig je naast me?'

'Omdat je mijn patiënt bent.'

'Doe je dat met al je patiënten?'

'Nee. Je bent een hele bijzondere patiënt. Mijn lievelingspatiënt.'

'O dokter Danmeyer. Jij bent de beste die er is.'

Chris lag op zijn rug en Lisa lag op haar zij, met haar gezicht naar hem toe en tegen hem aan gedrukt. Ze was naakt.

Chris zei: 'Dit is heel heilzaam.'

Lisa streelde het gezicht, de borst en de armen van Chris. Ze masseerde zijn benen, beroerde zachtjes zijn penis en ging daar een tijdje mee door. Toen nam ze hem tussen haar vochtige zachte lippen.

Chris zei: 'Nu ga ik toch nog goed klaarkomen.'

Lisa lachte haar weldadige en melodieuze lachje, dat enigszins gedempt werd door de penis van Chris. Chris zuchtte en huiverde. Een overvloedige hoeveelheid warm zaad ontsproot aan zijn lichaam en verdween in de mond van zijn dokter. Of om het anders uit te drukken: Chris zei iets grappigs tegen de vrouw van wie hij hield, die vrouw lachte en Chris kwam klaar, en hoewel dat in de taal alleen omschreven kon worden als drie afzonderlijke en opeenvolgende gebeurtenissen, vormden ze in werkelijkheid één geheel, een orgasme dat niet alleen fysiek maar ook spiritueel was, de clou van een goeie kosmische grap.

Chris deed zijn ogen open. Hij lag in een ziekenhuiskamer. Iemand zei: 'Zal wel een droom zijn geweest.' Dat was Frank Dial, die over hem heen gebogen stond. Naast Frank stond Lisa Danmeyer. Cathy Schwartz stond naast Lisa. Zijn vader en moeder waren er, en ook Moe Danmeyer. Hetzelfde clubje als bij de brunch, maar nu vergezeld door een hersenschudding en een postorgastische weemoed.

Lisa, die haar witte neurologenpakje aanhad, vroeg Chris: 'Weet je waar je bent?'

'In de hemel?'

De rechterkant van zijn hoofd voelde alsof het bestond uit ruwe keien, terwijl de rest van zijn lichaam voelde als dat van een kuikentje. Een politieagent kwam binnen en stelde een heleboel vragen. Hij viel in slaap en werd weer wakker.

Francis Dial en Cathy Schwartz stonden zij aan zij en hand in hand naast het ziekenhuisbed van Chris. 'Het is zover,' zei Cathy.

'Wat is zover?'

'We gaan trouwen.'

Achter hen stond een pastoor, die nu een stap naar voren deed, net als La Danmeyer. De pastoor in zijn flodderige zwarte gewaad en La Danmeyer in haar op maat gesneden witte neurologenpakje vormden een soort anti-bruid-en-bruidegom. De pastoor begon aan zijn gebruikelijke litanie, in gezondheid en ziekte, en ga zo maar door. 'Als er iemand bezwaar heeft tegen dit huwelijk, uit uw bezwaar dan nu, of zwijg voor eeuwig.'

Chris zei: 'Ja, ik heb een bezwaar: dat ze zombies van de liefde worden. Dat ze worden ingelijfd door dat wereldwijde leger van getrouwde koppels, die reusachtige volksmilitie van wandelende lijken die met de armen voor zich uit de wereld afschuimen, op zoek naar onschuldige mensen die ze kunnen koppelen om nog meer zombiestelletjes te vormen. Eerst zadelen ze hen voor onbepaalde tijd op met de afgrijselijke marteling die verkering heet, en daarna doden ze hun ziel met het ruwe werktuig van het huwelijk. Het nieuwe koppel sluit zich aan bij het internationale leger van starre zombies die met wezenloze blik het land afzoeken naar vers jong bloed. En zo niet, dan zoeken ze ergens een bed op om mechanisch in missionarishouding te gaan liggen pompen. Nee, dan La Danmeyer en ik. Wij hebben een bijzondere liefde die de seks overstijgt, hoewel niet erg.'

De pastoor negeerde de bezwaren van Chris. Lisa Danmeyer haalde twee rode ringen van de infuusstandaard van Chris en gaf er een aan Cathy en aan Frank, die ze aan elkaars vingers schoven. De pastoor verklaarde hen tot man en vrouw.

Frank zei: 'Ik vergeef je die keer dat je mij liet doodgaan.'

Chris vroeg: 'Waarom?'

Frank zei: 'Omdat je bij de roofoverval bent doodgegaan voor de moeder van mijn kind.'

Chris zei: 'Maar dat is walgelijk.'

59

Chris was niet langer halfwakker of schijnwakker. Dit was de dinsdag na de zondag van het jongste hoofdletsel dat door een Schwartz was opgelopen en het was bovendien Chris' achttiende verjaardag. Hij was meerderjarig, wat dat verder ook mocht betekenen. De klap met het pistool was als de bar mitswa die hij nooit gedaan had. Hij was een man geworden. Dat was hem nu wel duidelijk. Hallo, hij wilde wel eens een borrel. Hij kende een puike kroeg in de buurt van het ziekenhuis, op loopafstand van Port Town General, zodat hij ook nog even de zwoele zomeravondlucht kon opsnuiven. Het was laat en er was niemand behalve Chris Schwartz met zijn cartoonachtige witte verband om zijn hoofd. Het zou perfect zijn als hij nu zijn bed uit kon. Een vriendelijke en niet al te drukke tent in de buurt van het ziekenhuis. Doe mij maar een bourbon. Een dubbele. Op je gezondheid. Kijk nou eens, Mac, een briefje van honderd. Dus schenk maar rustig door. Korte zinnetjes voor aan de bar, uitgesproken tussen mannen onder elkaar. Leuk verbandje heb je daar. Ja, dank je.

Chris balanceerde op zijn kleine voetjes in de kamer van het ziekenhuis, gehuld in het dunne polyester gewaad waar zijn puistige tienerkont door naar buiten stak. Hij was zo duizelig als de neten, zoals er ongetwijfeld een parallel universum was waarin de neten zo duizelig waren als Chris. Hij hees zich in een broekspijp en daarna in een andere. Hij trok zijn vertrouwde lullige schoenen aan, dezelfde waarin Chris Schwartz al ontelbare vernederingen had doorstaan, ja je kon wel grienen, maar het leven was nu eenmaal hard. Hij liet zijn overhemd maar zitten en hulde zich zonder pardon in het lichtblauwe lichtgewicht windjack met de bloedvlek op zijn rechterschouder. Om door een ringetje te halen, maar hij voelde zich kut. Hij stond in de lift. Hij stapte uit de lift. Niemand die naar hem omkeek. Niemand die om hem gaf. Hij stond op straat in de zwoele zomeravondlucht, precies zoals hij het zich een minuutje geleden in de kamer van het ziekenhuis had voorgesteld. Als je eenmaal een man bent, is je leven een ononderbroken reeks van wensen die in vervulling gaan.

Hij stond in het donkere café en werd kotsmisselijk van de verschaalde sigarettenrook. Er stonden hier en daar een paar mensen te biljarten of te zoenen, van die dingen. Chris liep naar de bar en bestelde met zware tong zijn dubbele bourbon. De barkeeper keek naar het witte gaas dat in een lange sliert om zijn knikker was gewikkeld – het aureool van iemand die het slachtoffer was van een hoofdletsel – en gaf hem zijn zin. Chris had geen geld. 'Ik heb geen geld,' zei hij.

'Mooi is dat.'

Ter ere van zijn achttiende verjaardag dwong Chris zichzelf de bourbon in drie slokken achterover te slaan. Met zijn bovenlichaam zocht hij steun bij de donkere glimmende houten bar. Het bloed sijpelde uit zijn hoofd en het harde giftige mineraalrijke zweet brak door zijn poriën naar buiten en overdekte zijn hele lijf. Heb je anders mooi voor elkaar, klootzak. Hij ging staan, een taak een man waardig. Hij pleegde een telefoontje. Hij liep het café uit en sukkelde een zijstraat in.

Het was drie uur in de ochtend. Zijn verjaardag was voorbij. Chris had een gevoel dat neerkwam op 'dat was het dan'.

Hij viel in een greppel. Gewoon een natte kuil aan de kant van een kleine zijstraat in Port Town. Het leek hem niet meer dan normaal dat hij op dit moment in zijn leven een greppel op zijn weg vond. Hij voelde zich ontspannen, ondanks de ondraaglijke hoofdpijn. Na een verwarrend telefoontje te hebben gekregen van zijn zoon, ergens uit een café in Port Town, stapte zijn vader Bernard Schwartz op datzelfde moment achter het stuur van zijn auto, wat de eerste keer was sinds zijn eigen hersenletsel van bijna een jaar eerder. Bernie zag Chris in gedachten in de greppel liggen en hoewel hij niet wist hoe hij moest rijden, reed hij weg om Chris te hulp te komen. Chris lag in de greppel en verloor langzaam zijn bewustzijn. Hij vroeg zich af hoe achterlijk hij zou zijn als hij wakker werd, áls hij wakker werd. Maar wakker worden zou hij. En als hij wakker werd, zou zijn nauwelijks functionerende vader klaar staan om voor hem te zorgen. En een tijdje daarna, maar lang voordat Chris de zorgen van zijn vader niet meer nodig had, zou Bernie een ongeluk krijgen, en dan zou Chris weer helemaal opnieuw beginnen met voor zijn vader te zorgen. Nog later zou Chris hulpbehoevend worden, en dan zou Bernie voor hem klaarstaan.

Chris lag in de greppel en terwijl hij langzaam zijn bewustzijn verloor, kreeg hij dit visioen: hij en zijn vader, die in een hersenletselcarrousel telkens van coma wisselden: coma, revalidatie, coma, revalidatie, coma, revalidatie, vader en zoon, om en om, in die eindige slingerbeweging van instorten en opbeuren die bekendstaat als de toekomst.

Dankwoord

Mijn dank aan Carles Allende, Michele Araujo, Nick Balaban, Gabriel Brownstein, Shanna Compton, Leslie Falk, Celia Farber, Arthur Gibbons, Tom Hopkins, David Janik, Tennessee Jones, Roland Kelts, Ann Lauterbach, Neil Levi, David McCormick, Brain McLendon, Bruce Morrow, Richard Nash, Sarah Palermo, Ellen Salpeter, Sergio Santos, Carole Sharpe, Susanna Sharpe, Adam Simon, Bob 'Robert' Sullivan, Lynne Tillman, Colm Toíbín, Leslie Woodard, Kevin Yao, Alan Ziegler.